树

gēn niǎo
跟鸟

pǎo le
跑了

千亚群 著

浙江出版联合集团
浙江文艺出版社

自序

书桌上有一只碗,碗里养着一棵菜。这是从老家菜园拔来的菜,跟我一起进了城,成为一棵城里的菜。成为城里人的我,饭量比原来减了很多,吃菜也退步不少。于是,我想把菜养起来。可,菜找不到园子。城里只有公园与花园。城里的泥土很难见到,属于我的也就我老家十几棵菜所占的面积。进了城的菜,只能养在碗里。

面对碗里的一棵青菜,我得诚实。生活如此,写散文亦如此。我写了多年的散文,也出版了几本书,可总觉得不满足。很多时候，我也不知道自己的不满足是来自何处，似乎我还没有找到自己落脚的地方。

我总忧戚于自己的表达。对每一个从键盘上敲出来的字，我的内心既充满愉悦，又不无忧惧。我一直认为文字是有灵性的，它是带着某种使命与虔诚而来。我跟文字相处的时候，灵魂特别祥和。哪怕我写下自己的忧伤，写下自己的焦虑，我同样能获得安宁。我相信文字也不会弃我不顾。因为我深深地感受到文字对我灵魂的滋养，就像那棵养在碗里的菜，些许水与些许泥，都能让它保持生长的状态。

我并不是以写作谋生的人，每天要去单位上班，而我又不太喜欢坐车。我行走在大街小巷，看到了坐在汽车里看不到的场景，也目睹了坐在办公桌前遇不到的人——只能靠怀里那张身份证证明自己身份的苦力，向世俗弯腰讨生活仍满脸青涩的男女，坐在城里唯一有历史质感的城墙下替人掐算命运的看相人。他们似乎是生活的飘零者，或是落魄者，许多时候，我也以为自己跟他们不同，但事实上我从来没有优于他们。他们的日常，就是我的日常；他们的遭遇，也是我的遭遇。我写他们，也就是写我自己。感谢他们，让我的写作重新长出骨骼，帮助我一边寻找，一边经营，用文字的城墙抵御来自内心的虚无。

还有一些篇章，是关于我的村庄，这个曾经让我想方设法逃离的村子,我以为自己完成了对一眼望到底的生活的挣脱,用学业上的努力修改了农民的身份,可是,当我的精神之舟在城里搁浅时,村庄依然赋予我力量,允许我在一次次的虚妄中复制来自大地的密码,使我在困顿时仍能想到肩膀,想到情怀,想到憧憬。尽管,村庄的寂寞已无可回避,但规矩、习俗仍像一根红绳一样穿起人们对生活的期待与热爱。这将继续见证我的努力与坚持。

【目录】

屋檐下

我在屋檐下闲坐，有人来敲门。

我趿拉着拖鞋，吧嗒吧嗒去开门，是阿珍婶婶。她一见我，满脸的皱纹立刻绽成一朵南瓜花，笑容里带着讨好的成分。

我请她进来，她扭捏了一会儿，才怯怯迈进院子。

阿珍婶婶是村里出了名的大屁股，家里有一把特制的竹椅子，像半张竹榻。那是她家的荣耀。一个女人如果走起路来屁颠颠的，别人的目光即使紧跟着她，也无法笼罩她的屁股，这个女人的“坐家门”就极好。意思是旺夫。

阿珍婶婶已年过六旬，一头霜发，身子也略显佝偻，唯一还没有老去的就是她的屁股，看起来仍然很鼓实。我跟在她后面走，脚底有一种不由自主的颠簸感，似乎阿珍婶婶的屁股给我打着节拍。阿珍婶婶有意提高嗓门，喊我母亲。母亲在里面接过她的招呼。很快，阿珍婶婶颠进了屋里。

如果屋檐下坐的不是我，那么坐下的就是她跟母亲。她们会在屋檐下聊半天，从一个话题扯到另一个话题，在家长里短中起承转合，在各自的生活境遇中平平仄仄。她们有主见，她们也碎舌，在别人的非非里坚持着自己的是是。待暮色四合时才散场。离开时还不忘记拍拍自己坐过的竹椅，似乎拍打刚才说过的那些话——你就留在屋檐下。

邻里串门，其实串的是屋檐下。既有进了邻居家的意思，又可以随意自在，咳嗽、吐痰、擤鼻涕，一点都不用在意。讲究些的，几声重咳嗽后，一口浓黄的痰液，朝道地夺嘴而奔。不讲究的，叭，一口痰吐在了凳脚边。说着说着，清水样的鼻涕来了，用手一捏，朝墙壁上一摔，或朝凳脚一抹。来人不介意，主人不计较。不就屋檐下嘛。

女人坐在屋檐下喜欢窃窃私语，一个悬着半个屁股，一个倾着身子，只差脸撞脸了，其实同坐一个屋檐下还能远到哪里。可女人聊天就喜欢这样。女人说话的内容全在表情上，有蹙着眉的，也会噘着嘴的，脸上半晴半阴，一会儿嘁嘁，一会儿喳喳，有时提高嗓门，噼里啪啦，陈芝麻烂谷子都倒进了锅里。偶尔突然爆发出一阵笑声，也不知她们的情绪什么时候拐弯的，把站在门前电线杆上的麻雀惊得惶惶而逃。屋檐下的女人，她们聊的内容杂七杂八，而笑声是实打实的，全无杂质。

屋檐下的男人坐在条凳上抽着烟，脚边放一杯茶。他们一口烟，一句话，像庄稼一样，一垄一垄地过去。有时，大家沉默着，嘴里的烟嘶嘶地燃着，似乎烟与烟在交流。他们从不为一个话题来串门。那些习惯了用力气向大地讨生活的男人，肚子里的内容比嘴巴更胜一筹。屋檐下的烟蒂散落一地，而他们的话还没有被扫拢在一起。

狗蹲在主人的脚边，吊着舌头，目光炯炯地盯着外面，有陌生人走过，立刻起身，吐出一串汪汪。主人呵斥一声，狗又重新蹲下来，把脑袋趴在前爪上，似乎有些尴尬。它的窝，就在屋檐下的一角，靠着墙壁。村里的男人喜欢赌，也喜欢打赌，他们的赌都在屋檐下，外面是明晃晃的太阳，把赌的内容照得透亮透亮。

村里的老人，坐在屋檐下念阿弥陀佛，嘴巴嚅动着，手里捧一只盒子，里面躺着一串佛珠。老人们的后半生几乎在屋檐下度过。一个老人健不健在，屋檐下几乎是一个证明。他们不念佛的时候，靠着屋檐下的墙角晒太阳，晒着晒着，打起了瞌睡，口水慢慢地从嘴角流下来，在阳光下一闪一闪，似乎翻晒着他们的回忆。

村人闲聊爱在屋檐下，以前如此，现在也是如此。只不过现在屋檐下再也找不到成堆的黄豆秆或油菜秆，以及七七八八的杂物，只有农具还一如既往地靠在墙壁上，旁边有时站着一只坛或一只缸，里面腌着菜。

村里有一句老话：三天勿吃咸菜汤，两只脚骨酸汪汪。那一只只缸或坛里腌出来的就是咸菜。从医学角度而言，咸菜属于腌制食品，长期或过多食用对身体不利，里面有太多亚硝酸盐。我无意跟医学争论，这跟村里的男人打赌一样没有标准，只能是样本量的不同而已。我只能说每家每户都有一只咸菜缸，上面压着一块石头。生活拮据的时候有，现在生活改善了还是有。就像过日子，穷过富过，到底还是一样过。

我重新坐到竹椅子上，屁股下吱嘎一声。竹椅上了年纪，都会有这个特征。似乎竹椅的老去是因为它见证了一个人的过往，包括身体上的衰老一起嵌入它的片片与条条里。这把小竹椅，在家里估摸着已经有十多年了，似乎一直被摆放在屋檐下，有人来了，母亲忙着从屋里端椅子，而来人早已坐在了上面。我来了，也喜欢坐在上面，双手搁在膝盖上，头或勾，或抬，见天，见云，感觉很自在。

一棵枣树前年从院前移到了院西，去年下了一场暴雪，此刻只剩下光秃秃的枝枝杈杈，背景是淡蓝色的天空，让人不由联系到龟甲兽骨上的撇捺横折。旁边是一棵柿子树，像是挑衅似的，一身茂密。再过去是一棵梨树，已经开过花，带着浅褐色的叶子一簇一簇地抽出来。下面蹲着几只鸭，呆头呆脑地伸着脖子，冷不丁地吐出一串嘎嘎。我有时想解读它们的叫声，可它们饥饿时是嘎嘎，饱食后也是嘎嘎，不多不少，但是傍晚进鸭舍时那嘎嘎声里带着些许陶醉，声音低而碎，充满着撒娇的意味。倒春寒的时候，它们还小，母亲把它们装在簌笼里，下面垫着我们小时候穿过的旧棉袄。簌笼靠在屋檐下的墙壁角落里，外面套着一只旧麻袋，非常保暖。数只母鸡正专心致志地在柿子树底下刨食，头上的一撮红肉肉一颤一颤的，好像看起来没有什么意义，但非常实在地传递了母鸡心无旁骛的信息。

墙头露出隔壁邻居家的一棵橘子树，从我这儿望过去，橘子树似乎是攀着我家的墙头。偶尔有几声鸟叫，短促，清脆，像是往空中洒了一把碎米。不用猜，那肯定是麻雀。村里人似乎不太喜欢它们，庄稼地里扎的稻草人，专门吓唬它们。也有人喜欢它们，只是喜欢吃它们的肉，用自制的气枪打，也有用竹筛支起来,下面撒些碎谷,等麻雀飞下来的时候一拉,飞进去的多半逃不出来。这跟鲁迅先生《从百草园到三味书屋》里叙述的一模一样。

我记得当时有这么一句:麻将(雀)剥剥皮,酱油蘸蘸好东西。至于怎么样的好东西,我并不晓得。好像也没有人告诉过我。村里有一位姓钱的伯伯,患有重度哮喘,长年上气不接下气,像一架破风箱,呼噜噜,呼噜噜。也不知从哪里打听到的一个偏方,说是麻雀酒可以治疗哮喘。于是,钱伯伯的儿子一有闲就打麻雀,白天背着自制的气枪在村里逛,一见叽叽喳喳的声音,他便猫下身子,砰砰,总有几只麻雀从树上掉下来。晚上,他用手电筒照竹园,那里藏着许多过夜的麻雀。别看麻雀白天灵敏得很,一到灯光下,它们就变得木乎乎。钱伯伯的儿子一个晚上可以打好几串。他爹吃不了那么多麻雀,他就晒麻雀干,跟萝卜干似的,然后浸泡到酒里。冬天的时候,他每天舀小半碗的麻雀酒给他爹喝。他爹的哮喘后来好过一阵子,脸色也红润起来,可不知道为什么突然有一天过世了。他儿子哭得很伤心,悲痛欲绝的样子。村里的赤脚医生吴医生私下说,他爹就是死于那些麻雀。别人不解。吴医生涨红着脸,搓了半天的手,嘴里没吐半个字。

不过,有一种鸟,村里人是爱护的,甚至是溺爱的,那就是燕子。如果燕子选择了你这户人家筑巢,意味着给你带来了吉祥。有的燕子把巢筑在屋里的栋梁上,燕子飞进飞出,这门大白天是敞开着的,到了晚上燕子在巢里唧唧,再唧唧,门才轻轻关上。也有的燕子选择屋檐下,它们忙它们的,衔泥觅草,垒窝孵蛋,在屋檐下履行着燕子们的日常。邻居在下面嘁嘁咻咻,燕子在上面叽叽喳喳,他们与它们各自热闹,并不觉得谁打扰了谁。

我喝的茶,是父亲茶杯里匀出来后再倒了些开水。父亲喜欢喝浓茶,茶杯积满了茶垢,也不让我洗。对他而言最奢侈的是买一百块钱一斤的茶叶。他认识一个固定的卖茶叶老人,隔一段时间去那儿买二斤,从不还价,然后骑着破自行车咔嗒咔嗒回来。有时我给父亲一包所谓上好的茶叶。父亲并不领情。我一急,说,这茶叶很贵的。父亲说,傻瓜,你以为贵的都是好的？长这么大了,还在坚持这种道理。我有些委屈,又羞愧无语。

在物质层面,我跟父亲一直有摩擦,他见不得我大手大脚花钱,如果我哪天口出狂言,说这点钱算什么时,父亲会勃然大怒,一改他沉默寡言的性情。这点上,父母的观点高度统一,只是母亲以节约钱为主,而父亲则不是。他是希望用俭来修身养德。在他眼里,一生只有两个字:舍与得。他说,其实得很容易,舍最难。我惭愧自己大多时候在为得而努力。

我默默呷一口茶。屋里也响起呷茶的声音,咕噜咕噜。父亲喝茶的声音很响，包括吃饭。这点常惹来母亲的讥笑。他们互相为对方的生活理念争执了大半生，到老了，才不得不和解。他们年轻时吵架的情形，我忽然想不起来了，似乎父母恩爱了一辈子。虽然，这是我替父母虚构的爱情，可我又觉得虚构并没有什么不好，他们眼下的相守已经足以匹配我的虚构。过去的种种不快，似乎跟他们没有直接关联。

所以，我回到家里喜欢坐在小竹椅上，还跟从前一样，不敢坐到父亲的对面去。这是他的规矩，女孩子不可以坐到父亲的对面，包括吃饭时也是如此，我只能坐到旁边，父亲的对面永远是母亲。我不晓得父亲是从哪里继承下来的，不过，我接受他的规矩，遵循他的规矩。父亲说，孝顺，以顺为先，孝才是其次。我坐屋檐下时常常想到这句话，但又想不出令人满意的理由。

坐在屋檐下，听雨，也观雨，雨水顺着瓦缝，滴滴答答，像是哄下来似的。雨声让一切安静，安静得整个村庄像是打瞌睡，而人是醒着的。父亲抽烟、喝茶，母亲念阿弥陀佛，有时也剪纸花，鼻梁上搁一副老花镜，手握小剪刀，神情专注地铰着手里的一张红纸。剪纸花是母亲晚年学会的，从属于她的阿弥陀佛。我说那是民间艺术。母亲不懂，只知道她剪的纸花是供菩萨的。一天天地剪下来，积累起一大沓，在做祭祀时投入旧铁锅中，连同她平时念的经忏一同被火焰舔了，然后坚信菩萨一定收到了她用心剪出来的纸花。

母亲说我小时候特别皮，一下雨就爱穿她的雨鞋，手持一把黄色的油纸伞，背着她出去转悠。回来的时候必定是一身泥泞。雨天洗衣服特别麻烦，且又不容易干，所以一到雨天，母亲就会把雨鞋藏起来。可我总能找到，趁母亲不注意，呱唧呱唧出了门。果不其然，我滑倒了，屁股上、手上全是烂泥。母亲有时会斥责几句，有时打我几下。我虚张声势地叫几声，配合着母亲的拍打。如果我不这样，母亲会认为我没记性。

然而，我的记性并没有让母亲感到满意。母亲的生日，我总记不住，倒是父亲的生日我记得牢牢的。母亲叮嘱过的事，我丢三落四，有折扣地完成。母亲交代过的活，我马马虎虎，其结果不尽如人意。母亲自然不开心，隔着电话数落几句，不痛不痒，已没有以前呵斥我时的那种力道。有时我嫌母亲唠叨，会顶撞几句。事后觉得后悔，赶紧打电话过去，若无其事地跟母亲在语言上亲热一下。母亲偶尔也记我的仇，故意在电话里恶声恶气，但大多数时候她记性不太好，早已忘记了我顶撞过她，或没把她的事办好。

母亲埋怨自己记性不好，应该有十多年了，比如手里握着一串钥匙，一边火急火燎地寻找钥匙；又比如自己把藏钱的地方忘记了，却责怪父亲没看好家。诸如此类的事经常发生。所以，一旦母亲怀疑丢钱少钱的时候，我们无一不讥笑她肯定又把钱藏没了。但有一天这样的事也会降临在我身上。

翻开一本旧书，上面明白写着购于何时，又是什么时候阅读完毕，可我却一点都记不起来书中写了什么。书里有我画过的地方，也有我写在书角上的文字，隔了一段时间后它们与我似乎没有什么关系。我努力回忆着当时阅读的情形，那些带着狂草气息的字体，似乎印证着我被思想充溢的快乐。也就仅仅过去了一些日子，我竟然忘却了我曾经的阅读心境。我翻看着那些被我画画写写的书，一种悲怆蓦地抓住了我的心。而我却是那么的无奈，怎么回忆都无法体会当时的读书之景。

街上偶遇熟人，对方跟自己打招呼，那人的名字似乎就在嘴边，就是叫不出来，不得不含糊地应付。有时过了三四天，才突然记起来那人叫什么。我现在最怕遇见几年才会碰一面的人，那种尴尬令人窘迫，实在不甘心被记性击败。按照医学解释，人的记忆力来自大脑的海马体，位于脑颞叶内。这像小海马一样的器官承担着我们人类的记忆及空间定位。如果这匹小海马受损，人的记忆就会严重破坏。我的小海马目前还不至于受到损伤，而我已经明显感觉到了它散发出来的一种类似于老人身上的气息。

我变得小心翼翼起来，阅读杂七杂八的养生书，按照书的说法，吃坚果有益于我的海马体。于是，我一次又一次买来核桃，晚饭后像做功课一样认真地敲核桃壳，尽量不把里面的核桃肉夹碎。完整的核桃肉跟人的颅底组织非常相似，像一条条沟回，我每次都小心翼翼地把它们取出来，然后张大嘴巴，生怕它们掉了。我嚼得很碎，内心一次次涌起对海马体的呵护之情，似乎我脑中忽然之间有一匹海马正在腾跃。中医有以脏补脏的说法，而自然界中似乎也暗含了这种密语，果子像什么脏器，它就滋补什么脏器，如草莓，切开后像女性生殖器官，所以，草莓对女性有很好的帮助。

我给母亲也捎去了几袋核桃，还给她配套了工具，一把钳子，一把小锤子。母亲习惯了重力气活，敲核桃时一锤子下去，狠狠地。核桃"啪"的一声，壳裂肉飞，力量之下一点余地都没有。母亲一边痛惜，一边抱怨，责怪我不会买东西，说是这样的东西也会买，言下之意是核桃不值钱。我撇撇嘴，说，这是好东西，吃了补脑，会长记性的。母亲只知道是记性，不懂记忆力。母亲不以为然，手下又是"啪"的一下，核桃肉碎成了粉末。我忙伸出手去，把散落在桌上的核桃肉末拢到一处，扒拉到一张纸上。母亲有些意外，我怎么突然变得这么小气了。我说，这个核桃肉很"句"(贵)的。母亲说，多少一袋。我想也没想，直接报出了数字。母亲一听，忙收拾起工具，连同几包核桃，执意让我带去，说是怕麻烦。我自然不肯接，并为刚才的直截了当后悔。我跟母亲僵持了很久，最后我败下来。母亲把核桃，包括开了口的那包小心地用绳子系好，塞进我的袋子。

后来，也不知母亲从哪里听来的，说是枣子也能补脑的。她把枣养得红红的，然后煮熟了晒成干，装进一口坛里。我一回去，她就挖一大碗出来让我吃。我像是回到了五六岁，或者更小，坐在屋檐下，往嘴里塞枣子。我感觉海马似乎跃跃欲跑。

阿珍婶婶与母亲还在聊天。一个压低着声音嘀嘀咕咕，一个附和着是是是。她们俩残缺的话儿，奔跑到我跟前时却完完整整。阿珍婶婶向母亲倾诉她在家里的不顺心，批小姑，抨妯娌，顺带骂自家男人。母亲在旁边附和几句，有要没紧地点评一下。听得出母亲的点评是站在阿珍婶婶的立场上。母亲的立场，其实也是村里女人们的立场，谁寻过来倾诉，谁永远值得同情。事实上阿珍婶婶在村里堪称人生圆满，生了两个儿子，都已经成家，也有了孙辈，她的婆婆还健在，真正的四世同堂。

坐在屋檐下听两个老人的嘁嘁喳喳，让我有一种恍惚感，似乎我看到了自己的将来，一脸密集的褶皱，如霜的头发，布满褐色老年斑的手正捧着一只茶杯，里面是遵照医嘱开的四君子汤，我跟母亲、阿珍婶婶坐在一起，听她们闲聊，我有时插几句，有时喝几口，母亲她们偶尔疑惑地望着我，目光却是散的，一对瞳孔任性朝向两边，我知道自己的眼睛也是如此，明明看着母亲，而母亲却以为我没集中到她身上。我的口音没有变，只是出来的词汇跟母亲她们隔了几层，可我又不知道如何把词汇翻译成母亲的日常方言，于是我就笑着听，听着喝。两个老人豁着嘴，还在谈三十年前谈过的话题，小姑送节是如此的狗屁倒灶，妯娌小气得连根稻草也要捏在手里。

我就在屋檐下，坐在一堆农具旁边，还有一堆母亲她们的话题里，可我觉得好像有人扯我的后衣襟，我一回头，发现自己一身污泥，坐在歪脖子柳树下玩耍。我甚至真切地看到时间站在我身边，肩上扛着一些破烂玩意儿，满脸坏笑地盯着我。我再一看，原来是一堆白骨躺在长满树瘤的柳树下，上面笼着阳光，仿佛是在静静地炙烤。

草语

草，在没有简化前，上半部像座山，依偎在一起，整体看，似乎是两棵仙草，一棵往外拐，拽着山，另一棵朝下，扎根于山。的确，草会挤，从石头缝隙里挤出来；草会钻，从亡故几十年的头颅里钻出来；草还会顶，从瓦楞间顶上来。

草的这些具体动作，仓颉造字时想到了。

我曾请搞书法的朋友给我刻一棵“草”。他刻了两枚，阴刻与阳刻。我都喜欢。它们一棵站在石头上，一棵镶嵌在石头里。

看着它们，我会热泪盈眶地想到草在地板底下生长的样子，一部分蜷曲，一部分伸展，因多年不见阳光，草变得嫩黄，但草仍没有放弃生长，在黑暗中探寻阳光，在石板下面履行生长。

每当下雨的夜晚，我取出印泥，在宣纸上揿下一棵棵草。我用并不清澈的目光一遍又一遍抚摸着它们。草，静静躺在纸上，似乎等待着一场春风，或一场春雨，模样有些无辜，却又让我读到虔诚。

我把它们捧到窗口，掀起窗帘，风先急着进来，雨紧跟其后，草一棵接着一棵漫漶在胭脂色中。

我并不确定我的举动是为了什么，我只是不想让草躺着，我觉得草应该还有更好的动作，比如跑，比如拱。果然，草往纸的深处跑了，绝尘而去，也决我而去。

我的目光摊在纸上，无法像草一样站起来。

人能到的地方，草能长，人不能到的地方，草也能长。把草长成草，是草怀揣的使命，如同人，活得像个人样，是人给自己下的定义。只是，草一辈子会是草，而人，很难保证一辈子是人。人时刻面临着被修改与篡改的危险。

风来了，雨下了，草弯弯腰，做出逆来顺受的姿态，就像繁体字中的左边那棵草。风去雨止，草又挺起身子，一点一点往上长，还往旁边长茎长叶，那时，它成了右边那棵草。

草，屈服自然，又顺应自然。我从草的身上读到了我的村庄，我的村民，包括我自己。

草跟众多昆虫一起住进了村庄，使得村庄看上去像个村庄。草胡乱地长着，我们跟着草也胡乱地长着。没有人管束我们，像草似的东长西长，胡长乱长。没有人记得给我们量身高，我们就与草比试。去年跟我们比的是蒿草，今年我们可以站到芦苇面前。只是芦苇从不肯为我们站直身子。也没人知道我们的胖瘦，我们在草上面重重踩上几脚，草用偃，也用仰，悄悄测量我们的体重。这些，我们并不知晓。

我们的成长曾讨父母的嫌，鞋子要重新买了，裤子吊起来了，袖口又短了一截，他们恨不得我们只长力气，不长个子。可我们偏偏让父母的愿望打折。我们曾经为成长的问题感到羞愧。羞愧的成本很低，我们继续胡乱地长，鼻头拖涕，邋里邋遢，“审美”二字像个民间传说。

我们喜欢干扰草的生长。我们在村东的草堆里狠狠踩上几脚，然后一路奔跑到村西，重重跺几下，把草籽丢在泥里。我们随手捋下草籽，悄悄拍在同伴的背后。被拍的同伴背着草籽在村庄里蹿来蹿去。同伴快乐，背上的草籽也快乐。我们对同伴哈哈大笑，笑声里带着一份阴险的满足，同伴也嘻嘻哈哈，像一棵狗尾巴草，在风里弯下去，又被风拐个方向。他背上的草籽在快乐的笑声里颠落了下，成为一株草或一蓬草。

草滋滋地长，好像默默给人做榜样。

草很多，人也很多。有人出生，有人亡故，草从生小孩的屋前长到坟上，又从坟上蔓延到村里。草修补着一个人的脚印，也连接着生死。

村里有草，村外也有草，草似乎希望替我们遮掩世间的坎坎沟沟，坑坑洼洼。

草稀落的地方，我们在那儿撒些尿，用豁了嘴的铲给草松土，我们模仿着大人的动作，试图在草那儿建立起属于自己的成就。

草得了我们的关照，第二年比第一年多长了一些，一年年过去，草坚韧地长着。我们跟着草一起坚韧地长。日晒雨淋，我们不怕；上房揭瓦，我们也会；抲鱼捉虾，我们无师自通。

我们还往草茂盛的地方钻，蹲在草丛里，我们从草叶缝隙间张望村庄。屋舍趴在草叶上，像一只只褐色的虫子，风一来，屋舍在草叶上摇摇晃晃，看得我们心惊肉跳。我们赶紧从草丛里站起来，村庄又完整地出现在我们视线里。我们长长舒一口气，似乎我们拯救了我们的村庄。

我们游荡在村庄的各个角落，偶尔给草取个名字，鸡鸡草，鸭蹼草，猪蹄草。过几天，我们又忘记了草的名字，草还诚恳地长着。有名无名，对草而言没有任何意义。草之道，听从季节的召唤，遵循草的规矩。草，因其低贱，却得以排除在催熟剂、膨胀剂之外，它们远离大棚、农膜等现代机巧之技。果品在变异，水产品在变异，蔬菜也在变异，唯独草还保持着草性。就凭这点，我对这个世界还充满着热爱。

寸草不生，才是村庄的绝境。连草都不屑于的地方，真正是绝望之地。草是人间烟火的背景，有了它，村庄的炊烟才有真正的意义。

小时候，我用草烧过水，也用庄稼秆煮过饭，燃烬后，那一堆黑色的灰，被村人称作草木灰，含有丰富的钾，常常施用于庄稼地，尤其刚长出幼苗的庄稼。草又轮回到泥地里。草还认识自己的前世吗？

屁孩是没有玩具的，但有很多玩伴。他们捉青牛、钓鱼、粘蜻蜓、逮知了……随手抓一把草，搓成草绳，把鱼穿在上面；用一片草叶，把青牛从杨柳树上引下来；编一只草结团，放入池塘，第二天上面全是螺蛳，一只只吸附在草团上。草既是道具，也是工具，屁孩用草做着童年的填空题。草在长，屁孩也在长，骨子里与经脉中渗透进了草的气质。

草也会跟着孩子跑，但比孩子跑得远，搭上顺风，风往哪儿，它就往哪儿，既不讨价还价，也不扭扭捏捏，一旦住下来了，就踏踏实实，心无旁骛。

孩子跑出了村，草还往远方长，沿着田埂，顺着沟渠，或成片，或扎堆。那些草迷惑了孩子的眼，以为草把远方也长满了。

后来，孩子们长大了，离开了村子，看到了比草还密的花，比村里家禽还多的人，原来是远方把草长没了。草把远方长满，只是留给自己的一个民间故事。从村里跑出去的屁孩，隔三岔五地跑回来，喝杯大粗茶，盛碗大灶饭，吃块大芋艿。嘴里咬一口“镬焦”（锅巴），大喊一声“爽”，声音有些粗俗，模样也很粗陋。好像没有人觉得这样不好，他们本来就是跟着草粗粗长大的。

草，只是一个集合词。草族是一个庞大的家庭，比村里任何一个姓氏都强盛，被神农氏品尝的有三百多种，进入李时珍的《本草纲目》近两千种。草并不计较被尝、被写，至今还瓜瓞延绵。

无论讨人嫌，还是被人捧，草总归是按着草性生长，它跟人的历史文明无关，却见证人的历史进程。

家族兴衰，似乎有命数，像一条河一样，总有拐弯的时候，有的拐进了入海口，而有的却拐到了沼泽地，再也没有溯回源头的可能。草从一个家族迁移到另一个家族,记录着一个家族一个家族的回忆,只是没人能懂草的语言,草草了事,是人对世情唯一的总结。

潦草的背后,却是世事的变幻,与不能承受生命之重的心灵契约。

草作为一芥之命,不会有人为草规划未来。草长得有势还是没势,跟人们热衷的话题、热烈的讨论沾不上边,草偶尔进入画面,但草无意闯入,草只是一种象征。

没有草的象征,多厚的土壤,多开阔的大地都显得没有生气。不过,草也不在乎这些条条框框,草在意的是天地之理。本是草,何必学会攀附,何来攀缘之技?枯荣还生,本是天地赋予草的禀赋。

因为草有“春风吹又生”的资质,于是,草不仅让自己得到了繁荣的资格,还庇护了村庄——养活了一大群的家禽、家畜。我养过兔、养过鸡、养过鸭,我还养过数只蚂蚱、螳螂,以及蜗牛、青牛、萤火虫。它们曾经给我带来快乐,而我现在连它们有些叫什么都记不起来。原谅我的记忆。

说实话,我根本没办法养活昆虫们。它们被我圈养以后,我不知道喂它们什么,瞧它们那么精灵与瘦小,我想只能是草了。它们没被我捉来的时候,就生活在大地上,大地上谁会不嫌弃它们呢？也只有草。

草，似乎知道我需要它们，一株株站到了我面前。

我蹲下来，比草高不了多少，草完整地长着，没有一点瑕疵。我用剪刀剪下草叶，放进篮子，留下一撮草根，根茎处是一圈青白。有这一圈青白，草仍会长，长得有理有节。

我也跟着草一起长大，它们葳蕤时，我的脚长了半码。它们枯萎时，我过年时穿的新衣服短了一小截。

剪来的草，我又用剪刀剪碎，拌上油，外加一些碎米，放进一只小碗里，小鸡们伸长脖子，迈开细腿，奔跑过来。小鸡们挤成一圈，围着小碗，愉快地啄起草米。小鸡晚上睡觉时，我用干草垫在大簌笼里，那些干草，吸饱了阳光，让一群小鸡挤挤挨挨坐成一团，喉咙里叽叽啊啊，眼皮却像窗帘一样慢慢合上。

鸡慢慢长大了，不需要我再去剪草，它们自己会觅食。它们爱往草丛里钻，分头钻，一碰屁股，鸡就咯咯叫个不停，似乎发出了某种警告。它们捉草丛里的虫子吃，扒拉草堆里的杂质，撅着屁股，脖子一伸一缩，下面的一撮红肉肉，轻轻抖动着。

我养兔的时候，我已经长大，能背簌笼了。放学后，第一件事是直奔家里，约上几个伙伴，一起去割草。讨好兔子，曾是我童年的一个命题，否则，兔子不长毛，或给你长一身三级毛，那我的劳动理想就无法实现。

兔子用一张豁嘴嚼着草，沙沙沙的声音，欢快地响起。我用碧绿的青草养活兔子，兔子用吃下去的青草给自己长雪白的毛，然后，我妈妈用兔子雪白的长毛贴补家用。

似乎是一个循环，而草是这个循环中的一个支点，如果兔子不爱吃草，可能我家还养不起它们。草给许多家禽解决了这个难题，也给人解决了问题。它们和我们都有了活下去的能力。

不仅仅兔子，羊、猪、牛、鹅，它们都吃草。

羊，自不必说，为草低头，是它们生命的基因。羊吃草的动作带着某种虔诚，嘴巴紧紧贴着草，伸出濡湿的舌头，连舔带啃。一把把草，把羊喂出了胡子，还把羊喂得像个诗人，一双长着白睫毛的眼睛总在汪汪地静默着。

牛，既是生产资料，又是家畜，草对牛的营养，难以应付作为生产资料所需的消耗，牛除了菜饼，还会喝几斤黄酒。之余，牛会被人牵着去吃草。牛站着，张开阔阔的嘴巴，一口一口地咬过去。牛，卸下犁铧，屈着双腿，嘴巴一开一合，雪白的唾沫，把沾着绿汁的嘴唇一点一点抹干净。牛，最具思想家的潜质，睁着一双大眼睛，默默地注视着远方。只是牛永远不会理解不劳而获。对牛弹琴，似乎牛很笨，其实，牛对人弹琴，又何尝不是如此。

鹅，一辈子茹素，而且非常单一——青草。鹅蹒跚在草丛间，像只天鹅。或许，鹅本来就是天鹅，因为眷恋青草，鹅情愿牺牲飞翔的资格。村里有人牧鹅，先是赶到青草地，待上个把钟头，然后，把鹅赶到池塘，让鹅洗澡、喝水，待暮色朦胧，鹅又被牧回家。鹅们腆着肚子，踩着鹅掌，一步一摇。草让鹅们感到惬意无比。鹅的惬意也感染了我，它们在前面踱着步，我跟在它们后面亦步亦趋，似乎，它们把我领回家。

草把家禽们滋养成各自的哲学家。而人却无法领会家禽们每天给我们做的示范，还是一如既往地干着人的那些事。不能不说是一种遗憾。

乡村曾经有一段时间流行过“鸟捡牌”。这是替人算命的一种方法。有人手提鸟笼，走村串巷，吆喝着算命。村人觉得稀奇。

算命先生闭着一双瞎眼，伸出枯瘦的手指沿着手指从上掐到下，又由下拨到上，你的命运在唱吟之间像一张答卷一样飘然落地。认命是村人对人生的唯一解读，可又希望命运有新的变化。人各有命，人又各有运，命是既定的，而运随时在变。这对村人而言，似乎是一味良药。

那个人穿着纺绸衫，戴副墨镜，梳个中分头，忙碌地从这家跑到那家。我之所以记得这件事，是因为有一次这只鸟捡出了一张画有草的牌。这张牌属于隔壁的仙婶婶。众人不解，纸牌上画着两蓬草，而中间却是一棵，孤零零地站在画面中间。那个墨镜先生说，这位阿嫂，侬的命有些苦，儿子两个，最后还是要靠自己做做吃吃。

仙婶婶确实有两个儿子，那时才刚刚下地干活。仙婶婶拿着那张画有草的纸牌一时茫然。旁人劝慰仙婶婶算命是带带信而已，不可做证，一边早让墨镜先生替自己捡纸牌。仙婶婶的男人早早过世，两个儿子结婚后一直一个人过，年过七旬还继续下地劳作。当路上偶遇仙婶婶，我就会想起她纸牌上的那棵伶仃草。

曾劝慰过仙婶婶的菊嬷嬷，早二十年前已经离世，她当年抽到了一张戴凤冠霞帔的女人像。墨镜先生的解释像镶了一口金牙，把菊嬷嬷的命运夸得不得了。那时菊嬷嬷的男人是村里唯一的赤脚医生，无论是家境，还是体面，菊嬷嬷在众人面前优越无比。她抽到好牌，理所当然。

我们称自己是草民，没有贬低的意思。天地不仁，以万物为刍狗。圣人不仁，以百姓为刍狗。刍即草，刍狗是草扎的狗，是用来祭祀的供品。草作为祭品，接受人的跪拜，暗含草与人的互通。只是，我们有时还真不如一棵草。

我曾在墓碑上看到过一棵草。墓碑上的字，很模糊，碑后的坟冢已经坍塌，所葬之人已无从考证，那些墓碑上的字被岁月漫漶，连同坟墓里的人也一同漫漶了。只有那棵草，倔强地挺立着，像坚守着某种誓约。

我们饥饿的时候还挖草根骗过肚子。我奶奶吃过，我外婆吃过，甚至我父母也吃过。他们说有的草根很甜，有的很涩，有的根本没有什么味。考究点磨成粉，拌些野菜叶，粗糙的，就直接倒入锅里煮。在饥饿面前人人都变得很自私，谁也不会把甜草根告诉别人，生怕属于自己的草根被人掘走了。

奶奶说，最甜的是那种“毛针”的根，但很细，只能再掺些其他草根。奶奶曾经像保护珍宝一样把村头乱坟岗的那片“毛针”保护起来，每次偷偷摸摸过去，然后再悄悄回来，挖的时候头上顶一只用草编的帽子，以防别人看到。奶奶从不多挖，希望“毛针”能给日子繁衍出更多的希望。按理说，那片乱坟岗一般是不会去的，而且每天晚上还会飘出磷火，在漆黑的夜晚像提着一盏盏灯笼。隔了一段时间，奶奶像做贼一样溜进乱坟岗时，发现“毛针”全没了。奶奶说，她当时就晕了过去。

“毛针”亦是我们所爱。不过，我们不是吃根，而是它的苗，里面裹着雪白的肉蕾。我们把外面的叶子剥开，像迷人的笋叶，露出近似于丝绸般的肉蕾。扔进嘴里，嚼一嚼，甜味迅速渗透全身。我们把它当作零食，六七月的时候常常跑出村子去拔“毛针”,非得两只口袋满了才回来。有一次我把自己弄丢了,大晌午的时候我一个人溜到村外的沟渠边拔“毛针”。母亲找遍了村庄的角落也没找到我,急得眼含泪花,以为我发生了什么不测。隔壁的婶婶提醒母亲会不会去拔“毛针”。母亲边喊我名字,边抹眼泪,顶着白晃晃的阳光寻找我。听母亲回忆,她已经急得准备回到河里捞我时,我突然从沟渠里传来“哎”的一声。母亲又惊又喜,本来打算打我一顿,后来忍不住抱着我痛哭起来。从那以后,母亲反对我出去拔“毛针”,说是吃了它会流鼻血。

我留恋“毛针”的甜,仍一次次偷偷跟着同伴跑出家门。

多年以后,我的中医老师告诉我们,“毛针”是俗名,白茅是它的学名,具有凉血、止血功效。吃多了,确实能让人流鼻血。

草,如果不长错地方,它可以朝自己的目标前进,甚至高人一头。那些长在屋脊上的、石墙上的,就有理由站在人们的头顶上。人们仰望的时候,连同把那棵草也仰望了。草却慢慢低垂下来,贴着墙面,似乎羞怯了。

但,草总有长错地方的时候。

父母荷锄出门的时候,我知道草在正确的时间长在了错误的地方。庄稼长的时候,草也起劲地长。庄稼地里闪现着草,有的与庄稼挨着肩,有的躲在庄稼背后,还有的匍匐在庄稼地里,看上去恣意、烂漫。草以为自己跟庄稼是同一类的。一把抿着薄薄嘴唇的锄头，嚓嚓过去，草就这样从庄稼队伍中清除出去。草似乎不长记性，隔一段时间它跟庄稼又站到了一起，父母再次荷上锄。

父亲曾经自学过一段时间的医学，把一本《农村赤脚医生手册》翻得稀巴烂。他反复对照里面的一些草药，从庄稼地、田塍间、沟渠边揪几把草来，认真研究它们的药性，还用晒棉花的簟晒这些草。

母亲不以为然，认为父亲偷懒，不好好锄草，倒琢磨起草来。俩人的冲突不可避免。为草争吵，也许仅仅是我家。

后来母亲不知怎么是吃坏了，还是着凉了，肚子拉得很厉害。半夜三更去敲赤脚医生的门，结果他出诊了。瞧着母亲不停地拉肚子，脸色越来越灰暗，父亲犹豫了再三，最终还是爬上了梯子，把搁在屋梁上的那只麻袋取下来，从里面掏出几把草，凑到昏黄的灯光下，仔细辨认后拿了其中一把。

父亲用这束草熬汤后给母亲喝。母亲此时已顾不上，或者她根本没有看到父亲煮的就是她平时所厌弃的草，几口就把碗里淡褐色的液体喝完。父亲紧张地看着母亲，生怕有什么闪失，毕竟他是第一次“下药”。也怪，母亲喝过后只拉过一次，与先前隔几分钟上一趟厕所相比，病情不知改善了多少。

父亲给母亲喝的原来是一种叫豆瓣草的草汁。这种草长在田间小路，叶子像豆瓣，大的犹如一把扇子。跟着父亲，我也认识了一些草，如牛筋草、灯芯草、菖蒲等等。

如今回到村时，我已人到中年，而它们还是那么年轻地长着。

说到草，我又想起另一件跟草有关的往事。我曾经有一个领导，他异常活跃于酒事，如果他在，酒桌的声音基本上被他一个人所笼罩。他的嗓子属于“高掼音”，意思是声音高到一定程度就往下掼，如果他起声低还好，如果一高，声音就自动跑向假音处，像只雄鸭。他自己酒量好，主动喝一杯，然后劝别人酒。遇上别人不胜酒力，他就会说，你把我当稻草人啊。别人勉为其难时，他就像稻草人一样站在旁边，非得让对方把酒喝下。别人喝得踉踉跄跄，满面通红，像风中摇晃的稻草人。他觉得开心，舒服，拍拍肚皮，嘴喊兄弟，一边七冲八拐地朝外走，酒气弥漫了一屋。

我总是不遏制地想象那些稻草人，似乎有人把它们从庄稼地上拔去，扔在田间，一顶破帽覆盖在头上，套在身上的旧衣服支离破碎，而它们的手还举着，或做挥舞样，或扬起手臂做投掷状。

它们是草,它们有人样,驱赶麻雀,同时也吓唬我们,不敢去偷摘那儿的瓜果,三四个稻草人站在那儿,远远的,我们分不清谁是人谁是稻草人。

稻草人属于乡村,跟无聊的酒事无关。它们至今还替我们守望着乡野。

我下村去的时候,看到一些老人靠着草垛闲聊,聊着聊着,他们打起了瞌睡。太阳暖暖照在老人的身上,也照在草垛上。

许是草的香气让老人的梦远了起来,他们的口角流下了涎水,亮晶晶地挂在脸前的衣襟上。他们零乱的头发在风中轻轻飘着,像是一棵棵长在秋天里的草。

我忍不住停下脚步,注视着瞌睡中的老人。他们也许为了庄稼跟草较了一辈子的劲,但老了却与草和解了,靠着草,用漏风的嘴巴闲聊着各自的生活,你可听,你也可不听,而草却在背后给他们撑起一堵墙。

我晚年的草垛又会是在哪儿?一想到这儿,眼泪扑簌簌地掉下来。

过年蓝

我是除夕那天才放的假。本想多睡会儿，可一大早被母亲的电话叫醒。我嘟囔着，这么早打来电话啊。母亲说，还早啊，太阳都晒屁股了。

不管太阳在哪里，是站在地平线上，还是立在电线杆上，母亲都用这个说法来表达时间很晚了。

母亲叮嘱我早点回去，赶在做祭祀前到家。这是母亲打来电话的目的。末了，母亲又补充了一句，车子开得好。这也是母亲的惯用语。意思是小心开车。

我迷迷糊糊接完电话,继续躺在床上。但没有了睡意。

往常,我总被对面的两只,或数只鸟的叫声吵醒。它们每天准时在凌晨四点半的时候开始叫。这叫声非常特别,第一个音短,第二个音变得稍长,然后开始拖腔,很快拐弯,向上提,突然又中止。叽噶,叽叽咕,啊——哈……听起来像笑声,充满了阴险,又有点得意的那种。

我不知道第一次听它们鸣叫是什么时候,下着雨的拂晓,抑或失眠的清晨,总之这些都不是很清楚,倒是被吓了一跳的事实烙印在记忆里,居然还有这样丰富的鸟声,似乎鸟在模仿人的腔调,同时又加进了自己作为鸟的元素。

后来,慢慢觉得对面那两只,或数只鸟的叫声,弥补了我曾经的虚构——从鸟声中醒来。通常,我又能在鸟声中睡去。等太阳把窗帘照得通红的时候,它们的叫声戛然而止。这时四周开始喧闹起来,各种声音从四面八方涌过来,如针如灸。

我曾经有过冲动,想去对面看个究竟,不知谁家养了这几只叫声怪异的鸟。后来看到屋脊上蹦来跳去的麻雀,不知怎的,我突然没了冲动。

今天很奇怪,我没有听到它们的叫声。

窗外传来零星的鞭炮声,似乎东一声响,西一下应,对我来说就是落在枕上。过节前我们总能收到有关的温馨提示,禁止燃放鞭炮,文明过节。然而,每年的鞭炮声从来没有消停过,尤其每年的除夕零点和初五的早上。前者是庆祝新年的到来,后者是请财神。鞭炮声足足可以持续几个小时,又非常密集,我怀疑那时全城人的耳朵都醒了过来。不管是城里还是乡下,放炮仗是有规矩的,只有家里有重要事情,比如红白喜事、生日、造房、祭祀等,才能用炮仗。一想到祭祀,我一骨碌爬了起来。

车子出城很快。好几个路口的红绿灯下只有我这一辆车。街上空荡荡的,沿街的商铺几乎全部关门,连早点摊都没有一家。看过去,似乎是凌晨的街道,只是阳光代替了灯光。关门的店铺上贴着一张白字条,毫无疑问,那是店主写的一张告顾客书。

但也有开着门的,是香烛店,里面挂着或叠着一些纸元宝、冥币等,把店铺挤得很臃肿。我发现这样的香烛店每条街上都有,出城前看到有四五家,都照常营业。说这话似乎有些大不敬,不过,就他们流通的模式而言,说营业也有些通。那些经、忏等不是自己念的,连香烛也是从别人那儿拿来的,这中间就存在着批发与销售的环节。

车里很快热烘烘起来。我没有开空调,只是把车窗关上了。太阳一照,车内热了起来。我惬意地享受着这份热量。今天的阳光非常好，没有杂质。天空上飘着几朵白云，很薄，像一块块生丝，背后是湛蓝的天空，无论是视觉上的美感，还是呼吸上的轻松，这样的天气足以令人愉悦。路上行人不多，偶尔有几辆车，从我车边超过去，但大家非常克制，既没有乱按喇叭，也没有飙车，斯斯文文的感觉再次增进了惬意。

去老家的路况很好，就连村道也有二车道之宽。现在绝大多数的村庄都跟外面建立了宽阔的联系，泥路与机耕路成了特殊的名词，偶尔在庄稼地与庄稼地间还能看到这样的路，像蜿蜒的飘带纵横在田间，我喜欢称它们田埂，父母则叫它们是田塍。我们浙东发音“塍”与“绳”不分，所以，我一直以为是田绳，想想倒也是，小泥路跟绳子似的，仿佛没有它们，这一块块田就散了。现在，匍匐于大地讨生活的很少有年轻人，基本都是一些年老者。只有他们还坚守着田地，他们像是田绳上的一个个结，把自己与庄稼地紧紧捆绑在一起。

最先迎接我的是一缕缕的炊烟，它们像是约好了似的，从各自的灶间踱步出来，然后在村舍上空慢慢缠绕。

今天的炊烟注定与人一样劳碌，从早上一直飘到傍晚，它的不间断，提醒着我们今天的不寻常。

我把炊烟比作人间烟火的象征。以前是，现在仍然坚持。

当太阳升起来，炊烟飘一次，大家开始准备把养了一夜的力气洒到田间地头。太阳站到屋顶，炊烟从瓦缝钻出来，一缕缕淡蓝色的炊烟，对干了半天活的人们而言是绝好的念想。太阳下山，炊烟跟着暮色笼罩村子，人们荷锄进门、吆鸡唤鸭，一天的光景只留下了尾巴。

村里的新房子一幢接着一幢立起来，你家是欧式的，我家来个中式，还别出心裁地修改着各自的建房图纸，这里多一个阳台，那里挑个露台，实在想不出跟别人的房子有什么不一样，干脆多一条走廊。唯一一样的是大家的新楼里没有了烟囱，偶尔几户的新楼上竖着烟囱，但不飘烟，烟囱成了建筑的装饰。

我看到烟囱，总会想到那里躺满了炊烟的记忆，似乎有点无可救药。

当然，年纪大的人还会坚持用灶，在新房子的旁边搭一间小屋，里面砌一台单眼灶，自己煮饭炒菜，烧开水。这样的灶是没有高高的烟囱与之匹配，炊烟只能怯生生地从窗棂或瓦缝里挤出来。风一吹，零零乱乱，很快，袅了个无影无踪。

好在，我们还有一个节日让炊烟回到村庄。

母亲正在忙碌，身影一会儿出现在灶头，一会儿又闪到堂屋，手里端着，或握着，或捏着，随她所需的程序而切换不同的动作。母亲是个勤快的人，性子也很急躁。勤快又急躁，伴随她的是各种各样的声响，咔嗒，吱嘎，丁零……听起来像是不着调的曲子。打从我有记忆开始，我们家就生活在母亲这种丁零当啷的背景里。

与往常不同的是，母亲此刻的忙碌显得轻手轻脚，更多的是窸窸窣窣，扑扑索索，似乎带着某种克制与谨慎。好几次我看到母亲一把抓起锅盖，在锅盖快落到砧板时，母亲的手突然像完成了一个紧急刹车，锅盖慢慢放下来，然后是锅盖轻轻叩在砧板上的声音——叮。拿碗，递杯，洗锅，母亲的手都是前重后轻，利索的背后始终有力气被摁的痕迹。

跟母亲一样忙碌的还有父亲。只不过，此时的父亲仅仅是配角而已。母亲支使啥，他便忙啥。不忙的时候，他默默坐在灶膛前烧火，歪着头，把一根根柴火塞进去，嘴上叼着一支烟，一缕青烟在红红的火焰中变幻着身姿，一会儿飘到父亲的头上，一会儿钻到父亲的下巴，使父亲的气色看起来特别好。

见母亲脚边的菜篮子里还有一些菜没洗，我拎了起来。母亲叮嘱我，到河埠头去洗。

我蹲在河埠头，把篮子里的菜倒在石阶上，浸到水里，掰开菜叶，用手指抹去菜叶上的那些泥土。池塘的水并不很清澈，甚至觉得有些混浊。我洗菜的时候，浸在水里的石阶上腾起一股浊水，那是沉淀下来的尘垢。我小心地用手在水里划了几下，试图把浊水引开。水很凉，因太阳照着，并没有觉得刺骨地冷。我在水里又多划了几次。

自来水已经开通二十年了，母亲到河埠头洗洗涮涮的习惯仍在。我们家与屋前的童伯合用一口小池塘，约二间屋的大小而已，曾是村里最小的池塘。母亲跟童婶蹲在自家河埠头上，你一句，水哗啦一下，我一句，水也哗啦一下，家长里短，鸡毛蒜皮，从她们嘴里出来，又淌着水漂到对岸，像是完成交接仪式。

村里的女人个个闲不住，河埠头正好替代了她们的串门。

我是用惯了自来水的人，又是学过医，对水质的要求自然要高一些。回到老家，我仍会顺从母亲的生活习惯，就像今天蹲在河埠头，用不太干净的水洗菜一样，已完全忽略了池水里会生存着多少大肠杆菌、葡萄球菌。

屋后的西北角曾有一口大的池塘，约有一个半篮球场的大小，是近十户人家的公用池塘。母亲曾经不嫌路远，每天夹着脸盆，或拎着菜篮子去那口池塘洗洗涮涮，跟婶婶们边洗边聊，河埠头不时响起清脆的棒槌声，在池塘上啪啪地回荡着。母亲与婶婶们的手不停，嘴也不停，似乎说话是解乏的良药。

那口大池塘，也是我们屁孩的乐园，一旦母亲她们洗完衣服，我们便迫不及待，个个溜了出来。我们在那儿无师自通地学会了游泳、凫水，还捉过鱼，摸过螺蛳。我最喜欢滴着水渍回家。我走一步，水渍滴几点，我走两步，水渍欢快地滴上数点，在地上绽出漂亮的水渍痕。我常常回过头，瞧那条印着歪歪扭扭水渍的路，觉得我把池塘引向了我家。

大池塘自自来水普及后，开始慢慢变老。她的衰老来自于村人的遗弃，往日的种种禁忌，如不准洗女人的内裤、不能扔垃圾，在水龙头底下被一天天地稀释。池塘像一个小孩，她得不到大人的呵护，她变得任性，任性的结果是在我们不注意的时候，池塘的泥岸突然豁了一个口，过几天缺了一处，一段时间后又倒了一棵柳树，根一半扎在泥里，一半裸露着根须，而树身浸在池塘里，似乎柳树活了一辈子，现在总算倒进了池塘的怀抱。

几只鸭子在倒入水中的柳树枝上踱来踱去，偶尔拍打着一对肉翅膀，抖动着身上的羽毛，一边还很愉快地拉出一坨花绿的鸭屎，上面冒着热气。偶尔突然伸长脖子，嘴里吐出响亮的“嘎嘎”声，也不知道它是快乐着，还是愤怒着。池塘已经成了它们的乐园，再也没有人会拿着竹竿驱赶它们。

当村里实施道路硬化时，大家的目光不约而同地盯向池塘。几个户主与村干部你一句我一句，就替池塘的命运作出了决定。衰老的池塘也只有衰老的人才会记得她。几个老人，如仙婶婶和翠婶婶，包括我母亲，她们是反对的，只是反对显得力不从心，在少数服从多数的原则面前，母亲她们属于少数。

超大型机械开进来的时候，母亲她们还会拿着拖把到池塘里去洗洗,一边洗,一边像往常一样打着招呼,鸡零狗碎的事从这个河埠头飘到那个河埠头,但眼睛对着机械一瞅一瞅的,最后似乎成了痢,目光硬硬的。

旁边是施工人员,正把一块块石头砌在池塘边,池塘像一个躺在床上的病人一样任人摆布,这个说把这块石头放在这儿,那个说把碎石倒在这地方。在人们的七手八脚,以及隆隆作响的挖掘声中,母亲她们聊天越来越费劲,背着耳朵似的,于是只好拎起拖把就走。

到最后,池塘只剩下三间宅基地的面积,而且一点也不规则,像一张掉了牙的嘴巴,在那儿喘着气。边上有几户人家,自池塘的西边被砌成一条路后,他们像是默契似的,个个在建房子的时候往池塘里占用了一部分,于是,池塘更小了。

我童年的物证,永远留在了记忆里。

好在,我们家门口的小池塘还在,母亲尚能恢复自己的生活习惯。

我把洗好的菜拎回家里。母亲吩咐我用自来水冲洗一下。这算是母亲对生活方式的改良。父亲把久不用的八仙桌搬了出来,放在堂屋中央。母亲小心翼翼地摆放好烛台与香炉。我帮母亲把烧好的菜端到八仙桌上。母亲一见,忙示意我放下。我不解。母亲说，要双手捧。我笑了。母亲怕我一不小心摔了碗，或磕了碗，这是母亲做祭祀时的大忌。我已经长大，但母亲对祭祀的礼数一切如常，包括对我的提醒仍初心不改。

母亲有条不紊地进行着祭祀前的准备工作。蔬菜几碗，酒几盅，边上放几双筷子，先倒酒，还是先上饭，母亲心里清清楚楚，一点不含糊。

我参与母亲的祭祀已经有二十几个年头，个中的程序，还是懵里懵懂。对此，母亲很担忧，万一自己老了，无法主持祭祀，这怎么向祖宗交代。我说，我找笔记下来不就得了。我还真认认真真记过一回。只是向母亲隐瞒了一个细节——我又记不起那张纸搁哪儿了。

这时村庄里零零星星地响起炮仗声，还有哩哩啦啦的声音，那是孩子们玩的百子鞭炮，一串有数十个小鞭炮。许是鞭炮声惊扰了狗，我家门前的村道上出现了好多只狗。它们从各自的院子里跑出来，看上去有些惊惶，跑东又跑西，一时找不到北的样子。因身上长着浓密的毛，再加上个子特别小，似乎是一只只绒球。村庄里也养哈巴狗了。

因我从没养过宠物狗，所以对狗并不熟悉。一些资深养狗的人说，看到遛狗的人，最好的社交方法莫过于问一下这是什么狗，然后摸狗的头，夸它，赞美它。类似于农村遇到熟人的孩子，大都会问一下多大了，亲亲他，抱抱他，送一两句祝福话。城里人养狗宠狗的特殊感情，对我这个农村长大的人而言有些不可理喻，或者说根本无法理解。

或许年轻人无暇顾及它们，或者有更好的品种，它们自然而然回到了老家。它们对于老人来说仅仅是一只狗罢了，无论是什么品种，无论有过什么昵称，在村里只有一个称谓，那就是狗。

母亲把一只只汤圆放入锅里，待煮熟后还要加满满三调羹的红糖。母亲看一下糖罐，可能觉得量不够，支使我去村口的小超市买一袋。我愉快地领了任务。

我在村子里碰到了许多陌生人，安安静静的，像是来做客。他们应该是我曾经喊哥与姐的儿女们，他们漠然地看着我，我也茫然地瞧着他们。彼此的眼神跟站在城市里街头一样，似乎居住在别人的故乡里。一些当年称为叔叔与婶婶的，已经成为了爷爷奶奶，曾经的爷爷奶奶已经作古，我们自动升级为姨与叔，由第三代荣升为第二代，下面已经有一茬小孩出现在村里，跟我们不同的是，他们在宽畅的村道上反而奔跑不起来，后面跟着我们的叔与婶，他们亦步亦趋，像一只老鹰似的罩着他们的孙女或孙子。

他们身上再也看不到当年挺直的腰板与宽阔的肩背，孙女或孙子忽奔忽跑时,他们佝偻的身子努力庇护着左右。他们还学会了普通话,讲了一辈子的方言,居然到老了开始学普通话。

我父母也是如此,跟孙子孙女交流时,他们的舌头在嘴巴里拐来拐去,努力寻找着适当的语言,有时为了读准某个音,他们像是铆足劲,再费力吐出,听起来既别扭,又备感辛酸,似乎父母到了晚年,连话都说不周全了。

走在村庄里,我感到村庄好年轻,年轻的房子和年轻的道路,只是,留在村庄的人却不是年轻人,而是老年人。他们坐在年轻的房子里,一天一天衰老。那些年轻人离了村庄后,有混得好的,有过得不好的,也有不好不坏的。混得好的与过得不好的都没有回来,前者不能来,忙着各种事务的处理,后者不想来,只有不好不坏的人回来了。

村里的设施也越来越年轻,连健身器材都安装了。记得当初镇里给村民安装健身器材时,村民问这是干啥的,既不像农具,又不是家具。镇里的文化员说,这是健身器材,锻炼身体用的。村里的老人豁着嘴,哈哈大笑,说,农民还健什么身,每天下地劳动,天天在锻炼,只有整天让力气闲得慌的人,才会让那条条杠杠的给整出些汗来。文化员说,反正是免费的,大家喜欢玩就玩玩。老人也就不吱声了。偶尔有几个人去转个盘,或踩在轮盘上扭个腰,但大多数时间它们都闲置着。很快,它们长锈了。

在村西口拐弯的时候碰到雪的母亲。她的耳朵特别聋,打从我有记忆起她似乎就有耳背。六十开外的她看起来暮气沉沉,干瘪的嘴巴,打着褶皱的脸像一团乱麻。我本来想躲开,可已经来不及了。她踩着三轮车过来了。我硬着头皮说,雪回来了吗?她说,啊啊哎哎,没来。啊啊哎哎,是她的开场白,她知道自己耳朵聋,所以,先用啊啊哎哎来招呼人。一听雪没回来,我如释重负。她一边冲我嗯嗯啊啊,不住地点着头,一边踩上三轮车,背弓成了一只虾。

雪是我小学到初中的同学,同级不同班。后来,我考上了卫校,她没考上。她复读了一年,上了普通高中。她高中毕业后做过一段时间的代课老师,交了男朋友后到县城做生意。刚开始做得还好,每年颇有盈利。后来因听信别人,借高利贷进料,而产品一时滞销,最后不得不把厂房与住房都卖掉。

有一天,我突然接到她的电话,她还是那种柔柔的声音。东拉西扯后她开口向我借钱。那时我自己因为买房还背着债。雪在电话里说,时间不长的,只有三个月,麻烦你帮我向别人暂借。我向朋友借了两万块钱给雪。三个月后,雪打来电话,说是再缓两个月。我不好失信于朋友,向另外一位朋友借了钱还上这笔钱。又过了数个月,雪给我送来了钱,但两万不到。她表示再给她几个月。从此，雪没给我打过电话。一晃，差不多十年过去了。

从超市出来后，我故意绕远道而行。我慢慢地踱着，享受着除夕的阳光。家乡有一句谚语，晴冬至，邋遢年，邋遢冬至，晴过年。记得冬至那天上午天气还好，母亲开始念叨这句谚语，替除夕掐算天气，以为这天肯定要下雨。不想，下午天空开始阴郁，一会儿飘起了雨，淅淅沥沥下得很欢。我问母亲，今天又是晴天又是雨天，那除夕的天气应该怎么断定。母亲说，那应该看雨天的，过年那天一定是晴天。当时我还半信半疑。母亲说，谚语是很准的，老日子就是这么过来的。母亲的口气很果断。

今天的阳光证明了谚语，也诠释了母亲她们对老日子的说法。有老日子在，我们的村庄会老得有序。就像祭祀，让人联系到的是传承与团圆，以及生命与寓意。无论信还是不信，其实跟宗教没有多大的关系，只是成为了很多人生活的一个信念。

我的手机响了，一看，是母亲。母亲年轻时站在院子里，一喊，我就听到了。母亲自从有了手机后，不再喊我了。不知道她的嗓子还能不能把我从村庄某个角落里喊出来。

我一边想，一边朝家跑去。

影子飞逝我不动

早上醒来，伸手去摸床头柜上的手表，凑到眼皮底下，发现手表的时针指向二时三十八分。我捏着手表，迷糊了一会儿。然后，我晃了晃手表，手表依然顽固地指向二时三十八分，显得不屈不挠。阳光在窗帘上照出两块橘红的方格，看起来像挂了两只方柿子，杂七杂八的声音似乎正在催熟它俩。

楼下有手机，还有一只闹钟。我不用担心被时间蹈空。可我不想起来。

我侧过身，右耳被压在枕上，背对窗，开始回忆刚才做过的梦。这似乎成了我步入中年后的一个功课。我如牛反刍一样，那些做过的梦恰似嘴边白色的泡沫。生活越来越定型，日子也越来越程序化，起承转合慢慢淡出人生的阵脚，似乎约定俗成越来越影响着每天的日常，所以，我对梦突然充满了热情，每次总想从自己的梦里搜寻一些信息，仿佛那是命运给我的暗示，或者未来的蛛丝马迹。只有那个时候，我对生活的不死心像泥土里的萌芽，悄悄顶上一片嫩叶。

我几乎每晚都做梦，似乎有种要把以前没有梦的日子弥补过来的味道。有人说小时候不太会做梦，我不敢苟同。只是童年的梦留在记忆里很少，以至我不确定那些梦到底有没有来过。年轻时也做梦，美梦有过，噩梦也有过，时间长了，连日子都觉得恍然一梦。颇有种“却顾所来径，苍苍横翠微”的况味。只是，我近来对梦有些失望。因为我常常记不住。比如今天早上，我明明觉得做了一个长长的梦，依稀还有些记忆，可再也想不起我在梦里做了些什么。这不能不让人沮丧。我翻了一个身，于是，左耳陷入枕头里。

先生是头一搁到枕头就鼾声响起。他说他几乎没有做过梦，醒来时总觉得自己刚刚睡下。对此，我感到不可思议。有人说，夫妻一起生活久了，俩人的相貌会相似起来，包括脾气、说话的口气，以及脸上的表情。也有人说我跟先生有点像，不过，我心存疑虑，尤其是我多梦，而先生无梦，说明我对他没什么影响，或者他还没有对我进行有效的潜移默化。我在浅睡眠的梦里东奔西跑，有时还跟人争执，甚至起床上好卫生间，梦里的情节仍会继续下去，跟连续剧差不多，先生躺在一旁，睡在自己的深睡眠里，不闻不问，这夫妻相不知什么时候才能实现。

对于一个睡眠质量充满优质感的人而言，过早从床上起来是一件很痛苦的事。为了缓慢度过这个痛苦，先生在手机上设置了两个时间，第一次闹铃，他起床把铃声摁掉，然后倒头再睡。相隔十分钟，手机又开始惊醒，播放《走天涯》，降央卓玛唱的，是全国最美女中音，浑厚，有磁性，听她的歌声，犹如翻过山蹚过河之后撞见一片桃花灿烂。“你的脚步流浪到天涯，我的思念随你到远方……”卧室里开始飘荡远方与思念的气息，那些音符在床边跳来跳去，似乎意欲推醒我们。我听到了，可身子慵懒，不愿下床。先生装作没听见，蒙着被子。降央卓玛像公事公办，我们不起来，她就继续“走天涯”，直到先生起来滑屏，欢快的思念脚步才戛然而止。室内一片寂静，窗帘往里鼓着，似乎我们生活在真空里。

照先生的说法，人生最大的惬意之一是睡回笼觉。这个说法立马得到儿子的附和。他把闹钟设定在三个时间，第一个时间是五点半，铃声把他叫醒，他起来把闹钟的铃声按倒，然后再继续睡，这个睡算是回笼觉。儿子说，这段时间的睡觉特别舒服，似乎他又补睡了一会儿，感觉赚了。我似乎从来没有过回笼觉的体验，要么醒来，要么睡，也就无法体会父子俩对回笼觉的愉悦之感。

当降央卓玛用歌声描述岁月轮回与白雪苍茫的时候，我的大脑皮质层并非是空白，梦正全面主持沟回这块组织结构的活动。也就几秒钟，梦从我的大脑皮质层里全身而退。我醒了。可我还是闭上眼睛，似乎假装给自己的梦看，一副很诚恳的样子。

或远或近的杂声被晨风推送进来，包括对岸公园里的歌声，因用大功率的扩音器，听起来像倔头倔脑似的，仿佛叫醒我是他们应尽的职责。我之所以把公园里的歌声列入杂声，并不是因为他们唱得难听，而是他们开唱的时间太早，比对面邻居家养的鸟叫还早。那只鸟的叫声很有趣，初时“啊哈，啊哈”，继而“妖般啦”，落在我枕边时，我的耳朵总翻译成“老板娘”。每天我醒来听到它的叫声，总怀疑自己跑进了菜场，卖菜的摊主站在一堆五颜六色的菜堆里，看见女人就喊“老板娘”，一边用捏着白色塑料袋的手冲你招手，似乎随时准备把自己的招呼放进去。

我用醒着的另一只耳朵听鸟声。数只鸟站在对面的屋脊上，数只鸟立在电线杆上，它们就是不飞到树上。如果它们飞上枝头，叫声会像弧线一样弹到我的枕上。我一直虚拟着它们在我窗口洒下叫声，然后我从鸟声中醒来，似乎我身处森林，泉水淙淙。它们翻山越岭似的叫着，我快乐地追随着它们，腋下仿佛长了一对翅膀。如果鸟声消失，我醒来的第一个快乐就搁浅在窗外的杂音里，笨拙与庸碌一下子填满了苏醒过来的肉身。

有时我也被"咕啦——嗖"的铲子吵醒。这是环卫工人在铲垃圾。在别人还酣睡的时候他们便开始清洁这个城市，把一车车垃圾运走，似乎方便醒来后的人们再制造一箱箱的垃圾。他们每天风雨无阻，拉着一辆用木板挡起来的车子，用手、用肩、用背把高过他们身子的垃圾车拉过一条条街，在一盏盏瞌睡似的路灯下轧过自己的影子。他们青筋暴露，汗水直流，以苦力的模样在清晨闪过我的脑海。

这个夏天，我一直想学会游泳，可怎么也学不会。看到别人在水中像条鱼，像只蛙，又能平稳地浮在水面上，偶尔划一下双臂，然后又静静地躺在那里，似乎有一双巨手托举着他们，而自己在最柔弱的水里变成了一块石板，心里不免既羡慕，又懊恼。教练让我学会放松，吸气，呼气，憋气。在水上这个没问题，可让我沉到水里，我是无论如何都不敢，担心自己被沉没的恐慌渗透到每一块肌肉，然后每块肌肉似乎伸出手想拽住我。教练反复强调让我不要对抗水，还趁我不注意时把我摁到水里，以此试图来拯救我对水的恐惧。结果,我像溺水者一样在水里大呼大叫,叫来了齐刷刷的目光。就这样在水里折腾了一个星期后,教练彻底放弃了对我的训练。

我练过瑜伽,对我来说并不是抻拉筋骨,让腰肢变得更曼妙,而是坐在那里冥想。我最喜欢想的,也是想得最多的是我仰躺在水上。我像一叶扁舟,在微波处荡漾。风来,我似帆,两岸春花明媚时已在千里之外。风去,天心月圆,留一船霜白。

我一遍又一遍在冥想中丰满着我平躺在水面上的场景,我所有的思虑停止,一团白光在体内闪烁,我的肉身凡胎慢慢缩小,回到了混沌状,我似乎回到了母亲的子宫里,我紧闭双眼,紧握拳头,蜷缩在羊水里。我感觉不到自己的呼吸与心跳,我成了一缕风,一缕贴着水面跑的风。

是的,我喜欢柔软的一切。水如此,风也如此。只是,冥想的状态时好时坏。我所期待的那种融入水中成就无我的大象之境,并不是一打坐就能进入。我知道我还有许多的障碍。按照佛教的说法,这是业障未净,心被物所役,尘蒙镜台。

梦是睡眠中的冥想,冥想是醒时的梦。我不知道这样的解释通不通。弗洛伊德那本《梦的解析》是基于潜意识的分析,也就是依赖于别人的梦来探照人类心理学的深穴,而在民间却热衷于周公解梦。我很小的时候,家里有一本周公解梦的书,手掌那么大，封面套红，上面印着一位古人，头戴官帽，眼角细细长长，几缕长髯稀疏飘在胸前。这本书也不知道怎么出现在我家里。记得刚开始的时候，家里因这本书显得很热闹。隔壁的几户邻居，常常上我家来请父亲帮他们解梦。父亲每次都很小心地翻开，根据邻居的梦，去找相应的解析。那些邻居很虔诚地站在边上，听父亲的解读。等邻居回去后，父亲拍拍那本《周公解梦》，似乎想掸掉什么尘埃，然后再小心翼翼地放进抽屉。我趁父亲不注意，拿出来翻看。书里的字大多不认识，认识的也不在我的梦里。后来，等我能够读下一本书的时候，《周公解梦》不知所终。

我曾在数天失眠后的第一个梦里进行了长途跋涉，我似乎被人追赶，不管不顾地往前冲，却不知道所处的方向。眼看就要被黑乎乎的手抓住了，我突然想到了飞，于是心一横，脚一蹬，果然飞了起来。我看到了高远的天空，好像一只球悬浮在我的头上。脚下的黑暗越来越远时，我却莫名地害怕起来，担心再也降不下来。当恐惧一旦滋生，我就开始下坠。就在坠入黑暗时，我像失重一样从梦里惊醒过来，人完整地躺在床上，但脚跳起来砸向床垫时的声音，重重地落在耳边。

我曾一次次回味过这个梦，甚至意欲潜入梦境寻找被我遗漏的细节。我像重温某部经典的小说一样，品味着那个飞起来又坠下去的梦。我在梦里遇到了一条河，躯体却成了一滴水，我起初混在许多水滴里，跟它们一起拥挤着，又各自漂着。我拼命往前漂，且不愿往低处汇成一泓细流。石头、泥沙、朽木、落叶阻拦过我的行程，我仍执着于漂，似乎彼岸就在眼前。当我站起来的时候，河流不见了，而我浑身湿漉漉，浊水从裤脚处滴落下来，汪了一地。我看到了影子，可它瘫在水里。我一脚踩上了石径，开始往上爬，两边野草丛生，可能还有野花，可我已经记不起它们开成了什么颜色。

我一度喜欢上黑夜。黑暗里分泌着安宁。我躺在床上时，一间小小的卧室似乎切开我的内心，我觉得自己渺小起来。迷失与迷途两个词得到清除，我甘愿匍匐前行。拘束的世间常态被虚无，我的障碍一点点散去。我看到了自己的影子，在诡秘的灯光外面踽踽独行，周围浮着一层层泡沫，它们挤挤挨挨，一个泡沫砸向另一个泡沫，须臾间数个泡沫闪出一片光怪陆离。

庄周梦蝶，是一个经典的浪漫故事。庄子在梦里化为蝴蝶，翩翩起舞，悠然自得。因为不知道自己是庄子，所以快乐无比。庄子一直喜欢用浅显的故事打通高深的哲理。他恨不得让所有的人都明白快乐的真谛在于齐物，在他眼里昆虫、植物，还有鱼、飞禽，它们过得比人逍遥、自在。虽然日月星移，恒河沙数，而他的影子从一个朝代飞到另一个世纪，依然那样地轻盈。

也是庄子说的，有机械者必有机事，有机事者必有机心。我真正理解他这句话是在车上。那天我自己开的车，天色将晚，街上车水马龙，在每个红绿灯前排起了车队，几乎很长时间过去才稍微往前挪一挪。这期间有好几辆车加塞进来，次序变得有些乱，于是焦躁的喇叭声横冲直撞，一起横冲直撞的还有电动车和摩托车，时不时地从车边闪出来。我坐在汽车里，眼睛一直盯着前面的车屁股，仿佛等待一场悬而未决的故事。它的尾灯亮起时，我赶紧松开刹车紧紧跟上，否则后面准响起急不可耐的喇叭声。

过一个红绿灯，差不多要五分钟，有时还会更长一些。五分钟，十分钟，对平时来说几乎忽略不计，一天中闲过去的时间可能五个小时也说不定，有时还为多出来的时间感到无聊。然而坐在汽车里让你等五分钟，像突然失去了耐心，一次次伸脖子，一次次打探前面的消息，坏情绪一点点滋生出来，有时忍不住数落或抱怨几句。那些话当然落在车里，时间一长，好像有了根须，只要在车里等红绿灯，或等人，它们就会把枝蔓攀过来。

我去开车载音乐的时候，一辆车冷不丁从后面开上来，然后车头偏向一侧，小半车头横在我的前面，只要前面一辆车启动，他就可以加塞成功。我恨恨地瞥了他一眼，心里骂他没素养。他侧着脸，一张嘴不时咧过来，抖动几下再咧过来，跟副驾驶室里的一个女子正谈笑风生。后来前面的车子动了,他果真很熟练地把车子开进道。我因动作慢了些,后面的喇叭就争吼吼地响起来。我也急吼吼过,我也反省过,可堵车的时候仍会堵心。还是庄子一语点破——机心存于胸中则纯白不备。

我摸黑走进了一个小山村。村子非常破败,七八间的屋子至少有三四间是倒塌的,曲里拐弯的路上长满了杂草,整个村子处处散发着荒芜的气息。走了半天,才看到二位老人,他们坐在木门前剥毛豆,旁边有一只大公鸡踱来踱去,肉鼓鼓的红冠,傲人似的顶在头上。墙角有六七只母鸡在刨食,不时地你啄我一下,我挤你一下,偶尔叽叽咯咯地叫几声,屁股却挤在一块儿。院子里同样很零乱,陈旧的农具,还有豁了口的箩筐、簸箕,毫无章法地堆在一起,花花绿绿的鸡屎散落其间。他们脸上的皱纹像一团麻绳,身上的衣服也看不出颜色。对于我的到来,显然很惊奇。他们停下手里的活,用混浊的目光打量着我。我问他们好,他们咧开干瘪的嘴唇,但没有声音。两位老人起身进了屋。我悻悻然离开。出来的时候,我在村口看到一棵月季,怒放得有些恣意,似乎想为村子含一口活气。

我一直搞不清楚这是在梦里,还是在我的记忆里。小山村的那两位老人成了我的一个谜。有人说,那个老婆婆是我的前世,那么那个老人呢?原谅我记不住他的面容。

但我确实曾在夜里爬上了一座山。那是我出差的当晚，在酒店住下后一个人踱了出来，沿着马路走。走着走着拐进了一条巷子。我也不怎么害怕，顺着灯光走。后来灯光没了，我发觉自己到了山脚下，一条斜径卧在草木中。我想也没想就走了上去。很快到了山腰，有一座亭子翼然于上。亭子边有一棵大树。我就站在树下，居然能看清叶子，它们在夜色里圆润无比，似乎可以滴出水来。我在人前不太会说话，而且也不爱说话，而空话、套话、大话，甚至圆滑话，成了我赖以生存的词汇。我整天跟这些没有温度的词语维持着关系，如同维系着一场干瘪的婚姻。此刻，我突然很想说话，面对一棵长在陌生山上的大树。一些大气而豪迈的词语正在萌发力量，似乎正在我的躯体里阔步前进。我执心，我慢心，被慢慢融化。我仿佛被一个仁慈抱在怀里。我几乎潸然泪下。

山上没有一个人，也没有灯光，黑乎乎的，很枯瘦。我仿佛摸进了宋人的山水图。恍惚之间，我想起了一个人，那个以梅为妻以鹤为子的林逋。归隐前他负书远游，一心想兼济天下。当他闻听当今皇上御驾亲征，与辽军对垒澶州时，按捺不住一腔热血，穿上戎装，腰悬宝剑立志要上阵。因找不到马匹，他居然骑了一头瘦驴，径直从杭州出发。后来御驾亲征，成了一个民间故事，而后续故事更像是闹剧，签订丧权辱国条约之后还要上演一出“天书封禅”的鬼把戏来戏弄百姓。一些大臣，以及一群阿谀奉承的文人，却还极力鼓吹此事，纷纷上呈谀文，以求皇恩浩荡，觅一官半职。这出闹剧，让林逋清楚地看到自己身处的朝代是怎么一个朝代，纵有凌云健笔，也难挽留一个朝代的背影。于是，林逋停止了游学，在孤山归隐，并终老于孤山。他泛舟湖上，每有客人来访，白鹤便越过梅林去叫他。白鹤在天空里“嗝啊嗝啊”，在林逋的耳朵里就是“爹啊爹啊”，然后他欣然返回。他写的梅诗，成为世间一绝，尤其是“疏影横斜水清浅，暗香浮动月黄昏”独居咏梅之冠。只有身心轻盈之人，才写得出梅之神，梅之骨。他与梅同在，与鹤同行，用梅的高洁和鹤的空灵滋养着自己的灵魂，所以，他能写出如此佳作，并不意外。

我下山的时候随手扯了一棵二月兰，就在石径旁边，有一缕从小巷里跑出来的光正好落在那里。我把它带到酒店，找了一只杯子，用水养了起来，紫色的花蓬蓬勃勃，给昏暗的房间带来了几分春意。灯下它的影子躺在我的影子上，或者我的影子驮起了它的影子。我坐在桌前，痴痴地看着它，如果它有灵，紫色一定会变成绯红。后来，我又发了一阵呆。恍惚间，我记起那个小山村，也有二月兰在断墙烂垣处放肆地生长，在风烛残年的咳嗽声里恣意开花。它们的生命力特别旺盛，似乎吸收了一屋子人的气息与故事。屋里的人老了，走了，二月兰却年年看守着屋子,以野草的名义翻晒着过往。

“没有花香,没有树高,我是一棵无人知道的小草……大地啊母亲把我紧紧拥抱。”我唱这首歌的时候还只是小学生,跟着小草胡乱地长。草喂养着家禽,家禽喂养着我们,我们跟草似乎成了一个轮回。音乐老师是个代课老师,高考时语文是全县第一,可还是没能进入大学。她教唱之前先声情并茂地朗诵歌词,念着念着,她流下了一行泪水,亮晶晶地挂在脸上。我们懵懵懂懂,不知所云,还以为老师犯了沙眼病。到了初中后,这首歌突然红了起来,仍然成为音乐课上的教唱歌之一。音乐老师也是代课老师,他是教数学的,高考时差了两分,准备继续参加高考。他一边弹风琴,一边唱。他唱一句,我们跟着唱一句。他唱到“从不寂寞,从不烦恼”时,人往后扬,一直扬,还晃一晃身子。于是,我们也跟着扬,跟着晃。而最后一句“把我紧紧拥抱”时,他整个人往风琴上倾,然后差不多是俯在琴键上。我们五十二个同学也一起朝桌子上俯,最后大家都趴在了桌子上,于是,声音戛然而止。窗外的夹竹桃花枝乱颤,鸟儿叫着飞上了天空。

教唱《小草》的两位音乐老师后来都离开了学校,小学里的老师写了几年的诗,据说跟了一位诗人,俩人结了婚后没再写诗,而是办起了熟食加工厂。几年前吧,我在商场里偶遇她,人发福得不像样子,黑色的紧身衣,让她看起来像米其轮胎似的,声音跟她脖子里的那条金链子一样粗。我无法跟当年的她联系起来,但她的一个动作却让我确信是她,她在收银台付款的时候,用手来捋额上的刘海,一只小拇指从发间高高的翘起来,像长了一个犄角,然后手从额前下来,手指并拢,贴到嘴唇上。二十多年前,她是如此,每次音乐课上好,她就会这样,似乎想把歌声从头上拢到嘴里,似乎不想让它跑出来。我张了张嘴巴,最后还是没有叫出来。她也很快从我的视线里消失。另一位音乐老师第二年还是落榜了,差了三分。他后来继续参加高考,最后考取了师范学院,毕业后还是当老师,但不在我们镇上。不知他们还会不会记得自己曾经教唱过一首《小草》。怅然,似乎无可避免。

小草不知寂寞与烦恼,因为小草随时可以向大地俯下身子,跟大地紧紧拥抱。我本是草根,看着草把自己长成草,也目睹草从坚硬的石头缝里站起来,可我一次次陷入生活的纠葛里,替一些可能发生的事情作种种臆测,被怀疑、焦虑、不安所绑架,无法起身,也无法轻盈,更多时候为眼前的一隅不得不营营碌碌。于是,我的冲动时时袭上来,我想去另一个陌生的地方,以方便我的梦想再次热气蒸腾。有时这种冲动也来自故乡。很少有人表示不爱故乡。似乎我还没读到过类似这样的文章,躺在纸上的,都是情真意切的故乡情,以及天真有趣的事情,即使苦难,也被很好地包装起来。

那晚，我住在一个陌生的酒店里还是做着同样的梦，想生出一对翅膀向一朵白云飞去，却被一扇斑驳的木格子窗所阻碍。醒来后，生活的坚硬再一次嵌入肌体，似乎很多东西正等着自己去召唤，那些有来处无去路的词汇像剥落的油漆，纷纷覆盖我的指尖。我敲打着键盘，它们一个个面无表情地立在我面前。我的情绪隐藏在它们的背后，看不出彼此之间的温度。

什么是生活？身在梦乡而没有睡觉。什么是死亡，已经入睡又失去了梦乡。普拉达如是说。人世间的生与死，不过是梦醒与否而已。简单的陈述，有时却需要一辈子去体会。

记得仓央嘉措说过一句话：除了生死，其他都是闲事。眼下，似乎很多人都为正事忙乎着。原来的诗与远方被养生所替代。太多的人好像都在大补，每天跑步，走路，还有各种各样的偏方、秘方、古方，以及来路不明的方子，在人们的微信圈里闪来闪去。名目繁多的健康体验馆风生水起。包括美容，不惜重金，不怕千刀万剐，只为了一个美字，根本不顾忌任何副作用。人人都害怕自己一无所有，一无是处，甚至一无所成，健康与美颜似乎成了我们能揪得住的稻草。只是我们无法回避一些问题，而且问题越堆越多，大有成为垃圾之趋。如同一个私人空间，突然显得珍贵起来，而自己的老宅，却空着。青翠茫茫，无路可行。

我想起老家的一只鹅,走路蹒跚,看人笨拙,一见有动静就往水缸缝隙钻,傻乎乎的样子。祝英台把梁山伯比喻成呆头鹅,入木三分,那么多的暗示,他居然都不懂。不过,有时候傻也有傻福。别人拼命往一条巷子里钻的时候,一个人选择一条小径,无人打扰,慢慢走过去,不用担心别人会挤了你,或撞了你。傻,就不会给人造成威胁。恐惧心,总让人胆大妄为。

楼下一对夫妻又吵架了。他们隔一段时间就会吵,有时在傍晚,有时在晚饭后,有时甚至在深夜,伴着沉闷的声音,似乎有什么东西倒在地上。他们家的孩子跟我儿子相差两岁,小的时候曾来过我家玩,长得瘦瘦弱弱,像他爸爸。他们吵架的时候,小孩开始啼哭,等他止住哭声时,他们的争吵才告一个段落。我跟他们已经做了十多年的邻居,但彼此的情况并不很熟,碰到了就在小孩的名字后面附上妈妈作为称呼。倒是男人的父亲我有点了解,给一家行政单位做花木工,经常骑着一辆改装过的三轮车来带孙子,也不上楼,就在楼下等,蹲在花坛里抽一支烟,像一棵老树墩,看见我露出一口焦黄的牙齿,算是打过招呼。今天他们眼睛挖开就吵,觉得有些不太寻常。女主人的脏话越过她家的阳台,直接奔到我床边。

于是,我另一只耳朵也醒了过来。

指迷

1

一支清香袅袅燃起，她慢慢合上眼睑，端坐在昏暗的烛光下，开始打嗝，打哈欠。

屋里静悄悄的，再加上幽暗，使她的“呃”像放大几倍后欲夺路而逃。有那么十几秒，她一动不动，也没有“呃”，整个房子仿佛浮在了无边无际的夜色里，与周围的一切几乎隔绝了联系。我有些害怕，怕就此从这间黑黑的小屋里飘了出去。于是，往母亲的怀里挤了挤。

她继续打嗝，响亮，短促，像有什么东西掼到了地上。地上除了黑乎乎，包括八仙桌的四条腿，黑乎乎地隐进了烛火照不到的地方。她“哈呼”一声，仿佛昏昏欲睡。微弱的烛火下，数双眼睛集中在她身上，敛声屏气。她的“哈欠”根本影响不到任何人。没有人接过她的“哈欠”。大家都精精神神地坐着。

“哈呼”一声，“呃”一声，此起彼伏，而节奏越来越快，似乎想把屋子的一切“哈呼”干净，唯有这样才能通向另一个世界。

空气里弥漫着一股淡淡的异味，那种气味仿佛是来印证她干瘪的嘴巴。她的身子不由自主地颤抖起来，八仙桌的烛台像受了感染，也微微晃悠起来，烛泪从灯芯处滴落下来，沿着烛身慢慢结成柱状。

巫婆，是书面上的称呼。我是上了学后从秦伯送女儿给河神这篇文章中所知。之前，我只知道“肚里仙”。我也是对照中才知“肚里仙”与巫婆是同一层意思。但我一直觉得“肚里仙”比巫婆更生活化。或许，书里的巫婆是反面化的，是邪恶的化身，而“肚里仙”给了村人许多的慰藉，人生中的一个个迷局，包括阴阳相隔的事在“肚里仙”那里得到点化。

村里人称她“肚里仙阿婆”，多大年纪，真实姓名，都无考。她集中了一个农村老奶奶的所有特征，穿对襟衫，梳绕绕头(髻)，满脸的皱纹看上去像核桃。掉了牙的嘴巴，使得她的下颌往外突,与鼻尖差不多在同一个平面(这跟书面上的巫婆有点接近)。因为烛火的幽微,她的脸一半阴一半晴,仿佛方便她接引阴间与阳间。

在她的对面坐着四个人,神情充满了敬畏与肃穆,即使烛火无法跳跃进他们的眼睛,他们仍以明亮的方式盯着她。今天这四个人是来"关仙"的,跟亡故的人对上一次话,问问她在另一个世界里过得怎么样,生前的病好了没有,烧得钱够不够用,顺带托她保佑家里的小孩。

阴间与阳间似乎仅仅隔了一道门,而她是推门的那个人。

她还能"掳病",家里有谁头痛发烧,上了年纪的人习惯去她那儿,借她的"肚里仙",求她问问病人发病的原因,她在"哈呼"中指点着病人是碰上了什么不洁之物,或冲撞了哪个鬼,然后领回一些叮嘱,类似于医嘱,大多会在家里许愿、点香、烧纸钱,待病情过后再去她那儿还愿,仍是烧纸钱。家里再拮据的人,烧起纸钱来都毫不在乎。

无论神与不神,她似乎并不闲。只是她有个规定,白天不关仙,说是白天阳气太重,鬼无法附身。所以,她白天是农民,跟村里其他女人一样下地干活,除草施肥,点豆种瓜,有时蓬头垢面,有时趿拉着一双没有跟的布鞋,丝毫看不出有仙的痕迹,活脱脱一个农村老太太。

当我知道她身份时，她差不多已是快七十的人。比我奶奶还老。只有她的称谓一直稳稳地住在村里人的嘴上，好像从来没有老过，年轻女子如此称她，年老的女人也是如此叫她。

似乎，她就是为这个称呼而活的。

她终于不再“呃”了，从嘴里呼出一口长气，眯缝的双眼突然睁大了。她扫了一下屋里的人，他们全在灯火最弱的地方，他们脸上的表情，包括相貌，都被灯火虚糊了。她再次眯缝起眼睛，开始吟唱。唱了几句后，问，谁叫。

屋里一片死寂。仿佛黑暗密不透风。

母亲见表哥没反应，忙接上去，说是儿子叫。

表哥进门后就没有说过话，找了一个马扎在靠近门槛的地方坐下。他已二十出头，一米七八的个子，五官端正，长得像三姨妈，但他对自己的母亲基本没有什么印象。他童年的记忆里，三姨妈是缺席的。尽管众姨妈努力想弥补自己姐妹对儿子的空白，毕竟各有各的家庭，在生活的具体面前，谁都有为难的时候，何况母亲的角色，是唯一的角色，任何人都无法扮演到深入骨髓。就这点，表哥的童年注定是辛酸的。

他虽然有一个干娘，但始终没有叫过“娘”。每次看到我们大呼小叫地喊“娘”时，他便会悄悄低下头，再慢慢把头勾下去，直碰到膝盖。叫他，他也不会抬起头来。得等好长时间后，他才会抬起头，脸上平平静静，根本看不出他在想什么。

他告诉母亲，他最近老是做梦，梦见一个穿黑衣的女人站在床前，可他始终看不清那女人的面目。那时，他学泥瓦匠学了三个月，被砖头砸了数次，虽然每次都有惊无险，但已让家里的人感到慌恐不安。

母亲沉吟片刻，说，去关个仙吧，你母亲带信给你了。

于是，母亲、小姨、表哥就“关仙”来了。我是央求母亲带上的。母亲刚开始不肯，后来在小姨的帮衬下牵上了我的手。我懵懵懂懂，只觉得新奇。

她嚅动着嘴唇，屋里响起苍老的吟唱声。陌生的唱词在黑黢黢的屋子里转来转去，似乎领着我们走迷宫。我听不懂，悄悄转过头瞧表哥。表哥仍黑黑地坐在那里，双手抱着膝盖，乍一看，以为他是局外人。

之前，母亲跟他嘀咕过，让他坐在最远的地方，不让她看出他是谁，然后让她来指证他是谁。不仅仅是母亲，前去“关仙”的人都爱用这个方法，以此来定义她的神与不神。

她略停顿后，说，肉啊，你怎么不叫我？

母亲早已忍不住了，开始吧嗒吧嗒掉眼泪。小姨镇静地说，哪一个是你的肉？

她伸出枯瘦的手，指了指。母亲和小姨忙把目光转移到表哥身上。表哥有点坐不住了，轻轻咳嗽了一下。

小姨问，你什么时候离开肉的？

她合上了眼睛，像半是沉思，半是昏睡。

母亲抹了一把眼泪，再次把目光集中到她身上。她掏出手绢，擦了一下眼，继续吟唱。还是刚才的调，但词似乎减少了些。她把声音拖长了，带着哭意。

我还是听不懂，但开始有一丝惧意，把脸侧到母亲的胳膊肘。从某种角度而言，她现在已经不是她，而是我的三姨，一个从未谋过面的三姨。

她密集的皱纹在嘴唇开合间意欲纵横，一会儿半阴的牵到半阳的那边，一会儿半阳的拉到半阴的那边，似乎在晃动的烛火里传递着来自另一个世界的信息。

她忽然嘤嘤抽泣起来，手捂着嘴巴，身子朝桌上一倾，那姿势让她仿佛年轻了许多。

她说，儿子还这么小，我离开了我的肉。她做了一个怀抱的姿势。

门槛那里传来擤鼻涕的声音，带着些许隐忍。

母亲问，你什么时候起病的（生病）？她说，我有肉后。说着，她朝自已的肚子摸摸。

这下，母亲跟小姨忍不住了，稀里哗啦哭了起来，一边哭，一边问她。

套用母亲的说法这是“还点眼”，意思是提起一些过往的旧事。

桌上的那支香只剩下一寸了，她又开始打哈欠，一缕青烟被她“哈呼”得松松垮垮，像是从中切了一刀。她似乎已无力再履行阴阳推门人的职责。

母亲她们似乎知道这已到了结束的时候，忙叫表哥问几句。表哥此刻掩面而泣，刚才的克制荡然无存。

小姨带着哭腔问她，还有什么要求？

她闭了会儿眼，然后缓缓张开，说，我的肉叫我一声。

母亲像是被谁推醒了似的，扭过头去让表哥快叫。表哥居然哇哇大哭。小姨也催促。表哥喉咙里被“呜呜”堵塞住了，怎么也发不出“娘”的声音……

回去的时候，月光涂地，高高矮矮的庄稼站在田野上，四周是不知名的虫鸣声，高一声，低一声。我跟母亲、小姨，还有表哥，高一脚低一脚地往家走。母亲跟小姨的情绪似乎很高涨，嘁嘁喳喳，跟刚才稀里哗啦的哭泣判若两人，似乎她们不是在“关三姨的仙”，而是看了场露天电影回来。

母亲不停地说“点眼”还得真准，什么时候走的，得的是什么病，都说对的。小姨在旁边嗯嗯啊啊，配合着母亲的点评，有时补充一下，看得出她们对这次“关仙”很满意。

表哥默默跟在后面，一声不吭，既没有插嘴，也没有主动提一句，偶尔嗡嗡地抽一下鼻子，一坨黑黑的身影在他前面跳着，仿佛拽着他往前走。

我从那间小黑屋出来后一直没有回过头。母亲说，“关仙”后不能跟“肚里仙”说再见的。乡村的礼数此刻被忽略了。我顾不得问原因，包括顾不得回头看她一眼，尽管她现在已经不再打嗝打哈欠。

她收钱的时候朝烛火处凑，看清楚后折好，撩起衣襟，往口袋里塞，这时已完全没有了仙气。可我老是有一种惧意，她的“哈呼”似乎随时可以溢出来。

表哥，到底还是没有学成泥瓦匠，学了两年半后从工地上跑了回来，捧了三年的书，成了一名民间收藏家，挣下一份家业。

好几次我母亲让他去“关仙”，问候一下他的娘，还热心地推荐了外婆家邻村的一位“肚里仙”，说是灵验得不得了，可他始终拒绝，拒绝的理由是三姨从来没有托梦过他，世上已经没有他的娘了。

母亲初时还会唠叨几句，几个姐妹碰到时会悄悄数落表哥，责怪他没良心，现在有了这么厚的家业，连娘都不记得。久了，母亲她们的话题也就拐弯了，仿佛那扇门慢慢合上了。

2

他，不知姓，也不知名，更不知从何而来。他手执两片金属响板，的笃，的笃，的的笃笃，一路有节有奏。

他肩上背一只漆黑的人造革包，手执一根竹竿，轻轻点着前面的路。只有入村后，他才敲起两片金属响板，把竹竿夹在腋下，然后被旁边的女人搀扶着走。

这的笃，的的笃笃类似吆喝，把算命这个信号推送到每家每户。没有人接住这个吆喝，他就会耐心地的笃下去，似乎心无旁骛。

他被母亲一声“先生，算命”请到了屋檐下。

我遵照母亲的意思给他和女人端来了椅子，还有两杯茶。我把茶递给他时，他闭着眼接过，嘴里说“罪过”。等他喝过几口茶后，切入正题，要母亲报上生辰八字。

这次是母亲替父亲算命。

当时父亲身体不太好，干不了重体力活，连五十斤的米都无法担起，却突然迷上了“写字”。“写字”是母亲的说法，她并不清楚父亲整天躲在房间里写什么，只看到他一手执钢笔，一手拿着香烟，时而在纸上奋笔疾书，时而出神地盯着窗外，香烟一点一点烧到手指也浑然不知。

母亲自然不会支持父亲“写字”,一个农民不握锄头,靠一支笔怎么能过日子?母亲开始是责备,后来是咒骂,再后来是去夺父亲手里的钢笔,还撕破桌上一摞一摞的纸。争吵,打架,是母亲胁迫父亲放弃“写字”的武器。

父亲不得已,躲到邻居家里写,在他们一间堆杂物的小房间里继续他的写字。很快,母亲知道了父亲的去处,但碍于邻居的情面,也不好意思去他们家吵架。于是,我和哥担起了叫父亲回家的职责。

那时,我不过五六岁,稍微有些记忆而已,至于父亲在写什么,根本不知道。现在能回忆起来的是父母之间为了这件事持续不断地争吵、打骂。父亲平时沉默寡言,从不跟人交恶,唯独跟母亲像前世的冤家,俩人间的摩擦占据了我童年的记忆。

我一直记得这么一个情景,一个下雨天,快吃中饭的时候,母亲突然催我去叫父亲。我有些诧异,自从父亲躲到外面去写字后,母亲一直不太待见父亲,冷战自不必说。

所以,母亲露出少有的温情自然让我感到意外。母亲的情绪瞬间感染了我,我拔腿往外跑。母亲在我背后叮嘱我,下着雨,小心点。或许是父母间已很长时间没有出现这样温馨的场面,我为这个突如其来的和谐感到振奋。

村道是小泥路,歪歪扭扭,雨一下,似乎歪扭得更厉害,上面布满了七零八落的脚印。我穿着套鞋,呱唧呱唧,朝村西走去。邻居的屋檐下坐满了人,他们正在闲聊,看见我走过去,他们继续闲聊着,其中有一个人用手指指里面的一间房,嘴上仍跟别人扯着话,似乎话像一团线一样缠绕着他们的嘴。我默默走过他们身边,朝父亲写字的那间房走去。

房门是木门,上面布满了一颗颗虫眼,像人落了一脸的雀蛋。门是虚掩的,我推进去,一股呛人的烟雾劈头盖脸,我忍不住咳嗽起来。父亲仍然端坐在桌前,他的背影把房间挤得很窄。

我怯怯地叫了一声"阿爹"。父亲依然一动不动,一缕缕青烟从他头上袅袅着散去。我慢慢凑近父亲的书桌。准确地说是一张瘸了腿的小饭桌,父亲靠三块砖头才勉强让桌子撑住。

我双手攀住桌角,看了一会儿父亲纸上的"大大"(字),又仰脸看看父亲,父亲满脸肃穆,紧锁眉头,夹烟的手不停地往嘴里送,青烟从鼻子和嘴唇里跑出来,然后,父亲捉起笔在纸上沙沙,一排排"大大"像木栅栏一样筑了起来。

"阿爹",我又轻轻叫了一下。

父亲慢慢转过脸来,看我的时候有些漠然。"娘让我叫你去吃饭。"我小心地说。父亲略迟疑了一下,放下笔,又深深吸了口烟,说,走,回家。父亲的神情似乎明朗了起来。

回去的时候,父亲怕我摔倒,是抱着我回家的。准确地说,父亲不是抱,而是夹。我不止一次听母亲说,我和哥小的时候,父亲很少抱,就是抱,也是习惯把我们夹在胳肢窝下。我悬着双腿,两只手抱着父亲的胳膊,像棉袄一样被父亲夹回家。

我也是事后得知,母亲听从了大姨的意见,说是父亲这么痴迷“写字”,不妨替他算算命。于是,母亲像是突然得到了某种指点,对父亲的命运关注起来,说不定父亲在写字方面会“出山”(出息)。我想,可能母亲为生活焦躁了许久,大姨的话让她对算命充满了一时的憧憬。

算命先生收起了响板,手一摸椅背,侧过身,一屁股坐到了椅子里。母亲自己端了一把小板凳,坐到算命先生的斜对面,仰着脸,堆满了笑容。那笑容里有些亮晶晶的东西。

我很少看到母亲的脸上泛出这样的光泽。我猜想母亲内心是充满期待的,希望这位看不到光芒的先生能帮父亲看到未来的光明。从另一种角度而言,是让母亲看到生活的转机。

算命先生喝过几口茶后,开始慢条斯理地询问起父亲的生辰八字。母亲恭恭敬敬地报上,头还是仰着,神情一丝不苟,像小学生回答老师的提问。

算命先生嚅动着苍老的双唇,开合间一串串拖音带腔的词在屋檐下荡开来。母亲的坐姿从一开始就固定在那里,曲背弯腰,双手摆放在膝盖上,似乎随时接过算命先生的点化,固定着的还有她脸上的表情，融入了谦卑、讨好和期待。可我发现母亲的笑慢慢有了一些变化，起初的光泽正渐渐散去，像是跌入了阴暗。算命先生偶尔停一下，半是解释，半是询问，然后继续拖音带腔。

我站在门槛后面，强迫自己的目光停留在他的嘴唇上，可有时仍忍不住往上移，对他闭着的双眼既好奇，又害怕。他显然沉浸在对别人命运的掐算中，一个个带着玄机的词纷纷奔到母亲的跟前。

有时，母亲插一句，算命先生解释一下。有时，算命先生询问一下，母亲答一句。有时，算命先生半是释疑，半是询问，而母亲半是应承，半是补充。

母亲跟算命先生间的对话，使得父亲的命运越来越清晰，而母亲的眼神也越来越暗淡。

那一刻，我突然感到肚子痛，一阵阵绞痛。可我不敢跟母亲说。我把肚皮紧紧贴到门板上，双手抓着门框。许多年后，我每每有焦虑的时候，肚子就会痛。吃了很多药，都没有什么效果。我猜测是那时留下的病因。

我有些恨眼前这位算命先生，虽然并不清楚他到底给母亲泄露了多少天机，但从母亲脸上僵硬的笑，我知道他把母亲心存的那点念想掐灭了，也把父亲的执着给断开了。

算命，自然要给钱的。母亲从裤袋里挖出两张纸币，这是她织了半个月的玻纤布挣来的工钱。钱，由那个女人收，折叠好放入黑色的人造革皮包里。

那女人在他坐过的椅子上拍了几下，把竹竿递给他，搀扶他离开。

我看他们出了院子，连忙松开门框，抓起那个算命先生喝过的茶杯，猛地朝自留地泼去。母亲看着我，有些愕然。

那年，父亲带着半麻袋的书稿去了杭州，跟母亲也没说，自己一个人跑了出去。一周后父亲回来了，神情憔悴，胡子拉碴，肩上是离家前的那只麻袋。

爷爷从老屋走过来，恨恨地骂了父亲一顿。之后，是母亲的责骂。爷爷的责骂里包含着对儿子不务正业的失望，母亲的责骂里借着算命先生对父亲命运的掐算，认为父亲命里没有大富大贵的机遇。

几天后的一个深夜，父亲把一本本书稿扔进了火堆里。母亲在旁边号啕大哭。我睁着蒙眬的双眼，看着家里火光冲天。父亲蹲在地上，手里拿着一根木棍，不住地往火堆里捅。火苗，无声无息，却四处乱窜，像张着一张大嘴，把父亲写了无数个日夜的字化为灰烬，也把父亲对文字的向往吞噬了个干净。

已过不惑之年的我，对当年母亲替父亲算命这件事一直忘不掉。如果当时算命先生跟母亲说得不那么彻底,或者留下些模棱两可的悬念,甚至是善意的鼓励,也许,父亲对生活不至于看得过于透彻。

可是,人生没有重来的可能。无论迷途,还是顺途,只能给你一次机会。

等我识字后,我悄悄翻阅过父亲藏在床底下的纸箱。我不知道这是父亲忘记烧掉的,还是他后来又偷偷写的。父亲的字非常漂亮,连笔时带点随意,但并不是没有章法。单个看,不过如此,而整体看,却气息连绵。

我读了半天,读得最多的是“物质”与“精神”。那时,我哪里懂“物质”是什么,“精神”又是什么,两者之间又是什么关系。

当然,我现在非常清楚父亲想表达的是什么。然而,在那样一个以匮乏为关键词的年代,一个农民写物质与精神,在别人眼里不是呆子,就是疯子。对于母亲来说,算命先生的指点,无疑证实了母亲最初的不满,也浇灭了母亲最后一丝希望。

3

表弟的婚姻亮起了红灯。等小姨知道后表弟的婚姻快处于重组阶段。小姨给母亲打电话时没有词,只有哭声。母亲把电话筒一会儿搁到左耳,一会儿贴紧右耳,“杂几啦(怎么啦)”像炒豆一样从左边移到右边，又从右边转到左边。小姨在电话里还是呜呜。母亲的嘴被“杂几啦”牵着，脸上的皱纹也僵在“杂几啦”，眼睛死死盯着电话机，似乎恨不得钻进电话线里。母亲半是哄半是责骂，总算把小姨安稳住，可嘤嘤的抽泣声还是堵满了电话筒。

母亲说，你等着我，我马上过来，我们去塘村。母亲的话果断、冷静，让小姨的哭声低了下去。放下电话后，母亲换了一套干净的衣服，还特意拢了一下头发，下楼走进堂屋，推出电动三轮车，戴上头盔，像骑士一样突突直奔小姨家。

去塘村，似乎成了母亲晚年处理疑难杂症的一个决策。

塘村，是一个地名，跟我们湾村、直村没什么区别，但在母亲眼里，塘村跟我们湾村简直没法比。没法比的标准只有一个，塘村住着一位“龙王菩萨”，而我们湾村除了一堆凡人与一群俗人外，就剩下看不见的列祖列宗。

我不知道母亲是什么时候认识这位“菩萨”的，只是家里每遇上不确定的事，母亲就会去塘村，跟领一个处方似的。

有次母亲丢了一只金戒指，差不多把家里翻了个遍，也没找到。刚开始我们并不清楚母亲在找什么，只看到她从一个柜子翻到另一个柜子，旧被褥、旧衣服堆成了小山似的，连久不用的马桶箱也端了出来。母亲目光所到之处，手脚就会跟上，犄角旮旯，里里外外，都被母亲探测得密不透风。一遍完了后，母亲重复第二次。

父亲忍不住了，问母亲到底找什么。母亲这才哭丧着脸，说是戒指没了。父亲说，肯定被你自己藏没了。母亲心疼加沮丧，说，让你管家管了个屁。平时一直是父亲在家，母亲忙于她的阿弥陀佛。

父亲开导母亲，说，戒指一定在的，你自己好好想想，没人会拿你的东西。母亲骂骂咧咧，怀疑家里来过小偷。父亲一声不吭，转身去翻拣被母亲丢出来的旧衣旧棉絮。父亲虽然从不问母亲藏了什么东西，但知道母亲藏东西的习惯。

父亲找了半天，也是一无所获。我劝慰母亲别找了，下次我给你买一只。母亲突然哇地哭了出来，一边哭，一边说，我连戴只戒指的福气都没有呀。我还想劝说几句，母亲却止住了哭声，似乎想起了什么。我以为母亲记起了藏戒指的地方，谁知她骑上三轮车出了门。我跟父亲面面相觑，不知母亲去干吗。

正当我跟父亲把一堆杂物回归原位时，母亲回来了。我偷偷观察母亲，看到她的神情很放松，全没有出门前的那种落魄感。我心里很诧异，不由问母亲刚才去了哪里。母亲淡淡地说，她去了趟“龙王菩萨”那里。

这是我第一次听说有这样的“菩萨”。如果是往常，我会跟母亲开个玩笑，龙王是海里的，菩萨住天上的，难道是天地合作？但在这个节骨眼，我不想再给母亲添乱，只要她心情平静就好。

大约过了两个月，母亲说，戒指找到了。我甚是惊讶，哪里找到的？母亲说，在你父亲的旧衣服兜里。我说，你不是全翻过了吗？母亲说，奇就奇在这件事上，也不知怎么回事，找的时候像是障眼了。

我不禁一乐，问母亲上次你去找“龙王菩萨”，她是怎么说的。母亲说，如果两个月找不到，戒指回不来了。现在正好过了两个月，太神了。母亲啧啧了几句，神情充满了深刻的敬畏与虔诚。

我觉得好笑，明明是母亲自己藏没了，还归功于她。但我不想拂逆了母亲。毕竟，这两个月来母亲的心理得到了缓解。虽然，母亲从来没有放弃过寻找。

村里有好多像母亲一样的老人，她们受彼此的影响，每每遇上犯难犹疑、焦灼思虑的时候，就会去寻找各种各样的“菩萨”，从“菩萨”那里讨取是吉是凶的信息，然后像领圣旨一样获取化解苦厄的方法。她们像粉丝一样捍卫着自己的“菩萨”，并极力争取别的老太也能归入自己的敬仰。

杏花婶婶膜拜的是“大将军菩萨”。她经常跟人谈起这位“菩萨”，说是如何如何的灵验，灵验到家门口有几棵树都能算出来。杏花婶婶家造房子、嫁女等一切重大事件,皆由“大将军菩萨”定夺,甚至她儿子出门做生意也要请“大将军菩萨”挑个日子。杏花婶婶去卜问人生要事时总带上半篮鸡蛋,说是“大将军菩萨”占卜时要先吃六个鸡蛋。

五英婶婶嘴里的是“关帝菩萨”,每个月的初一与十五必奔到“关帝菩萨”处上香点烛,去时还带上时鲜的水果或地里的蔬菜。五英婶婶所津津乐道的是“关帝菩萨”附身时会讲一口上海话,而平时却是满嘴的土话。

母亲供奉“龙王菩萨”是受桂花婶婶的影响。这也是我后来得知。据说母亲当时并不怎么信服,陪桂花婶婶去了一次后就显得虔诚起来。

当时桂花婶婶家极不顺,起初是她婆婆跌了一跤,瘫在了床上,后来她儿子在外打工时被人骗去了钱,再后来她女儿流产,接二连三的事使桂花婶婶一下子苍老了十多岁,人也变得像祥林嫂一样整日念念叨叨。

母亲说,那位“龙王菩萨”一看到桂花婶婶就两眼发直,脸上的肌肉不停地抽搐,还一阵阵出冷汗。这是因为她看到桂花婶婶身上有不洁之物。

桂花婶婶回来后上香一个月,请一帮属牛的老太念了三天的佛,吃了一个月的斋。虽然,她婆婆并没有从床上起来,她儿子也没办法要回那笔钱，但桂花婶婶的精神却好了起来，似乎一下子想开了。

母亲回来后已经是晚上。听说她已吃过晚饭，我知道小姨的情绪肯定平稳下来了。果然，小姨没再打来电话。

母亲说，表弟还有救，只是“蘑菇云入头”。当然，这是“龙王菩萨”的诊断，母亲只是转述而已。

小姨住进了表弟家里，每天清晨五点上香，而且责令表弟每天在家，不能出门。表弟尽管养成了浪子的脾性，但骨子里还是孝子，只好乖乖在家，听从小姨的安排，早上起来对着香磕头一百下。许是三个月的“软禁”，许是看到小姨陪自己一天一百个磕头，表弟想重组的念头到底压了下去。

不用猜想，小姨接下来会提着重礼去还愿。

不过，即使表弟的婚姻重组，小姨也会去还愿。

4

一个秃头的中年人靠桥阶而坐，一把小马扎放在他的对面。小马扎与他的塑料小矮凳之间摆一张粗制的八卦图，如果对面的小马扎没人，他便低头写毛笔字，在膝盖上搁一块木板，木板上铺一张田字格，他在上面写下一个个字，没有字帖，也没见他写“采菊东篱下，悠然见南山”之类的诗句，有时是“人物动物事物”,而有时是“天机时机动机”,有点平白,但如果连起来看又有些玄。他的字,学的是欧体,虽然字缺少峭劲与奔放,但主笔还是非常稳固,点画颇有欧阳询的玲珑之气。

他的斜对面是一位中年妇女,身子胖墩墩的,屁股底下的竹椅根本看不到椅角,长年戴一顶草帽,夏天如此,冬天也是如此,俨然像刚从庄稼地里回来,或准备下地干活。她的面前放着一个竹筒,里面插了一把竹签。很多时候,她靠在石墙上,怀里抱着一只人造革皮包,目光里没有任何内容。她偶尔也会招揽一下行人,问他们要不要看相,见没有人理她,她继续侧过身去靠在古楼的石墙上,刚才在眼睛里跳跃的闪烁瞬时被抽走了。

位于她左侧约两米左右,坐着的是一位老头,戴一副墨镜,大半个脸隐藏在墨镜后,所以看不出他的表情,也看不出他的年纪,有时他会一动不动地坐在那里,或许他正闭目养神,或许他正目光炯炯地巡视着来来往往的人。墨镜男的脚边摊了一张纸,四块小石头压住四个角,上面是“看相算命”,四个字歪歪扭扭,似乎刚种下去的稻秧还不能立起身子。

在墨镜男的右侧是个老头,穿一件唐装,留着一头花白的长发,胸前挂着一把胡子,也是花白的。乍一看,似乎有点仙风道骨的气韵。他好抽烟,一支烟点起,一口浓痰从嘴里吐出来,仙风道骨的气息荡然无存。他也摆放一张纸,写的是“麻衣神相”,

工工整整，似乎是复印出来的。

我上班不开车的时候，会步行经过古楼。经过古楼必定看到他们。

每天早上，他们安放马扎的时候，卖假古董的开始支摊，把一件件假古董从土黄色的布包里取出来，再一一摆放到摊上。卖假古董的基本上不是本地人，有东北的、西北的，也有东南的，差不多集中了小半个中国，他们已经会说我们当地的土话，不过，也只能骗骗一些游客，我们一听就知道此人来自山西还是湖北，他们的舌头毕竟被家乡缠绕了大半辈子。

他们平时聊天时南腔北调，像一锅煮坏了的粥，但有生意时像是集体商量好了的，一律用土话推销那些假古董，如果对方是外地来的游客，他们的舌头会及时调整，故意用生硬的普通话做生意，让对方误以为是本地人，然后捧个假古董连同假方言回去。旅游纪念，大多是这么一种纪念内容。

古楼与古桥有着近五百年的历史，这是我市最古老的一个物证，除此之外只有龙泉山上的一眼井。他们选择这儿作为他们贩卖天机的地方，不知是巧合，还是他们掐指掐出来的。

他们对别人掌纹的指点，对别人五官的解析，对别人命运的洞悉，因在最有历史质感的地方，他们口吐莲花，他们故作玄机，似乎都可以印证，当然也可以原谅。

马扎空闲的时候,他们的神情是寡淡的,或许等待对这些专门为别人解谜的人来说一样是无趣的。

他们不同于那些卖假古董的,可以大声吆喝,因为假古董也是商品,而他们的商品从某种角度而言是别人的命运。

有时能看到他们对面的马扎上坐了人,悬着半只屁股,伸出一只手,听他们在掌纹上指指点点。有时看到有人闭着双眼晃动竹筒,小心翼翼地甩出一支签,然后聆听他们的讲解。这个时候,他们神情里有一种肃穆的成分,用庄重的声音为求解命运的人指点迷津,预测未来。

他们天天在这里安放马扎,风雨无阻,连他们的位置和行头都固定不变。他们彼此之间没有交流,不知是一种规矩,还是彼此的提防,抑或是其他,我从来没有见过他们互相有说话的时候,他们宁肯隔着一段距离,扯着嗓子跟卖假古董的聊天,也不会跟旁边几步之遥的她或他说上几句话,甚至连眼神都不会交集一下。

有一次,我路过古楼已是暮色合拢的时候,卖假古董的开始收摊,他们收得有些粗糙,把瓶瓶罐罐塞进黄布里,一些珠子倒进编织袋里,还有盘子、铜像之类的装进一只木盒子里。我在他们的丁零当啷中穿过直街。往常他们也准备收摊,虽然也就一把小马扎和一张纸。

那天，有一个女孩坐在草帽妇女对面的马扎上，腰部的肉连同小半个屁屁全暴露在光天化日下。草帽妇女捉着女孩的手，另一只手在她的掌纹间指指戳戳，说一句，草帽抬一下。另外三个男的却不约而同地盯着那个草帽妇女，草帽抬一下，他们就用冷冷的眼神罩着她，而且一直生硬地罩着，一丝不屑挂在嘴角边。显然，他们对她的讲解是充满鄙视的。

我有时也好奇，他们每天坐在那里，以看相算命师自居，不知他们对自己的命运是否预测过。

我记得小时候，有一段时间家里迷上了筷仙姑娘的游戏。每次晚饭后，我和哥就抽来四根筷子，两根放在桌上，另外两根拿在手里，筷头对筷头，这时候大家都会屏住呼吸，用力非常均衡，也很克制，如果两对筷子抵住后往外展，说明福气好。有时筷子往里合的时候，我们就会中止游戏，重新再来一次，直到筷子往外撑。然后打着哈欠，似乎领着福气去睡觉。

有一年还流行过请唐山姑娘的游戏。似乎得等过十点才可以请唐山姑娘，那时的十点不比现在，夜晚是真正意义上的夜晚，黑得很有样子，很多人吃过晚饭就被黑夜浸泡出了睡意。我好几次撑着，一直坐在煤油灯下，等待隔壁的杏花婶婶来叫我。她会请唐山姑娘。可每次我都坐不过八点，一过八点哈欠连天。我一边张大嘴巴送哈欠，一边被母亲赶到了床上。

由于自己从来没有参与过这样的游戏,所以对这个占卜游戏充满好奇。看见杏花婶婶就会问,昨晚唐山姑娘说了什么。杏花婶婶眨着眼说,并不是每晚都可以请唐山姑娘,一个星期只能一次,而且只能问两个问题。我说哪两个问题。杏花婶婶说,问年成,问年纪。我一听,有些失望。

不过,我到底还是参加了一次。我跟其他三位伙伴(必须是小姑娘),握住四根筷子,上面扣住一面筛子。杏花婶婶命我们推推转转。然后,她开始问,今年收成好不好?如果好,请动东角。我们都紧张地盯着筛子,但手里的筷子是不能停下来的。站在东角的是丽,不知是紧张,还是什么,她的手忽然失去了节奏。筛子在她那里跳了几下。杏花婶婶似乎很满意。于是,她开始问,站在南角的小姑娘今年几岁了?筛子像不受控制似的开始抖动起来。我惊恐地看着筛子。因为站在南角的是我。筛子震动起来,似乎随时会从我们的筷子上面跳下去。杏花婶婶举着煤油灯,她一整天没梳过的头发在灯影下变得极其零乱,零乱得有种鬼魅。自那次游戏后,我再也没有参与过,杏花婶婶也不再请。因为她得了一场病,听她自己讲,说是得罪了唐山姑娘。

有时,我从他们身边走过时情绪正低落,我想,如果他们其中一位此刻能指出我的迷津,我会毫不犹豫地坐到他的小马扎上。我期待了很久，他们始终没有指点我，他们的小马扎安安静静地放在他们的对面。

现在网上有一种在线算命，打进去后，各种以大师、大全、第一星座等命名的网站就会跳出来。我玩过一种抽签的，发现点击率非常高。可见，期待被人指点迷津的人，远不止我一个人。

补课

被挤坏了的村庄

我看到了满村的墙壁标语，上面写着美化村庄、美丽家园、文明新风等等，每隔几步就有一句口号，另外配有山水图，梅兰竹菊，墙有多长，花花绿绿就有多长，乍一看，似乎村庄这个老课本换了新课文。

我还看到过孔子、孟子和老子，他们古色古香地站到了墙壁上，字与字间像隔了一块菜地，村里的人在他们面前走来走去，忙着庄稼地里的一些事，没有哪一个挑担的人会懂“老吾老，以及人之老;幼吾幼,以及人之幼"。

我沿着小河慢慢踱步,像温习老课文,耳边是南腔北调的声音,也有半生不熟的本地方言。这是一个被挤坏了的村庄,几乎每家每户都群居着一大帮人,他们蜗居在一个个被分割出来的小房子里,在冒着浓烟的煤炉前炒、煎、煮。

他们用另一种方式喂养着村里的一些人,填充着别人的村庄,却抽空了自己的村庄。

小河上漂浮着各种名义的垃圾,包括卫生巾,还有一些不知从哪里渗出来的污水,无声地淌进小河。

我曾看到过有人背着电瓶,一手拿杆子,一手拿网兜,顺着河道电鱼。我忍不住地说,这样电鱼,让鱼怎么生存?那个人瞟了我一眼,默不作声,继续让电瓶嘶嘶地响着,偶尔有小鱼被他网进兜里。边上站着几个人,他们捧着饭碗,目光一直跟着那根带了电的杆子,嘴里发出呱唧呱唧的声音,像是一个个点赞。我别过头去,他们的呱唧呱唧依然奔向我。

小河被一条道路挡住了,好在还有一只石棉瓦筒把小河引了过去。而我决定朝另一个方向走。似乎每次都是无意识的,可我总选择朝东面走。那儿有一所幼儿园,我很喜欢听里面传来充满稚气的朗读声,靠着树干,静静地听一会儿,我觉得孩子的诵读仿佛把我引入朝圣,他们的声音是那样的干净,于是,我感到自己的灵魂也清澈起来。

可这样的时刻很少,常常是当我走到幼儿园门口时,孩子们都已经被接走了,一把锁把幼儿园空荡荡地关在了里面。无法想象,不久前在外面泊满了车辆,里面有多少孩子,外面就会有多少家长或老人。

村庄是一本供人阅读的课本

这个村子突然有一天要拆迁了。我也是从墙壁上读到的信息,红色的"拆"字隔一段距离出来,旁边还是长卷的山水,还是梅兰竹菊,周围的人群仍然是天南海北。我在路上碰到几拨人,有人告诉我他们是上门动员做拆迁工作的。看得出,他们的成效并不大,一个多月过去了,我还能碰到他们。

他们在呼啦啦的拆迁横幅下来来往往,脸上随时堆起笑容,那是对拆迁户的。他们一定准备了许多话,包括拆迁政策。

他们并不认识我,看到我也充满着善意地笑。我一时感到有些羞愧。我羞愧自己像看客一样观看着他们拆迁工作的进展。

这是别人的村庄,一个我偶尔去散散步的村庄。它被城市包围了很多年,就像一本翻旧了的课本却包了一张漂亮的纸。

说到村庄,我总有那么一种感觉,似乎村庄是一本供人阅读的课本,无论是别人的村庄,还是我自己的村庄。

我每一次回老家,母亲会扮演老师的角色,给我补习功课,说些我缺席时发生的种种事情,而我仅仅看见了一些表面的结果。

有次,母亲告诉我一个信息,说是老家也有可能拆迁。我一惊,说,不可能吧。母亲说,别人都在说。能拆迁,是福气。母亲补充说。我没吭声。母亲也不再响。一会儿,她把这件事忘了,说起了另外一桩事。村里原来的李书记突然中风,被他妻子发现时已经不会说话了,现还在人民医院的UCR。母亲发这个音时舌头在口腔里打了几次滑。我帮母亲纠正,是ICU。母亲问,这是啥意思?油水啊?啊水油?母亲的舌头再次打滑。

我说,是重症监护室的英文缩写。母亲很好奇,问我,什么是重症监护室?我说,全天都由护士医生看管着,家属不能陪。母亲似乎替医生护士担忧,问,医生护士管得过来?吃喝拉撒怎么办?我说,住进里面的人都是躺着的,身上少不了十多根管子,还有一台台仪器监测着病人的病情,医生护士其实看管的是一台台机器。

母亲似懂非懂,可能无法想象把人交给数台机器看管的场景。母亲嘟哝了一下,把啊水油直接翻译成了抢救室。

自然,没有比在抢救室里更坏的情况。

回到老家,母亲都会告诉我一些事,家长里短,鸡零狗碎,似乎尽力想弥补我不在村里时发生的种种事情。

母亲告诉我这些事的时候,她的语气充满了感情,低缓,提升,再压住,然后又往上拽,待事情讲得差不多了,母亲伸出食指在空中一转,似乎给某个巨大的东西打了一个结,每当我看到这个动作时,我知道母亲的讲述会暂时告一个段落,心里无可救药似的愉快起来。不过,如果母亲看出我心不在焉,她会用对待学生课堂上开小差的声音提醒我注意倾听,以此来挽救我对村庄的冷淡。

所以,我尽量装作很认真的样子,哪怕前屋婶婶现在不会抠鸡屁股这样的事,我也要表现出同情的模样,用点头、用感叹词、用灿烂的笑容来配合母亲完成对我的补课。

事实上,我用点头或用笑容的时候比较少,更多的是蹙眉皱额,或叹息,因为死讯与生病的消息多一些。比如隔壁的阿芹婶婶,她在杭州住了一个多月的医院,她得的是白血病,已经花去了十多万,现在还不知道有没有的救。

阿芹婶婶是我同学丽的母亲,一个瘦小而手脚敏捷的女人,每次遇见她总是在她家的承包地里。她一边跟我打招呼,一边揿下一棵棵菜秧,屁股后是一垄垄还没回过神来的菜,菜根处的几片菜叶散乱地搭在泥地上。她的嗓门很大,即使与母亲她们聊家长里短时，那声音听起来像讨论会上热烈发言似的，所以，涉及别人家是是非非的那些事，大家都不肯跟她说。阿芹婶婶由于大嗓门成了村里最没有是非的人。这些年，阿芹婶婶老得很快，甚至有些迟缓，我向她问好时，她手里的锄头不自觉地慢了下来，然后靠在锄头柄上，像个拐杖，头上顶着一头霜月，满脸皱褶，但她的嗓门还是那么年轻，喊我时好像是丽在喊我。

我觉察有一些熟悉的面孔看不到了，他们像一篇抽掉的老课文。比如阿根伯，母亲说他走了，走之前的一天还在帮他的侄子锄地，他在人民医院里诊断出淋巴癌晚期，家人向他隐瞒了病情，说是过段时间再来复查。不知道他早已觉察病情，还是真糊涂，一句话也没问就回了家。

阿根伯一辈子闲不住，不是在庄稼地里，就是在去庄稼地里的路上。我印象很深的一件事是大伙儿晚上聚在一起看队里的那台黑白电视机，别人兴致勃勃地看《血凝》，而他借着黑白电视机的荧光，认真地搓绳、添草。电视的剧情往深处走，他身后的草绳像蛇一样蜿蜒。夜深时，大伙儿起身搬椅子扛凳子，他背着一卷草绳蹒跚回家。有时村里放露天电影，大家像过节一样拥向晒场，他却抱来几捆黄豆秆和一张旧竹席，靠近银幕的一侧敲黄豆秆，如果电影的主角开始对白，他就拿起棒槌敲，黄豆从荚里跳出来，但他从不会让黄豆跳出席子，把席子卷成簸箕状。银幕上出现激烈的战斗场面，他放下黄豆秆，认真地盯着宽银幕，双手抱着膝盖。

村里的人爱跟阿根伯开玩笑，说是干脆把睡觉也取消得了，这样有无限的精力投身到农事当中。阿根伯也很幽默，说是早死一年，有的是时间睡觉。

现在，阿根伯终于休息了。

母亲复述这些事的时候神情是凝重的，语气里有可惜，有感慨，也有故作的轻松，说人总是要走的，无非是早走迟走的问题。这个时候我会劝母亲想开些，不要太劳累，善待自己，不要老是把钱存起来。这些话我是老生常谈，每次回家总会重复几次。

母亲有时听，有时不听，甚至不理你。只有当她提起村里的那些病人后，我的重复她才会接受一点，母亲虽然不吭声，与她以往的神态相比，她的不吭声意味着她的默许。

然而，母亲很快会转移话题，说是谁家又有人过生日，谁家的媳妇快生孩子了，等等，她会说出一串事件来。我懂母亲的意思，那些事的背后是人情，而人情是需要一笔笔钱去铺垫的。说到这儿，母亲转换了神情，是满脸的踌躇，她开始扳着手指给那些事进行预算。母亲说出几个数字后自然不会忘记标上货币单位。我知道母亲接下来的日子是为这几个数字而劳作。

我说，我们给你的钱难道不可以用来支付？

母亲的回答非常干脆，难道不活了？

漂在别人的村庄里

母亲的活，倾注在劳作里。城里人的活，依赖于养，每天巴心巴肝地希望自己出汗，美其名，排毒。似乎，居住在城里的人，每天滋生着毒素。自然，走路成为很多人健身的方式。对我而言，低成本，且自由。

城里有那么多可以散步的地方，有从菜地上建造起来的公园，有从别人宅基地上规划起来的健康步道，还有向市民开放的学校操场，我却选择了别人的村庄，在挤满陌生人的空间踱步，从一间间逼仄、狭小甚至昏暗的小房子前走过，似乎温习着一篇课文。

我习惯用老家的走路方式，在别人的屋前一步一步踱过，又喜欢沿着河道拐弯，转身，心里默默地数着路灯的距离，然后等待墙壁上出现被拉长的影子，在花花绿绿的墙体绘画中移步前行。

我有时也想，我跟那些南腔北调的人没什么两样，他们是南漂，我是城漂，大家都是逃离了自己的村庄。只不过，我跟他们的名义不同罢了，我洗脚进城，他们带泥进城。他们替我们倾倒着一盆盆的洗脚水，又把一车车的垃圾运出城，而我们认真地充当起除垢纳污的角色。

在没有拆迁标语的时候，这个村子跟我的村庄仅仅是多了一份热闹与零乱而已，各人的生活好似一堵堵围墙，既紧挨着，又隔着距离。现在村子突然变得密集起来，院门紧紧地关着，屋子里却灯火通明，总有一些人聚在灯光下，晃动的身影在墙壁上跳跃着，连同喧哗一起从屋子中间荡漾开来。

我从他们屋前走过，屋里马上传出来狗吠声，很快隔壁那家也响起一阵狂吠。屋里的人显然很淡定。外面没有人敲门，他们是不会喝住自家的狗。

狗，在村里永远履行看家护院的职责。这点，倒没有什么差别。城中村的狗如此，村庄里的狗也是如此。

有段时间，我发现老家寂静了许多，静得有些充满寒意。

我问母亲，村子怎么那么静的？母亲说，狗被人药死了许多。我的话接不过去。母亲也没了话。两人一时各沉默各的。

我小时候想养条狗，母亲说，家里多只畜生，多份负担，再说也没什么东西可防的。后来，我又想养。母亲说，狗容易滋事生非，万一咬了人，还要赔偿，太麻烦。再后来，母亲想养，说是家里只有她跟父亲，人气不够旺。我劝她别养，现在养狗比养人还费事。母亲并不明白我的话。不过，此事到底还是搁浅了。母亲仍忙于她的活。

也不知什么时候,一到夜晚,狗吠,此起彼伏,黑夜的无边无际是它们奔向辽阔的唯一理由。我并不心惧,出了门。

我碰到了一些人,多是老年人。同学的父母我大部分认得,但也有些认不出来,他们老得实在太快了。

我跟他们的目光互相试探着,努力在记忆里寻找着旧模样的一些细节。多数时候是我叫他们,当然还不忘记报上自己的名字,我从他们热情回应前的迟疑里常常读到岁月的无情。

他们的生活极少有变化,或许没有变化对他们来说才是最大的福气。

他们在我的记忆里意气风发,作为一个壮劳力的形象翻耕着村里的每一块土地,像一个个年轻的水手搏击海浪。

那时村里似乎没有老人,没有病人,尽是年轻后生,还有就是我们一群屁孩。天蓝得没有杂质,云浮在天空下,一朵推动着另一朵,在村庄上空变幻着身姿,仿佛给我们模仿游戏的动作。水像镜子一样,映照着大家清清楚楚的生活。大家的脸色少有红润与胖嘟嘟的,但眼睛里蓄积的光芒,毫无城府地透露着怀揣的劳动理想,那应该是村人共同的劳动理想。每次到了年终,大家都屏住呼吸看会计在算盘上打来打去,大半人不知道那几个算盘珠子是怎么跳上跳下的,可清楚它们将兑现自己一年的力气。

现在他们一个个成了老人、病人，以后还会是已故之人。接替他们的角色正在列队，这已经是毫无悬念，他们以一个农民的形式去填充着生活，以父母的名义迎接着每一天的到来。

当然，他们现在不必紧巴巴地过日子，但他们似乎失去了某种联系，只是，他们从不说破。

老实说，我老家正前所未有地年轻与漂亮，一幢幢新房子鳞次栉比，深宅大院式的别墅不再是零零星星，道路现在不是留给牛、猪、粪簸、屎桶，而是给一辆辆车。一盏盏路灯站在村道的两边，在鸡栖于埘的光景里就开始上岗，似乎整夜替村庄守候着一个个念想。

其实，对老人而言，那些路灯一点也没有作用于自己的生活，黑夜不黑，那些时辰就没有了意义，尤其是路灯光从窗口进来，白惨惨的灯光投射在被子上，多少有些不吉利的联想。他们之所以没有跑到镇上告状，是因为村干部说了一句话，你们的孩子万一晚上回来呢。这句话把老人们一直藏在心底深处的思虑点了个透亮，就像火苗燃尽时用木棍往里挑了一下，火星又啪啦啦跳出来一样。

尽管老家的住房条件并不比城里差，可我很少在老家过夜，总是吃过晚饭开车回城。父亲从不挽留我，包括我临时遇事去不了老家，他也没有意见，在电话里反而劝我不要去，跑来跑去太累，自己照顾好自己。相反，母亲是有意见的，有时带着情绪说，谁谁跟自己的娘合睡一张床，谁谁与娘亲热得像两姐妹。母亲说这话时却催促我早动身，怕晚上开车不安全。

母亲嘴里的谁谁，都是我的同学。她们有的进城，有的远嫁，已是为人妇为人母，只不过，我比她们早离开这个村子。后来，她们也一个个走出了村子，大部分聚到了城里，散落在各个角落里，摆摊、推销、倒卖，只要能在城里立下脚跟，她们甘愿把寄人篱下的生活当成奋斗的一部分。

还有他们，我的男同学们，用城里挣来的钱在村庄里建起新宅，而自己仍蜗居在城里的某个出租屋。我已经有十多年没碰过他们的面了。

他们的情况，我并不完全知晓，只是从母亲的村庄补习课里我零零碎碎找到些痕迹。他们已是人到中年，跟众多的异乡人一样仍为生活打拼，如果不是为了孩子，他们绝不会迁户口，不会买房子。他们倾其所有，无非是想让自己的孩子能真正立在城里。而他们自己，已在村庄里留下余地，父母终老于村庄，他们也会终老于村庄。

一棵树留守一个村庄

几个月过去后，那个我偶尔去散步的村子似乎并没有什么变化,电线杆上的老中医广告依旧,塞在门缝里的小广告也依旧,狗的叫声也跟以前那样充满着忠诚,但村子里弥漫着一种传播的气息。

晚饭后人们从院门里走了出来,开始聚在村道上窃窃私语,或实或虚的信息从这户传到那家,半真半假的消息又从那家飞到这户,看似集体捍卫着村庄,其实已经各自为政,为利益而战。

在具体政策的条文下,有的开始假离婚,有的父子反目,有的兄弟姐妹掀起轩然大波,每个晚上都能听到掼碗倒盏的声音。更有甚者,一座假山从这户移到那户,又从那户搬到另一户,被同样搬来搬去的还有大理石、盆景。倒是小房子里出奇地安静,从小窗口泄漏出来的灯光里我似乎看到了他们的无所依傍。或许他们已经开始寻找下一处小房子。

我在这个称之为城中村的村庄里意外地看到了萤火虫,还听到了一二声稀薄的蛙鸣,毫无疑问,它们在一处只有两垄地的小菜园里,还紧挨着垃圾倾倒站边。或许它们早已分清了月光与灯光,在找不到夜色的时候它们只好迁徙。我曾经留意过它们,但目光触及纵横的水泥地后,我的念想触礁了。所以,那一刻我听到蛙鸣,看到萤火虫,我立刻想到了留守。

我想,可能还有许多生物留守在这里。只要还有所裸露的泥土,它们就会留守下来。

只是,这个村子总有一天会被拆迁,墙壁上的动员,横幅上的动员,将兑现一套套高层的房子,让村民住进可以俯瞰城市的高楼。

一个村庄化解于城市文明中的一个符号,而这个符号终将湮没在万家灯火中,没有人会记得高楼下的泥层里曾经住过哪些昆虫,或者埋葬过谁的祖先。

我见过的那些提着灯笼的萤火虫会不会迷失在炫目的霓虹灯下,还有那些曾经呢喃过的秋虫,它们又将会徒步到哪里?至于植物,没有悬念,它们作为商品的一部分,列入了主人的搬迁费里,它们的去向,已并不重要。

所以,当有一天,我看到一辆推土机进入这个村庄时,我对这个村庄的消失已经有了准备。只要有一户签下协议,那么村庄的大地开始松动,就像人的牙齿,一颗掉了,旁边的就慢慢跟着松动。无论是钉子户也好,积极户也罢,村庄的前景已经像横幅上的动员,它们正一点点撬动着村庄的根基。

我曾跟一位做了近十年拆迁的工作人员开玩笑,说他是专业村庄杀手。对此,他并不生气,似乎还有些得意。他说,一些拆迁户一夜暴富后一下子变得木呆呆的,有的被人拉去买六合彩,有的骗去赌博,赌博的那些最后都是借高利贷,两年就把家底弄得精光,据他知道的确实数据是三桌,也就是三十户。他伸出双手，冲我晃了一下手心，然后晃了一下手背，再晃了一下手心。

有一天，我忽然看到一棵大樟树，它默默地立在那个消失的村子里，周围其实已经是一片废墟，它在大桥匝道的一侧屹立着，既像一道碑一样立在了那里，又像一位老人留守着消失的村子，风一来，树叶哗啦啦地响，好像树叶跟树叶说着什么。

这棵樟树的主人曾经提出六万的价格出让，说是他们家的太爷爷种的。拆迁办认为太贵，于是主人就不肯拆迁。最后谈下来四万。结果隔壁的邻居听到了这个消息，闹到拆迁办，说那棵樟树的根一半在他们家的宅基地下，必须也赔他们一些钱。邻居还说这棵樟树是野长出来的，根本没有人种植，太爷爷纯属传说。为这棵树大家闹了很长时间，最后似乎暗搓搓地解决了。

一棵樟树，我想到小学时的一位老师。有一次放学前，她说晚上带着课本到她那儿去一趟。她的宿舍挨着她的办公室，但她似乎每天都喜欢夹着课本回宿舍，第二天又夹着课本到办公室。

现在，我的记忆对补习什么课，已忘了，但她站在门口，随着我的脚步，她像一棵树一样在生长。一直到她跟前，我仰起头，一个弯弯的月亮正站在她的头上，而她的宿舍在月光下像一本打开的课本，静静地搁在一棵树的旁边。

纸水杯

我怀孕四十多天时突然见红。同学给我做了检查后，两人商定以密切观察为主，没有采取药物治疗。

母亲知道后急匆匆从乡下赶来，又送吃的，又送钱。在她眼里亲人生病，必须包上一个红包，数字得奇数，而且尾数带3，意在让病散了。我收了母亲的红包，也吃了母亲亲自饲养的大公鸡，可仍然见红。

母亲再次心急火燎地奔回老家。

第二天，太阳刚照到窗棂上，母亲拎着一只黄色的布袋出现在我家门口。进门后,母亲站在室内东瞧瞧西瞅瞅,目光似乎很犹豫。

我好奇地问母亲怎么了。母亲说,袋里有佛经,必须找一个最干净的地方放一放。母亲眼里最干净的地方并不是指没有尘埃,而要符合她心里的那套干净——远离污秽之地,不受人间烟火熏染。母亲在各个房间转了一圈,最后把布袋放在了我书架上。母亲尽管只认得一箩筐的字,却对书也是敬重有加。

很快,母亲忙碌起来,做饭,烧菜,说是要请太平菩萨。那时在母亲心里已经住下了数位菩萨,知道遇上什么事该请哪位菩萨。

母亲烧出了一桌素斋,并训练有素地摆好香炉、蜡烛台,又从我珍藏的餐具中拆出十只碗来。母亲问我要酒盅时,我才发现家里的酒盅有数只不知什么时候豁了口。母亲自然不愿把这些品相不佳的酒盅摆上桌子。我情急之下说,家里有纸水杯。母亲连连摇头,表示纸水杯不够庄重。我本想开母亲的玩笑,天上也要与时俱进,看到母亲一脸的认真,便把刚到嘴边的话咽了回去。最后还是先生发动汽车,以最快速度奔到超市。

母亲焚香、点烛,倒茶、斟酒,一丝不苟。先生站在旁边,随时听从母亲的指挥。母亲说,拜三拜。先生便拜三拜,虽然样子很难说恭恭敬敬,但他配合得很好,至少让母亲觉得满意。母亲让我也拜拜，可以不跪，说是菩萨大慈大悲，体恤众生。母亲自己也跪拜，嘴里念念有词。然后，母亲小心翼翼从书架上捧下黄色布袋，取出一沓佛经，放入旧铁锅中焚烧。

佛经是母亲向和尚买的，价格比寺庙外的要贵。母亲说，寺庙里的和尚比外面念得专业，而且他们是吃长素。母亲说到专业这个词时，我觉得有些好笑。不过，我到底还是把这个念头压了下去。

离我家约一千米的地方有一座寺庙，说是千年古刹，原来不过五六亩地，这几年寺庙几次扩建，大兴土木，已经有近二十亩的规模，而且建起了一座座殿。都说远来的和尚好念经，里面的和尚几乎没有一个是本地的，连方丈都是外来的。他们晨钟暮鼓，早课晚课，佛事法事。

有一次，我去书画院，正与几位老师闲谈之际，忽然传来僧人的诵经声。书画院与寺庙仅一墙之隔。听着，听着，我觉得僧人诵经的调怎么像黄梅戏的曲调。当我说出自己的疑惑时，书画院的几位老师脸露笑意，但没有让笑散开来，而是努了努嘴，生生把笑堵了回去。其中有一位老师说，那是安徽来的和尚。

母亲从香炉里取下三支香，轻轻拨一下佛经，很快，火苗往里面钻，蹿出一片片燃过后的纸灰。母亲蹲在铁锅旁，一边挑佛经，一边说，和尚念的就是不一样，佛经烧起来像一眨一眨的，那是功力,也是功德。

母亲像自言自语,又似乎跟我说话,脸上挂着欣喜的表情,似乎很为自己的选择感到高兴。母亲像其他农村主妇一样,逢年过节,家里需要祭祀烧经时,要么向一些念佛的老太买,要么家里的老人自己念。

母亲待一切停当后才让先生去上班。先生如遇大赦,忙穿鞋下楼。

我以为母亲这下可以完事了,谁知她从黄布袋里掏出一只绣花小鞋,仅一寸半大小。我惊异极了,不知母亲葫芦里卖的是什么药。母亲握着绣花小鞋,说,这是我们曹娥庙的方丈给我的,是曹娥娘娘穿的一只鞋,借我五天,你把它放在床头,曹娥娘娘会保佑你的。

我把头摇得像拨浪鼓一样。尤其一想到夜半醒来床头搁着一只红红的绣花小鞋,别说灯光昏黄,就是大白天一看到,心里也觉得阴森森的。母亲为我的态度而失望、难过。母亲说,这可是我求来的,一般人还拿不到呢。母亲在诸佛面前喜欢用求字,似乎只有那个求才能承载她内心的希冀。

后来我让一步,母亲也妥协一步,那只绣花鞋放在床头柜里。这总比赫然醒目地搁在床头好多了。

一切收拾停当后,母亲取出一只纸水杯,往里倒了些开水,一口一口把它喝干。我问母亲还要不要添水,母亲摆摆手。于是,我准备把纸水杯扔进垃圾桶,结果被母亲阻止了。她把纸水杯装进自己的布包里,说是还可以再用,浪费是罪过的。

我想跟母亲解释纸水杯的意思,然而,一次性的说法让母亲不悦。我只好希望那只布包能厚待纸水杯。

母亲识字不多,也就念了两年半的小学,现在却会看不少经书。我曾翻看过她的经书,里面注了许多白字,而且是很有水平的白字。如一个“汗”字,她在旁边注上三滴水,她解释说,汗水流下来的样子。如“雨”,她画了一顶伞。一本经书看下去,似乎一部伪甲骨书。

在老家,像母亲年纪的人纷纷系起了黑色的布栏,手持佛珠开始念佛,懂得敬佛的规矩。她们除了礼佛,还供神事鬼,一年中哪几个日子给鬼烧纸钱、什么时候供神,心里一清二楚。

只不过,母亲这帮人与奶奶辈的人是有差异的。奶奶们认为媳妇们的那套太花叉叉,供品、纸钱过于烦琐。母亲与婶婶们则嫌老人死板板,只会一句阿弥陀佛。她们之间很少在一起念佛,自己有自己的伴。尽管如此,在有些问题上,她们是达成共识的。比如放生,她们认为大可不必。理由是,世上食物都“作吃”的。

河面上有一只甲鱼若隐若现,腿一伸,离水面近一些。腿一划，沉下去些。甲鱼一伸一划，牵动着那个专心致志趴在栏杆上的人，他的脖子配合着甲鱼的动作，抻得很长，笔直，身子不动，侧面望过去很像动漫中的龟先生。

我从他身边走过时，他转过头来，脖子还是抻得老长。可能我走路的声音重了些。他快速瞥了我一眼，似乎有些怒意，示意别让我惊跑了水中的甲鱼。

早几年，这条江成为善女子放生的地方。有的拎几袋，有的挑一担过来，里面杂七杂八，有鱼、螺蛳，也有泥鳅、鲇鱼。

我碰到过一个老妇人，她把一袋甲鱼倒进江里，有好几只甲鱼浮在水面上，一动不动，傻乎乎的样子。老妇人急了，折了一根柳枝，一边念阿弥陀佛，一边拿柳枝推甲鱼。

我不由得站到她旁边，自言自语了一句："放生啊。"那位老妇人回头，答："是啊。"又补了一句："我经常来这儿放生的。"我递过去一个"哦"字。这时，有两只甲鱼动了一下，水面上漾起几圈涟漪。老妇人赶紧又念阿弥陀佛。念毕，她告诉我，只要念佛，甲鱼就会醒过来。

不一会儿，几只甲鱼全动了起来，很快，一只只往水里沉。老妇人非常满意，对我说："你看到了吧。"那神情似乎像个导师。她还告诉我，桥上放生不好，鱼会摔死的，这样的放生一点都不虔诚。我笑了笑，不出声。

此时河里的那只甲鱼肯定不是那位老妇人放的，但一定是某个老妇人放的。到这条河里放生的几乎清一色是上了年纪的妇女。

我看到过一群穿黑色居士服背黄色布包的人，从一辆面包车上蜂拥而出，有一个和尚模样的人领她们到了一处空阔的地方，然后开始一起诵经。在她们旁边是一包包的东西，鼓鼓囊囊。不用猜测，那里面是鱼、螺蛳，也会有甲鱼、黄鳝、鲇鱼等。

那是个夏天的早晨，太阳还没有出来时已经感到很热，知了东吱一声，右叫一声，燥热的气息蠢蠢欲动。待太阳刚刚跳出来，闷热就从脚底漫上来，我身上已开始出汗。对岸的她们还在进行着。一会儿手持念珠对着地上的包包叩拜，一会儿围着包包转圈圈。看得出，地上那几堆包包是今天早上的主角。善女子们准备放生。之前得有一个冗长的仪式，只有超度完了，它们才可以从黑色的塑料袋里出来。

等我第二次看到她们时，太阳跃升一丈多了，白晃晃的光芒毫不客气地洒过来，我开始躲着阳光，专挑树荫下走。她们已经解开了包，把里面的活物倒入一个个脸盆，我听到脸盆里啪刺啪刺，甩出一片水花，似乎鱼们很不耐烦，催促那些诚心诚意放生它们的人早点结束仪式。穿袈裟的和尚站在中间，用力地敲着木鱼。清脆的木鱼声七零八落朝各个方向传过去，在风中变得很沉闷。

如果我是鱼，真希望没有这样那样的仪式。

对善男子善女子而言，放生仪式比放生之事更重要，只有参加过仪式的鱼儿才能代表他们的慈悲，证明自己实践了“无缘大慈，同体大悲”的佛教情怀，那些被放生的鱼、螺蛳等似乎带着某种使命，再次回到它们生活的河水中。

我曾听到过我们村里的一个说法，放生的人如果放了何物，今后不准再吃这种食物。据说，谁违背了这种禁忌，所得到的惩罚是非常严重的。

于是，我想当然地猜测母亲她们不放生，可能除了舍不得钱外，还有这条禁忌让她们无法执行吧。

放生仪式终于结束了。善女子开始搬动地上的盆盆袋袋。个中有些纷乱，善女子间不时你挤我一下，我撞你一下。大家都想把自己的那盆率先倒入江中。后来在和尚的指挥下，善女子有序地把一盆盆鱼、黄鳝呼啦啦倒进水里。江面上涌起许多水花，还有沉闷的咕叽咕叽，似乎雨天中的套鞋沾了一鞋的泥水。

可能刚才一直闷在塑料袋里，甲鱼倒入水中后木呆呆的，附在石壁上不动，也不沉。善女子们拿树枝推它们往远处游。于是，岸上又一阵喧哗。

我有一个邻居，他的夫人出车祸，一个月内连续动了十多次手术，几次在死亡边缘徘徊。他的母亲听人指点，在网上找到一个放生网站，向网站提供的账号连续汇了三次款，每次三千四千不等。我邻居问他母亲，放生也能通过网络？他母亲说，那边会有人帮忙举行放生仪式，然后把鱼、鸟等放生。邻居及其兄弟们也没有说老母亲的不是。这些天来她一直高度紧张，甚至出现了严重的焦虑情绪。只要能缓解她内心的焦虑，放多少生都随她的意愿。据说，他母亲汇出款后情绪开始稳定，晚上睡眠有了好转。

我出于好奇，在网上搜索。果然有放生网站，而且不仅一个。上面除了跟放生有关的仪规、因果之说等外，居网页正中的是“参与方式”，点开一看，里面是开户的四家银行和支付宝，还有 QQ 联系号码。

放生来自于佛教的慈悲，认为众生平等，动物也有机会成佛。但对于放生的人而言，慈悲与佛性并不是他们放生的唯一理由。他们有自己的欲求，消灾、除病，甚至发财、升官，里面有许多不为人所言却为人所知的欲求。尤其是前来参加放生仪式的善女子，她们在五花八门的意愿面前顺从自己嘴巴的开合，一声阿弥陀佛，让诸多的善咐嘱渐行渐远。

河里放生的人多了，像刚才那个中年人的人也多了。他们手持网兜，神情专注，徘徊在江边，看到晕水的鱼或甲鱼就捞上来。虽然这个过程有些漫长,如同刚才那个龟先生一样的中年汉子,鱼在水里挣扎,他在上面熬时间。鱼晕乎乎,在水里浮沉,似乎试探放生池里的深浅。一旦鱼保持浮的动作,岸上的人便瞅准机会,手里的网兜疾速往水里捂。鱼是来不及反应的,不知所措地蜷缩在网兜里,被人从放生池里捞了上来。

他们有时自己吃,有时把捞上来的甲鱼再拿到菜场门口去卖掉,告诉顾客这是河里刚抓上来的。

买的人拎着甲鱼犹犹豫豫,一会儿查看背部的颜色,一会儿又辨认腹部的花纹,以判断这只到底属不属于野生。卖甲鱼的人发誓赌咒,神色严肃,证明自己就是从河里抓上来的。他不说捞,而是说抓。一个人完全没必要为一只甲鱼而跟自己发毒誓。

这份忠诚到底还是打动了一位顾客,于是掏钱买了下来。

小时候老人曾经告诫我们吃饭时不能把饭粒丢在桌上,否则会被雷公公打死。正因为有这样的畏惧,我们不敢浪费粮食。长大后明明知道根本不存在雷公公这事,可还是不敢随便糟蹋粮食,仿佛无形的雷公公已经嵌入我们的记忆,如同母亲把使用过的纸水杯仍当成杯子一样。

我们的人生启蒙多源自老人的敬畏。

农村老人多不识字,而心里总供奉着一尊神,无论佛祖,还是耶稣,帮他们拨亮心灯,左右着日常行为与意念。老人不懂《金刚经》,也不识《圣经》,有的一辈子只会念一句“阿弥陀佛”,或“上帝”,并不妨碍他们在佛祖或耶稣面前虔诚地一拜。

老人们受了很多罪,吃了许多苦,时代的创伤如一条履带深深从他们肌肤上碾过,在他们的生活里留下一道道如核桃般的皱褶,没有人帮他们理解苦难的含义,在种种困苦面前,他们怀着敬畏一年年地过来。他们心中的那尊神化为日常行为,再来影响我们的行为,成为我们从小得学会的规矩。

农村人靠天吃饭,在时节面前如宗教一样虔诚匍匐,二十四个节气像指挥棒,指挥着村里人在地上完成播、插、耘、种等等。可以骂人、骂猪狗,但绝不可以骂天骂地,甚至连手都不能指天,认为这是侮蔑天。

当遇上干旱、洪涝时,村人最多是“老天爷,老天爷啊……”语气里半是不满半是自责。其结果便是向天乞求。年轻人不信这个。乞求之事自然而然由老人承担下来,顶着骄阳步行十五里路,去海边念佛。

干旱过去了,老人们相信这其中有自己的功劳,在彼此的言谈中互相印证着老天爷收到了信息。如遇到大风,村里人就集体烧水,用烟囱里的烟提醒上面的龙王下面是人间烟火,不宜久留。

除了对天地的敬畏,还有很多的敬畏。

对一棵长有五十年以上的古树不能随便爬上去,认为有神灵附树。路过庄稼地或在庄稼地上,不能骂人,不能说脏话,更加不能谈论男女之事。祭祀时要恭恭敬敬,桌上摆什么,酒茶洒几次,都必须规规矩矩。其间不准嬉笑,不可以七嘴八舌,头要叩到地上,发出咚咚的声响。

农村老人对天地敬畏的背后便是生死病苦的寄托。

对很多老人来说,没有能力去解决超过他们能力的问题时,就很自然地把心中的敬畏捧出来,希望平时的敬畏与膜拜成为此时帮助自己解决问题的力量。如小孩病了,做老人的第一个反应向神祷告,向佛许愿。假如,小孩的病好了,他们会烧一些佛经,边烧边虔诚地许诺,保证以后不让小孩做出那样的事来。

我三岁的时候发痧子,高烧发到四十多度,据母亲说,整个人只剩下一口气,手脚瘦得像一根柴棍。母亲总认为我挺不过去了。奶奶去庙里求神拜佛,希望上天开恩,让我渡过这个坎。外婆则偷偷跑到“肚里仙”那儿,在哈欠与打嗝中得出一个巫嘱。外婆如捧着圣旨一样回家上香、跪拜,当然还要烧纸钱。母亲听从大姨的建议,把我抱到一个土郎中那儿扎了几天的针。最后,我烧退了,能慢慢吃点东西。

家里如果出现不顺,或身上有缺陷,老人认为那是前世作孽。似乎那是一个副产品,不管你愿不愿意,你都得接受。因为那是你前世带给今世的一个后遗症。至于这个缺陷能不能弥补,在敬畏面前已经不是很重要。

我有一个小伙伴,出生时便是兔唇。那模样确实非常恐怖。嘴唇像是被谁突然剪了一刀,从此,无论哭闹,还是笑,甚至不哭不笑,都像一个怪物似的。她奶奶为自己儿孙身上的缺陷找到一个合理的理由,认为自己在哪里触犯了神。孙女患了兔唇,她奶奶自然要把这个生理缺陷往自己身上找。

据说她家翻修老屋时有蛇暴露在阳光下。有人想吃蛇肉,也有人惧怕,这些都成了蛇不能逃的理由。之后,她奶奶梦中被一条蛇追咬。于是,她开始吃斋念佛,每天跪在佛像面前念佛。佛像是一尊瓷佛像,脸上散发着平静柔和的光泽。她奶奶说这是大慈大悲的观世音,能救世间一切苦难。

小伙伴六岁的时候,做了修补手术,虽然,嘴巴上留下了一道疤痕,但她从此不用担心米饭从豁嘴那儿涌出来。她奶奶更虔诚地吃斋念佛,认为自己的修行有了一个圆满的答案。

年纪过了六十的人会为自己备下一口棺材。每年给棺材上一层桐油,晒干后放进屋里,上面盖一块用旧了的被单。老人都很有意思,把棺材通常放在自己睡觉的房里。我外婆的床边就是一口棺材。

我们看到棺材感觉很恐怖，捉迷藏从不去那里，晚上屋里不点灯也不去，害怕看到裹着被单的棺材，总觉得被单下藏着我们看不到的恐惧。外婆说，等她过世了，要睡到里面去的。外婆说这话时一脸的平静。似乎那是一个跟她毫不相关的事，死对她而言不过从床上睡到棺材而已，一点都不值得害怕。

外婆还给自己备下了衣服，玄色的绸缎衣服，上面是对襟袄，下面是棉裤，还有一双绣着莲花的布鞋。每年的梅雨季过后总要晒几个日头，然后折叠起来，用包袱包起来放进箱子里。

爷爷病重后，父亲听从爷爷的意见，从镇上买来一口棺材。买来的那天，爷爷撑着病身子，在奶奶与小姑的搀扶下去看棺材，然后在脸上露出满意的笑容。半年后爷爷走了，被装进那口棺材里，埋葬到我家后面的菜园子里。东门一开，便能看到爷爷的坟。似乎爷爷在外面绕了一圈，他又回到了家里。

后来推行火葬，外婆害怕，奶奶害怕，村里所有上了年纪的人都害怕，他们恐惧火烧到身上的感觉。在他们眼里，死仅仅是不能言语罢了，其他都还在，尤其痛感。

村里每天有大喇叭来喊，让有棺材的人把棺材交到指定地点，然后领取一笔费用。外婆起初坚决不肯，与隔壁几个老太联成共盟。她们每天念佛，每天谈论火葬的事。

几个月后村里死了一位老人,老人的儿子是孝子,趁村干部不注意偷偷下葬,连农村最热闹的道场都不做,怕惊动村干部。他们抱着侥幸,以为这种事跟其他一样躲躲就过去了。大不了跟计划生育一样罚个款什么的。周围的邻居也睁一只眼,闭一只眼,谁也不会告诉村干部。

不想,这件事还是被别人举报了,上面正在抓典型,立马派来一批人,挥镐抡锹把坟墓挖了,把棺材烧了,又把尸体拖到火葬场。这件事的后果是外婆再也不去外面念佛了。外婆的棺材最后还是被舅舅拉到了村委会指定的地方,领取了一笔费用。外婆难过了很长时间。与她来往的小姐妹一个个地走了,她们没有一个人入土。外婆的心也死了。

像外婆一样上了年纪的老人,对鬼神的敬重成了他们精神生活中很重要的一部分。他们每年的七月半,会自发组织起来在村口、路边、桥旁插香。每逢菩萨生日,他们自带干粮一起去庙里念佛。他们用这样那样的忌口与禁忌供奉着他们心中的神与佛。

有人说他们迷信。他们承认这就是迷信。外婆见谁遇到什么事,她就说去弄一下迷信吧。在她眼里迷信并不是贬义词,仅仅是一种跟医学相对应的称谓而已。他们后来可以一边求医,一边求神,两边都兼顾。

他们有一句口头禅,“活郎歪,死哉快”。“歪”是指身体健康。“死哉快”是他们一个朴素的愿意,不愿受病痛是另外一回事,更重要的是长久拖累家里人,又担负一笔大额医疗费,最后亲情在持久中消耗完。对久病无孝子的诠释既是他们的智慧,也是他们的一种平衡。

于是,他们看到一个饱受病痛的病人,或一辈子吃了许多苦的人死了,会替他松一口气,在他们眼里似乎是一种解脱,认为今世所受的罪会在那个世界里弥补亏欠他的一切。

但有一件事动摇了外婆。2008 年电视直播神舟七号载人航天。那天外婆、大姨、母亲、父亲都跑到了电视机前,外婆与大姨还特意梳洗了一番,在她们眼里不是看电视,也不是看神舟七号,而是看天上的菩萨。

电视机上出现碧海青天和花絮一样的云层,翟志刚从太空舱里出来向外挥动五星红旗时,外婆与大姨问父亲,这是在天上?父亲点点头,嘴里“嗯”了一声。外婆取下老花镜,用衣角擦了擦镜片,再次戴上,端坐在电视机前,激动地问,菩萨在哪儿?父亲嘴里“嗯”了一下,头没点。

大姨刚才托着脸,此刻放下手,直立起身子,像一年级的小学生一样乖巧,只是没有了小学生的敏捷与灵活。大姨悄悄提醒外婆,说话轻点,要耐心地等待,菩萨出来肯定要有个过程。

外婆此时也不吭声了，神情极其肃穆、庄重。

直播结束后，外婆与大姨怀着失落的情绪离开电视机。这次直播摧毁了她们对天上的虔诚。她们低落的情绪持续了三天。三天后她们又持珠念佛，把那次直播看到的情形忘得一干二净。

未出生，先注死。上天在你还没有呱呱坠地前已经跟你签了合同，从哪里来，到哪里去。对此，大家都觉得很公平，面对生老病死之事，起到了强烈有效的镇静剂与平衡药的作用。对经济条件有限的人来说，与其花钱折腾，倒不如心平气和地接受死亡的降临。很小的时候，老人的过世似乎很突然，有时早上还看到他在屋前摸来摸去，而晚上却走了。也许他早就有病，但生活的担子在病痛面前却失却了分量。

有时，村道上碰到一个熟人，除了脸有菜色，步履蹒跚外，并无他异。旁人指着他说，他是晚期。我惊愕之余，不无遗憾。而他冲着我笑，并配合一个点头的动作，那种自然，似乎他并不是晚期，而是像买了一张车票，准备去远行。

寺庙早几年突然兴起烧头香。一时间无论有规模的寺庙，还是小庙小庵，都兴这个头香。当然，并非每个人都能挤进去，进头香的都要花一笔钱。旁边有僧人一边接钱，一边发牌，然后有人引你进去，在指定的位置允许你焚香祈福。

这本该是清净修为，与红尘俗世相隔千万里的方外之地，而进入庙内后处处让你接触到一个钱字。一场佛事多少钱，一对蜡烛多少价格，甚至在功德簿上留个名值多少钱，都明明白白。似乎那不是寺庙，而是寺店。

我跟外婆说起这个事，外婆一个劲地阻止我不准说，她唯恐因我对菩萨的不敬，会惹上什么事。然后，外婆的念佛声突然响亮起来，似乎想掩盖我刚才对佛不敬的话语。

圈养了两年的公鸡，临到过年要宰杀。母亲不敢下手，请来隔壁的蓝婶帮忙。蓝婶一边磨刀霍霍，一边说，鸡鸭牛羊，都是给人用来吃的，再说菩萨不也在吃嘛。说话间，一只鸡已经"谢"过去了。

"谢"字是母亲从外婆那儿继承过来的，临近过年的时候说话里不能带跟刀有关的词语，于是"宰杀"变成了"谢"。当然，不仅母亲这样叫，隔壁的婶婶们也这样叫。

过年了，我们自然欢天喜地，可更加要遵守母亲定下的种种规矩。规矩多了，就觉得有些不舒服，于是跟母亲开玩笑，拿她的那些规矩做事。我问母亲，既然菩萨大慈大悲，为什么过年祭祀时要摆满那么多的肉肉，这要了多少畜生的性命？母亲嘴巴一努，说，不准说三道四。如果是往常，母亲早扔过来一个白眼。过年时，母亲的脾气好得很。

为什么做祭祀时要摆满那么多的肉肉？其实，我还有许多疑问，即使吃斋，为什么还要用面粉烧出鱼、鸡、鸭等，虽然知道那些是用面粉做出来的，可总让人觉得这也是杀生。至少心底深处还有欲念回荡着。是不是心底深处的欲念还没办法断掉？这跟慈悲为怀显得格格不入。

还有，那些纸水杯，在功能上明明跟瓷质的酒杯一样，既能装水，也能倒酒，何况祭祀桌上的所有祭品最后也都成为祭祀人的食品，但纸水杯却永远不准被摆上祭祀的桌上。

我怀孕两个半月后不再见红了，同学给我做了一系列检查后，认为胎儿发育良好，应该没什么其他问题了。我欣喜若狂，忙给母亲打去电话。母亲在电话里高兴得不知所措，不断地念着菩萨显灵。我不想拂逆母亲，我嗯嗯啊啊着。母亲明白我嗯嗯啊啊后面的意思。她说，这些天她天天上香求菩萨。母亲意在提醒我，是她的虔诚才让我平安度过安胎期。我岔开了话题，把母亲的思绪拉回到现实生活中的买汰烧。

过了几天，我打电话给老家，是父亲接的。他说，你娘一大早出门去了，到别人家去念佛了。我说，母亲天天念佛，这不，天天要吃素，她身体咋吃得消？父亲说，她晚上回来吃荤的。她们一帮人都这样。父亲在电话里又加了一句，似乎看到了我的愕然。

的确，我很愕然。过后，我又释然。

母亲她们的信仰，其实就是她们做祭祀时不准摆上去的纸水杯，她们需要这只杯子，尤其中年以后，这只杯子常常被她们装进布包，似乎走到哪里都不用担心没有水喝。当她们从庄稼地里干活回来，感到口渴时，会直接抓起搪瓷杯往水缸里舀水，跟年轻时候一模一样。这，毫无悬念。

不是所有的蛋都能孵出小鸡

我给家里打电话，接电话的总是父亲。母亲还是那样忙碌，似乎腿脚未曾老过，只不过，现在忙的是她的阿弥陀佛。

我这边说，阿爹。父亲在那边说，又打电话啊。我说，少抽烟。父亲说，嗯。我又说，吃得好点。父亲说，嗯。

我把该问的问了，该说的也说了，电话这头没有了声息，出现短暂的静默，那头也是。父亲便说，好了。然后，电话里传来嘀嘟嘀嘟的声音。父亲把电话挂了。

每次都是父亲先挂的电话。我跟父亲的聊天，也是我说一句，父亲应一声。父亲难得有主动的话题跟我聊。

以前，父亲喜欢拿《论语》来规训我，什么讷于言敏于行，什么学而不思则罔。父亲平时沉默寡言，只有说到读书，他似乎才有些情绪，手里夹着一支烟，一边说，必要时还配合一些肢体语言，伸长手指，朝空中比画一下，我的目光不由得被他牵向手指的地方。

父亲平时稍微有些结巴，尤其一急，他的结巴就很明显。他谈孔子，谈《论语》时，从他嘴里出来的字与字是排着队出来的，而且控制得很好，节奏协调，声息平和，我听着听着，常常有一种恍惚，似乎那些字是挂着红领巾的小学生，正步调一致地走向父亲。

当然，我的恍惚会导致我的走神，父亲很不满意，不满意的结果影响了他的说话。他的话开始又有些结巴。等父亲意识到自己出现了结巴的时候，他便不再跟我讨论孔子。

父亲对孔子的膜拜到底影响了我。我一段时间每天熟读《论语》，“益者三友，损者三友”“君子有三戒，君子有三畏”……我还不断注解里面的内容，在书页上做眉批状，圈圈点点，画画勾勾。回到家，迫不及待跟父亲说。父亲默默听后，说，你还只懂个皮毛。我有些泄气，但不敢表示。《论语》有“父母之年，不可不知，一则以喜，一则以惧”，我在父母跟前，喜与惧不形于色，比知父母之年还要孝。这是父亲给我的提醒。

后来,父亲提议我看老子的《道德经》,认为里面藏了很多有意思的思想。于是,我又开始读《道德经》,还临摹赵孟頫书写的《道德经》。那时,我正在乡镇工作,每天有杂七杂八的事,琐碎而冗长,几乎整天都是填空题,没有一道选择题。

我很难说我每天做的事有多大意义,但我的忙碌让我都怀疑那些东拉西扯的事怎么可能没有意义。复制任务,然后消化任务是我工作的重要部分。至于任务背后的效果,我有时没办法多想,只能用《道德经》中的"人之所教,我亦教之"作自我修复。

我曾动用过公车回过一次家,那时孩子很小,行李又多,不得已让单位的司机送了我一趟。结果,不轻易流露情绪的父亲狠狠地批评了我,责备我贪小利,图省事。我很委屈,觉得父亲多此一举。父亲眼睛一瞪,吓得我再也不敢申辩。

工作之余,我的时间基本用在阅读上。父亲指定的书,我看得很认真,还规定自己每天抄写一段。我抄书,也抄心境,去甚,去奢,去泰。虽然隔了两千多年,读来还是如此明白晓畅。

父亲从没过问我学得怎么样,可能从我的言行举止中,看到了那些书给我带来的变化,他现在很少给我提建议。

一天,母亲突然主动给我打电话。我着实吓了一跳。母亲如没事,绝不会主动来电话。这似乎是我的一个精准判断。

母亲说,她第二天要来城里。我紧张地问,有什么事?母亲支支吾吾的,似乎不太愿意说。我更紧张了,说,到底什么事呀。母亲赶紧说,我来后再说吧。说完,电话就挂了。挂电话的速度比父亲还快。

我放下电话,猜测之心禁不住扑扑起来。不知道母亲会给我带来什么事。

我一个人坐在书房里,东想西想,把所有坏事都想了个遍,而且把坏事都想绝了,之后,我才平静下来。难道就不能往好点想?似乎这样一想,所有坏事已过去。

第二天,母亲早早站在了我家的门前,手里挎着一只竹篮子,上面盖着一块棉布,从外面根本看不出里面装着什么东西。我观察母亲的脸色,不错,不见有什么忧戚之情,反而是红光满面。我的心一下子放宽了。

母亲虽说不常来城里,但一年中总有那么几次。她来的时候不会空手,一定拎着什么,带些花生、玉米、赤豆,也会捎上几把蔬菜,连着根,上面沾满泥土。母亲说,带了根的蔬菜存放的时间长。这次,母亲拎只竹篮子来,实在出乎我的意料。再加上母亲在电话里不肯说明进城的事由,让我越发觉得母亲像一位魔术师,似乎在卖弄着什么玄机。

母亲进门后,弯下腰,把竹篮子轻轻放在地板上。进门前我想接过竹篮子,母亲不允,说是篮子挺重的。我不由得好奇地问,篮子里有什么呀?母亲并没有立即回答,蹲下身子,解开鞋带,并顺手从鞋柜里找出一双拖鞋。我一瞧,那双鞋子是我先生的,便重新在鞋柜里找了一双递给她。母亲嘀咕了一声,城里就是麻烦,进门脱鞋,出门穿鞋。母亲声音虽然很轻,但我还是很清楚地听到了。我笑了笑,没吭声。

母亲换好鞋后,再次把竹篮子提上来,放到桌子上。我已经忍不住了,揭开竹篮子上面的棉布,一看,是鸡蛋,个个非常诚恳地挤在那儿。我很是讶异。我没病没灾的,又不是生日,母亲提这满满一篮鸡蛋干吗呀。母亲左瞧右瞅,确信没有碎蛋,这才松了一口气。母亲那神情,似乎一直憋着一口气。

母亲养了七只母鸡。事实上,这七只母鸡归父亲养的,他每天殷勤地伺候着它们。说父亲殷勤一点都不为过。我买去的磨豆浆机,也被父亲用来伺候母鸡。父亲把玉米磨成浆,拌上米饭喂母鸡。母鸡们挤成一块儿,颤动着屁股,欢快地啄着玉米汁米饭,啄一口,顺带抖一下小脑袋,一半浆水从嘴巴里漏了出来。我看了,既想到奢侈,又想到浪费。

那些母鸡也真是的,只要母亲扯开嗓子:“哆,哆……”像是听到了集中队伍的哨声，四处觅食的母鸡们伸长脖子奔向院子。母亲站在院子中间，手里端着一只破脸盆。母亲从里面抓一把碎米，一边撒向鸡群，嘴里还是“哆，哆”。但声音明显低了八度，听起来觉得有些温柔，让我联想到儿时母亲坐在昏黄的灯光给我们纳鞋底的场景。母鸡们围着母亲的脚，一点没有惧意，专心致志啄着地上的碎米。

我曾经私下有一个不好的比喻，母亲对待母鸡的态度，比待我还好。母亲进门唤鸡，清点鸡群，然后从鸡奔跑的速度猜测今天鸡有没有饿着。每次出门前跟父亲交代不要忘记添食、加水。父亲如果不应一声，母亲会一直重复交代。我偶尔回一次老家，母亲情愿不跟我一块儿吃饭，也要提一只网兜去捞浮萍，或者去捉蜗牛。母亲把鸡当成鸭一样养。

我有些揶揄地说，我们家的鸡蛋不是都让哥拿走了吗？母亲说，那是翠琴婶婶带给你的。我有些茫然，谁是翠琴婶婶？母亲说，是她的念佛伙伴。我说，翠琴婶婶干吗送我这么多鸡蛋？母亲似乎犹豫了一下，因为这种神态跟母亲的性格非常不符合，所以，在我看来母亲有点儿扭捏，好像有什么事拿不准的样子。

母亲说，翠琴婶婶有件事托我，希望你帮她的女儿找份工作。说这句话时，母亲先是用“嗯啊”开始的，像是为自己的话铺垫。

我看了一下母亲，然后目光罩向躺在竹篮子里的鸡蛋，它们是那么的安静，安静得有些无辜的味道。我说，妈，你把你女儿当成什么了？我也就一个小公务员，哪有本事替别人找工作？我说话的口气有些重，母亲应该听出我的不快来。

母亲挤出一些笑容，说，你翠琴婶婶是我很要好的念佛伙伴，她年轻时死了丈夫，一个人把女儿拉扯大。女儿好不容易大学毕业，可一直找不到工作，整天窝在家里已经好几年了，你翠琴婶婶说不是，不说也不是，想想孩子也可怜，总以为考上大学后家里的生活会改变一些，想不到毕了业什么都不是。母亲左一口"你翠琴婶婶"，右一口"你翠琴婶婶"，似乎生怕我跟翠琴婶婶是陌生的。

或许我沉默不语，我跟母亲一时陷入了尴尬的境遇，我不吭声，母亲也不开口，中间隔着一篮鸡蛋，蛋与蛋挨得很紧，但蛋与蛋之间总留有空隙。如果那些空隙用线连起来，可能就是轨道，而且不止一条轨道，可以多种，像每一个人的人生轨迹，也许是这样，也许是那样。我不由得胡思乱想起来。

还是母亲主动打破沉默，她问我，家里有没有坛或罐，抑或脸盆也好，或者放进冰箱。我盯着那篮鸡蛋，真希望蛋能自己告诉我该进坛，还是罐，或盆，或冰箱。

母亲见我发呆状，忍不住地捅了我一下，说，别人找我们办事，也是看得起我们。这是母亲的一句口头禅，也是母亲的人生信念。

我咬了咬嘴唇，说，水斗下面有一只罐。

母亲到了晚年笃信佛教，除了熟练操作祭祖礼佛的一切程序外，她还知道每个菩萨的生日。我是第一次从母亲那儿知道菩萨是有两个生日，一是诞辰日，一个是成佛日。

母亲对佛的笃信也成为了她生活的一个重要部分，整天到外面去念佛，还多出来一大群伙伴，平时你来我往的，这个给你捎把菜来，那个给你带几只瓜。母亲也参与其中，早上出门前喜欢到地里绕一绕，如果见到几只红番茄，或几只转黄的黄瓜，她便会摘下来，连同她的那串佛珠放进黄布包里。

我跟母亲的聊天往往是在母亲灶台上忙碌的时候。严格地说，我与母亲间不是聊天，似乎是母亲在独白。母亲一个人在叙述，我仅仅充当了闻者的角色。偶尔，我会插一嘴，以方便母亲把叙述变得流畅。因为，母亲说到某处要紧时，她突然跑到院子里去照看鸡鸡鸭鸭，必须确信一只不少，她才再次走到屋里。这时，我得提醒她刚才说到了哪儿。

我不得不惊叹，母亲她们的念佛场所也是产生八卦的地方。与母亲一起念佛的人，年龄相差不到十岁，如果超过七十八，她们一群人就会排挤那个老太太。说是年纪太大的人“搪口”(口齿)不清,只看见嘴唇一张一翕,却听不见声音。母亲用了一个比喻,说嘴巴像鲇鱼一样开合。我听了忍不住笑出声来。

鲇鱼的嘴唇比一般的鱼要厚实,嘴巴又阔。鲇鱼被捉上来的时候活蹦乱跳,那跳上去的姿势很像跃,把身子弄成弓形。跃过几次后,它便不再跳,也不再动,装死样。嘴巴偶尔开一下,然后是长久的紧闭,似乎刚才是最后一口气,让人误以为是死鱼一条,也就放松了对它的警惕。主妇拿到河埠头准备给鲇鱼开膛剖肚的时候,鲇鱼忽然“活了”,它一扭,刺溜,滑入水中,在主妇还没有回过神来已往水深处游去。

母亲她们不仅有自己的队伍,而且还有更为现代的设备。每个老太有自己的“小蜜蜂”,如同每个人有一串佛珠一样。她们念佛的时候,把音响的功率开到最大。所有的声音从那对大音响中传出来,还有清脆的木鱼声,然后飘向村庄各个角落。就这样,在被音响大功率传送出去的声音中,混合了老太太们的声音,含糊的,清脆的,低嗓子高声音的,都裹成了一股声。

母亲的眼睛跟她的声音一样犀利,她能准确无误地从音响中辨识出哪一个声音是某人的,谁低声谁高声,她一样能识别出来。然后,她目光灼灼地盯着某人的脸,再慢慢集中到某人的嘴巴上。

母亲的嗓子是出了名的好，响亮，清脆。母亲无疑也是凭借一副好嗓子而赢得众念佛老太的尊重。母亲知道自己的优势，每次念佛声中她仍能清楚地辨别出自己的声音，同时，也毫不客气地辨识谁谁念得轻，谁谁根本没发声。

母亲对老太太们的嗓子是很挑剔的，只有对翠琴婶婶的嗓子很赞同，连同表扬了翠琴婶婶念佛时的恭敬与虔诚。

第一次看到翠琴婶婶的时候，我还在乡医院工作。那天我刚上完夜班回家休息。她在院子外叫着我母亲的名字，后面带着"姐"字。其实院墙的门大开着。母亲在屋后的菜地里忙碌。我闻声出来，帮母亲应着，边解释母亲在屋后，并请她进来。她看见我，似乎很亲热，说，阿群，今天在家呀。虽然第一次见面，但她张口就叫我的名字，足以证明她跟母亲很熟。

我跑到窗口，喊母亲，有人找她。她站到窗口，跟母亲隔着窗左一句右一句地聊开了。那时她刚刚守寡。整个人又黑又瘦，尤其那脸上的颧骨，似乎随时要飞了出去。

第二次碰到她的时候，她与母亲一起坐在屋檐下，请教母亲怎么念《心经》。母亲自然非常热心，一个字一个字地念，她一个字一个字跟着念。我凑过去，一看，忍不住笑出声来。

母亲的《心经》是父亲教的，遇上不懂的字，母亲在旁边注着别字，或画一个自己能懂的图形，如"度一切苦厄"的"厄"，母亲画了一只鹅。母亲的“鹅”最大的特征是脖子特别长,除此之外,除了像鸡,也像鸭。但母亲自己懂,她知道那是念“鹅”。母亲坐在竹椅子里,而她坐在小板凳上,那情形俨然像先生启蒙弟子。

我有时爱跟母亲开玩笑,说,你怎么像当年妇女主任盯育龄妇女的肚子一样。再说,你知道了某某发的声不高,你还能怎么样?开除?

母亲很认真地说,既然别人请我们去念佛,出足了钱,我们就得好好念佛。要对得起自己的良心。

听到这儿,我呵呵了一下。母亲白了我一眼。母亲自然清楚我的意思。于是,我们的话题就此拐弯。

曾经摆在我面前的只有两条路,一条把书念好,跳出田塍,另一条路是与父母一样向庄稼地讨生活。这两条路不需要父母念叨,我自己也明白。其实,后一条路就横亘在眼前,除非读书做作业,之余就得死心塌地做家务,农忙时跟父母老老实实到地头去,种榨菜、摘棉花、拔草……无论你安不安心,愿不愿意,你都没有选择的余地,而我实在害怕干体力活,尤其是跟父母一起卖榨菜,那情形一直烙在记忆里。

我跟母亲一起在手推车后面,张开手掌,像吸盘一样紧贴装满榨菜的编织袋,脚一蹬,身子一抻,头不由得俯低下来,似乎头向力气俯首,全身的力气才愿意汇聚到一处。前面父亲也低着头，肩膀上勒着一条粗麻绳，把腰弓成一只虾，两只小腿肚冒着青筋，前拉后推，后推前拉，遇到拐弯或陡坡，我们仨默契地再加把劲，汗珠子滚下来，在地上摔成八瓣，那些滚落不成的就渗透到衣服里，把衣背洇湿成一块块渍。

过坎时母亲的脸会涨得红扑扑，父亲整个人往前倾，几乎看不到他的腹部，肩上的粗绳紧紧勒住他，几乎要嵌进肉里，他们俩人很默契地一个推，一个拉，然后让力气吃进手拉车，把车从坎上过去，这时我也用力，我喜欢用蹲下的姿势号召全身的力气。坎过去后，我会觉得脚下很轻，父亲的手拉车会顺着惯性，在一小段时间内会拉得很轻松，甚至还可以跑上几步。

我们仨一路上沉默，沉默的原因是不想因说话而浪费力气。

坐在磅秤前的是一个姓王的人，经营数年后，一下子牛逼哄哄了。说他牛逼哄哄，是因为村里每家每户的榨菜都被他收购，而且立马开票取钱，绝不拖欠。他坐在磅秤前，怀里抱着一只黑漆的人造革皮包，里面是成捆成捆崭新的钱。手指在磅秤上一划，算盘噼里啪啦一打，包里的钱就唰啦啦奔向村里的每家每户。他是我们村第一个万元户。全村人似乎对他充满了敬慕。

收入永远是劳动人民的劳动理想，就像我每年拿到家里的成绩报告单。从播种开始，到收割，需要农民不间断地付出，育苗，分种，施肥，喷农药，每一个环节都不能忽略，最后还要看天色。如果一切顺风顺水，还得仰仗有买主。

所以，农民的憧憬是最薄弱的，大家都不敢说未来有钱，尽管庄稼种得好，自己也从不偷懒，这还是没用，最多是一个参考系数。只有一张张的钞票摆到眼前时，才能确认自己一年的劳动有了回报。

我们家没能力当上万元户，这倒不是父母不勤快，而是跟暴发的机遇没有缘分。父母整天把自己拴在庄稼地里，巴心巴肝地伺候庄稼，有时把我身上还在长的力气也使唤上，可一年下来，始终在三位数之间徘徊，而且也没见这三位数长个子。

倒是我与哥俩人都实现了后一个目标——农转非。我先念了卫校，我哥后上了大学。兄妹俩的农转非，大大长了父母的脸，尽管家里还不是很宽裕，不过，父母脸上的表情很宽展。

那姓王的万元户碰见父母，第一个动作是叫，叫伯、叫婶，第二个是递，递烟、递火。第三个便是拍，拍拍自己西装袋，称这钱还不如让自己的孩子有一个居民户口。言下之意，农转非的人生意义远远大于万元户。

母亲呵呵着，发出欢快的笑声，一边故作谦虚着，说，万元户多少骄傲啊，我们念书还得供钱。母亲自然而然地选了“骄傲”一词。父亲抽着烟，脸像一朵放大的茄子花，在一旁嘿嘿笑着。

万元户还有几个比喻，意思是他的钱不如一个人的身份重要。万元户对金钱与身份的比较是诚恳的，一点没有虚假的成分。于是，父母的脸再次现出动人的光泽。母亲的笑更接近一朵向阳的南瓜花。

我还在念卫校的时候，邻居有时会过来咨询一些医学常识。我呢，有时一知半解，或半知半解，尽管解释得不到位，或提供的建议也未必对路，邻居们都很认真地接受，神情没有丝毫的轻视。这让我俨然有一种准医生的神圣感。

后来，我到医院工作，邻居们更把我当回事，有些根本不是我的专业，他们也愿意跟我说。说对了，自然夸奖得不得了。说错了，也没有人指责我的不是。似乎生病才是他们的错。我有时从医院里带些药回来，赠送给邻居，他们便感动得不得了。我回医院的时候，包里总塞满许多时蔬瓜果。那都是邻居送来的。

我早已没有了初入机关的那种青涩，以及懵懂不知世情，身上渐渐积累了世俗之味，会曲意奉承几句，偶尔能逢场作戏。虽然，自己并不喜欢，但，也没有刻意为之而忏悔。自己觉得那些世故，还不至于破坏自己的心境。因为自己几乎从不以具体利益当作跟别人交往的筹码。

我的朋友圈局限于几个人，无论调到哪个单位，朋友还是那么几个，非常固定。我们之间没有频繁的来往，也没有近似于仪式的应酬。少打扰别人，成了我城里生活的一个理念。我始终奉信，好朋友是丢不掉的，丢掉的肯定不是好朋友。

对村里人来说，习惯于熟人社会，左邻右舍，串门、借东西、聊天，那是生活中的常规动作。他们已经扎根于这样的生活土壤里。出了村子，他们心里似乎住进了凄惶与慌恐。

他们对外面世界的看法已经超越我的视线，在他们眼里似乎没有熟人，城里什么事都办不成。尤其是这几年，他们找关系的热情、托门路的方法，比我还活络。求学，打官司，批执照……似乎只要出了村，没有关系，一切有关系，有了关系，什么都没关系。我不得不惊叹村人对世情的判断力，以及世相的洞察力。

母亲并不知道我整日坐在大楼里干些什么，但凭借跟各部门政要一起办公的资格，母亲与村人的思维差不多，吃皇粮的就是当官的。在母亲那儿，替别人办事既是荣耀，也是能力。早些年，母亲不管我有没有这个能力，她总是把别人所托之事打包给我。我自然没好气。

我曾用语言讨好别人，还拎点不合时宜的礼品，像做贼一样，把那只袋子塞到某个角落里，希冀对方能发现，否则前面的努力都白搭，但千万不要当场发现，一旦对方把目光落在那堆东西上，我心里很不自在，担心被人看作是在做一场交易。最害怕被人拒绝，命令我把东西拿回去，这仿佛扇了我一个耳光，我努力撑起来的虚荣心，会瞬间瓦解，同时也把我下次登门的勇气抽了个精光。只是,我所作的努力,很少有收获。我亏待了村人的期待,也愧疚自己的努力。

因此,我对母亲包揽的所托之事很是痛恨,这让我感到生活在这个城市里是那么的卑微与迁就,我在无能为力与辛苦努力之间像一只蜘蛛一样在破网中荡漾着。

我的脑海里闪过几张面孔,又被我一一否定。我打开手机的通讯录,从字母 A 一直翻到字母 Z,试图从中寻找到我可以拜托的人。有好几个名字,停留在我的目光里,思忖之余,我又翻了过去。

我纠结了很长时间,终于确定了几个名单。我像核算工程一样,对他们聘用临时工这件事所具有的机会成本与比较优势进行了分析与综合。

房是我第一个打电话的。她是我中青班的同学,套用眼下的说法是干部的"黄埔军校"同学。她年龄比我大些,进局班子的时间也比较早。平时有来往,一起逛个街什么的。我在电话里问她最近单位招不招临时工。说出这句话后,我有些后悔了。这话的语气,似乎我是她的老领导似的,而且情感过渡都没有。

她显然有些愣,过了一会儿反问我是什么事。我忙纠正过来,说是有一个老乡的女儿,大学毕业后没有工作,现在想先做做临时工什么的。她淡淡地说,局里已经很长时间不招临时工了。这话我听得懂。我客气地跟她在电话里道别。

萧是我原来的同事,在某局做副职。虽然不分管人事,但她分管的那摊子事比人事还重要,如果她肯帮忙,也许会有机会。我电话打过去,响了几声后被她摁掉了。很快,她来了一个短信,说是正在开会,问我有什么事。我想了想,给她回了一个短信,意思是问她局里需不需要临时工,比如文书之类的。她很快回了信,亲,我不是分管人事滴。

张是我的老领导,他所在的局下面有几家事业单位,想去他那儿碰碰运气。电话过去,寒暄了几句后我小心翼翼地把事情提出来。我忐忑不安地等待他的回绝。他倒认真地问起我那个女孩子的情况,似乎还记到了本子上,告诉我如果有机会会通知我的。我忙不迭地感谢。

……

一段时间,母亲破天荒地主动给我电话,但电话的主题还是翠琴婶婶女儿的事,既是问我事情办得怎么样,也是催我抓紧办事。我知道母亲疼惜翠琴婶婶,也理解母亲在人前的面子。我刚开始还能如实汇报,意思是打了几个电话,有哪几个会留意。母亲在电话里思忖半天,说,就打个电话能成吗?你自己人要去的呀。母亲道破了我内心设置的障碍。

后来,我被母亲的电话烦死了,一次忍不住直吼,气得母亲摔了电话。

晚上，我躺在床上，被心事追得睡不着，不由得想起自己的一件往事，当年为了从办公室调到宣传室，我几次跟时任一把手的陈提出请求，理由是希望自己有一个锻炼的机会，而不是整天坐在办公室采购办公用品、收发文件、替领导报销发票，诸如此类的琐事。但陈就是不肯给我换。我偷偷哭了好几次。

有人暗中提醒我得给他送礼。我确实也送过礼，买了一些他家小孩用的物品，跟先生一起敲开他家的门，一进门，忙着找地方放东西，心里慌乱地准备着一些措辞，以防他的拒绝。跟先生一起小心翼翼地坐在他家的凳子上，忐忑不安，又觉得非常难为情，而且绝不提调换工作上的事。

送过礼后，见到陈，我有一种莫名其妙的尴尬，害怕对方看穿我那点小心机。我的心思他不可能不知道，没送礼前我多次提出来。但送了礼后，我没有再提出。我用这种方式来自我否定送礼与调换岗位间的联系。好在陈不久就调走了。虽然我还是做办公室的事，可我却匪夷所思地认为这样的结果最好，心里着实开心了一阵子。

翠琴婶婶拿来的蛋，我一直没有动。母亲也没有问我那些鸡蛋怎么样了。一想到那些很诚恳地挤在一块儿的鸡蛋，我感到很难过。难过之余，我忽然想起小时候母亲用母鸡孵蛋的事。

为了省几个钱，母亲跟周围的婶婶们一样，每年会攒十多个受精蛋，待母鸡开始抱窝的时候，把这些蛋放到母鸡抱窝的地方。母鸡趴在一堆鸡蛋上，一趴就是三周，几乎日夜不离，兢兢业业。但每次总有那么几只蛋孵不出小鸡。

我很好奇地问母亲这是为什么？母亲说，不是所有的付出都有回报，鸡如此，人也如此。母亲一边说，一边毫不客气地把目光投向父亲。父亲正埋头看书，脚旁边堆着他写的纸稿。

回到老家，我跟母亲像是有某种默契，谁也不提翠琴婶婶女儿的事。然而，翠琴婶婶有一天跑了过来，还是那样的谦卑，那样的诚恳。我找不到合适的措辞来劝慰她。即使我说了，那些说辞在具体生活面前也是苍白的，尤其这群一辈子只懂得伺候庄稼地的农民，那些无关生计的道理跟说教一样没有温度，对于他们来说，子女是生存基础，庄稼地是生计基础，这两个基础似乎没有对应关系。我低下了头，再也没有勇气迎接她真诚而卑微的目光。她含蓄的乞求，让我备感难过。

那一刻，我在心里默默向母亲道歉。

介入

干扰蚂蚁的去向

我小时候喜欢干扰蚂蚁的去向，用一根枯枝，把一群正在低头奔跑的蚂蚁突然挡住，就像我一个人在村庄里闲荡，村里的人，如周伯葛叔，不知从哪儿蹿出来，伸出双臂挡住我的去路，让我叫他们一声伯伯或叔叔才允许我过去。他们半是兴奋半是开心地挥舞着双臂，而我一次次企图从他们双臂下冲出去。他们的手臂往上，我则猫下腰。他们往左跳，我就往右奔。他们快活地啊啊叫着，我则紧闭嘴唇，倔强地反抗着，拒绝叫他们。

这本来就是游戏。我，周伯葛叔他们制造并配合着游戏，一本正经地履行游戏所分配的角色。似乎，他们是强者，我是弱者。如果果真这样，他们又会失望，这个游戏的潜规则是我作为弱者要向强者提出挑战，而结局仍希望是弱者向强者屈服。

只是，每次我都违反游戏规则。

蚂蚁由于奔跑的惯性，原地转了几圈，样子既像嗅，又似乎是触，然后顺着枯枝跑了上来。对它们来说，出路永远比我的多。因为我一开始就知道游戏的规则与潜规则，而蚂蚁从来不需要懂得那么多。

我还会用剩菜残羹，或果皮糖渣，去经营蚂蚁们的勃勃生机。

我蹲在地上，有些无聊的样子拨弄手里的一根竹梢，把一只蚂蚁从菜梗上驱赶下来，又把另一只蚂蚁诱导到一张糖纸上，希望这两只陌生的蚂蚁能孤独地享用。然而，这两只蚂蚁很快引来了众多蚂蚁，它们居然让一片菜叶“走”动起来。我的孤独感由此更加浓烈。于是，我又选择出一只蚂蚁，重复刚才的动作，结果仍然还是那样。

似乎，它们拒绝我设置的游戏规则。

或者，它们生来就没有能力承受孤独。

曾经在一个午后，阳光明媚，春风撩人，我无所事事地坐在公园的长椅上，吃完了随身携带的食物。甜美的食物依然激不起我热爱这个城市的念头，内心的空虚与胃的充盈并不匹配，反而更激增我的无聊。

我发觉自从住到城里后，无聊像一种病症一样传染到我身上，时不时地会反复发作。有时身处闹市，周围是南腔北调的人，代表着文明与奢华的各种场所，以及为贵族与精英量身定做的商品，我突然发起无聊病来。

我像一位长年失眠的精神衰弱病人一样，空洞而漠然地注视着从我眼前走过的红男绿女，我毫无理由地猜测他们内心的故事，和他们各自的命运，我会悲观地预测他们会跟所有人一样经历生老病死苦，最后成为被蚁食的骷髅。

我激不起热爱他们或她们或我们的念想，他们或她们或我们的一切，包括精致的，庸俗的，令我厌倦。

可我仍得居住在这儿，生存是我的绊脚石，我被牢牢地拴在了这个被称为城里的地方。

此刻，离我约一百米的地方是这个城市最繁华的商业街。我住在这个城市已经二十多年，我奇怪自己从来没有涉足过那条街，哪怕有时得经过那条路，我如同一只蚂蚁，拐来弯去，然后另一条路就出现了。我沿着背街小巷走，看到了城市里生活在底层的人们，他们的破败，他们的脏乱，连同垃圾被一堵堵墙隔离开来。墙壁被粉刷一新，用绿线勾勒出一块块板面，上面是“我身边最美的人”的图文。他们被“最美”定格在墙壁上，成为一道风景，也作为一道栅栏。我走过城市的边缘，看到像鸽子间一样的出租房，还有被称为“马路市场”的地方，污水横流，蚊蝇齐飞，一群群“外来流动人员”在此交易，在此生存，他们微薄的收入和不确定的生活，使得他们跟干净、文明、优雅等词语相去甚远。他们替别人保持干净、文明与优雅而得以生存。他们像蚂蚁一样不停地奔跑，或许只有奔跑，他们才能在这个城里获得短暂的居住权。

因为想到了蚂蚁，我的目光从行人如织的街上飘忽回来。

我低下头，目光炯炯，从椅角到地面，又由地面到草丛，凡是蚂蚁可能出没的地方，我一眼一眼地瞅过去。地面上没有任何生物，除了干净，还有安静，与网一样的城市生活仿佛是两个世界。

我忽然想到食物袋，赶紧从里面掏出面包屑，撒在椅角。然后，我像垂钓者一样，耐心地等待。

我垂着头，胳膊支在大腿上，伸长脖子，目不转睛地盯着地面。如果不是我，而是别人，我一定以为那个人是病者。我的猜想，也是别人的猜想，从旁边走过，忍不住抛来一个目光。目光很短浅，来不及停留，很快又转移过去，似乎害怕自己的目光与别人的不幸纠结到一块儿。

城市里的人，实在太多，比天上飞的鸟还多。病者，健康者，大家都无暇于探究，偶尔的悲悯，也只是在心底一闪而过。

我坐在午后的公园里，期待蚂蚁。无论是想法，还是行为，在旁人眼里一定病得不轻。可半天过去，没有一个人在我跟前停下步子。

面包屑，依旧在椅角附近。代表不洁之物的蚂蚁一只都没有出现。

我回去的路上，突然发现在河对岸的一处建筑上挂着一块牌子，上面写着“白蚁防治所”。我的目光折回来，又折过去，似乎不相信这城里居然有白蚁。当然，如果没有白蚁，就不会有这样的机构。

城里的好多事物，我并不明白，不过，我相信一个理，所有的机构背后应生某种现象。如白蚁防治所，它最能证明白蚁就跟城里的人生活在一起。据说，这东西特别能啃噬，包括水泥之类的坚硬之物。它们越啃，它们的牙齿越锐利，像一把开过锋的刀，恣意地砍伐。一处老房子的倒塌，最后肇事者有可能是白蚁。有时，一群讨我们嫌的小东西，成为我们免于责任的好东西。

我知道城市里除了白蚁，还有许多其他叫不上名来的东西。

它们隐藏在我们看不到的地方，我们喧嚣，也许，它们更喧嚣。我们张狂，它们更张狂。在我们对某种疾病的免疫期还没有过去的时候，突然又冒出许多不知底细的病菌，而我们束手无策。

一簇簇的病菌，找到了自己的温暖土壤，有的寻找宿主，有的筑巢，还有的快乐地裂变、增生。它们不动声色，悄悄构筑起另一个世界，并伺机爆发，侵占机体。只是机体们，还在浑然不觉中。

风在城里迷了路

每次刮风的时候，我会寻思风从哪里来，刮的是什么风。琢磨风，成了我的一个业余爱好。但，风跟我玩起了捉迷藏，我找不到风的方向。似乎风与城里的人一样来自四面八方。

我站在城市的街头，初看上去我跟周围的人群是一伙的，他们的表情，也是我的表情，从彼此的眼神里想象出各自的境况，落寞、忧郁、爱怜、惊奇，可没有招呼，视线匆匆相遇，又很快转移。

我如此，他们也如此。

我常常在这个城市里迷路。相似的建筑，相似的面孔，以及相似的路标，可我东转西转，东拐西弯，找不到一条回家的捷径。

母亲揶揄我，这么大的人了，还迷路，你不会看风向啊。母亲以为顺着风的方向能找到路，可风在城里迷了路。

母亲说，刮东南风要下雨，刮西北风要降温，风在半空里半阴半晴，天气要变化了。

村里人靠天吃饭，对天气的阴晴雨雪，依据风向来掐算。上了年纪的人都有自己的天气智慧，这智慧既非来自书本，也不是气象预报，而是一个老农民的经验，祖祖辈辈凭借这个经验向大地讨生活。谚语是书本下的定义，老话，才是农民自己定的概念。

我是农民出身，干过一段不是很正经的农活。曾跟着父母去地里摘棉花，西风一刮，得赶紧摘，如果迟了，被秋雨赶上，那一年的收入就没了。我背着篠笼，一垄一垄地摘过去。

我不是好把手，手上常常被棉花壳刺伤，划出一条条浅浅的血痕，手指粗糙自不必说，晚上睡觉，不敢碰到被面，墨绿的绸缎面一接触我的手便刺刺拉出一根根丝来。我撮着指头，捏住被子的一角，然后一掀，被子像一本书一样被打开，我侧身躺进去。再撮着手指，把被子拉上。尽管如此小心，被面有时还是会毛糙出一根根丝来。

我跟在父母屁股后种过菜，风在头上，也在脚边，一缕缕地吹过来，似乎罩着我。我辨别得出风是来自哪个方向。只要东南风不是阴阴地来，地里的活就不是很着急。风有耐心从垄上走过,我就有耐心种下一株株菜秧。

我知道,风引领着农民把力气洒在哪儿。

孩子是见风大的。这是村里人的一句老话。也是,风在村庄里最自由,从不会待在一个地方,到处转悠,随着季节改变自己的方向。

风移一个方向,孩子就长一点。风再移一个方向,孩子又长一点。等风转完四个方向,孩子已经会跑了,跟着风奔跑在村庄里。村里的孩子个个跑起来像风一样,长大了,在跑步这个项目上没有一个没达标的。似乎,风成了孩子的一个基因。

所以,当我回到村子里看不到我曾经的同伴,碰不到稍年轻的后生,我自然而然想到这个层面,他们像风一样跑出了村。

因为有风,村庄里的一切变得有声有色。隔壁烧的是什么菜,风早殷勤地跑过来向你汇报,鱼香、肉香,或者菜油香,大家通过风打探着邻居们的家底。还有那炊烟,也是风让它们袅袅着飘向天空,虚虚实实,浓浓淡淡,风修改着它们的信息。

春风是用来吹的,一场一场地吹,庄稼地不得不绿,种子们给春风拍醒了。顺带把猫的情事也提了醒,它们整晚在屋脊上叫着,叫着,像是呜咽,又像是欢喜。几场春风把猫吹得一身瘦骨。倒是小孩,风一阵一阵来,身上的筋骨一天天地长,像出土的种子,每天向上拱。

夏风是慢慢长的,自东由南,偶尔掉转头,从西边跑过来,一边跑,一边长,然后一拨一拨地飘与拂,庄稼在风中抽穗扬花,拔节灌浆。风热闹,庄稼也热闹。万物生长,风自然不肯消停。年轻的后生,晒得跟地里的庄稼一样油,只不过庄稼是绿的,而他们是黑的。那是因为他们的力气匀在了地里,连同他们年轻的肤色。

秋风是送来的,一场雨,一场风,有节有奏,像我奶奶织老布,一脚下去,一手扔梭,经纬纵横。壮劳力起早贪黑,赶在风向转的时候把地里的收成收起来。

冬风是刮的,刮几天,冷一些,再刮几天,又冷一些。呼呼,呼呼,不管不顾地刮过去,磕磕绊绊,还是一路刮过去。因为,风刮了,世间始有藏之说法。

一年四季的风,只能停留在乡村。那里,才有明明白白的风。

我居住在城市一隅,一个普通的小区。刚住进来的时候,花树还刚刚从苗圃里移植过来,瘦瘦弱弱,连猫都不屑攀爬。每年物业会派人来修剪草坪,一台手推的割草机在草坪上突突过去,突突回来,所到之处,坪中的草仅留下寸把长,连同长出来的杂草也是如此,看不出草与草之间有什么区别。

空气中弥漫着清新的草香,一阵一阵地飘进完全相同的窗户。自然,也分辨不出杂草与绿化草的香气有什么不同。那些花木被人剪成一个个球状。烂漫,对于小区内的花木而言是陌生的。

小区内经常有施工队进来,给路开膛破肚,在绿化带挖土掘泥。询问物业,语焉不详。问施工队,支支吾吾。只看见一根根的光缆从这里铺到那里,然后集中到楼梯,打成一个硕大的结,像可怕的野蜂窝一样挂在楼道口。

跟城市无边无际的热闹一样,垃圾也越来越多。霉变的食物,用过的包装纸,废旧的物品,还有各种名目繁多的垃圾。环卫工人每天承载着大量的清理任务。在别人开始新的一天时,他们提前上班,穿梭在大街小巷,用一辆辆清洁车装载城市的垃圾,那些垃圾几乎快要溢出来,从两边的木板缝里滴答着污液。他们脚蹬着,让身子整个耸起来,再拼命踩下去,或用手拉着,像虾一样弓着,把垃圾运到集中点。他们背上停着几只苍蝇,后面的垃圾上也趴着苍蝇,行人见了掩鼻而过,风让行人的嗅觉突然之间灵敏起来。可谁也不会想到那些苍蝇并不是环卫工人的。

自城市框架拉大后,高楼一直密集着向外扩展,像一口池塘里的涟漪,一圈一圈往外荡漾。但人口依然集中在市中心,每当夜幕降临,万家灯火只属于老县城。那些拉大的框架,目前还是框架,除了路灯辉煌,高楼一片漆黑。零星的几点灯火,很突兀地成了一个孤零零的标点符号。只有风在那儿拐来拐去，似乎寻找着出口。

我喜欢种植一些花卉，月季、杜鹃、栀子等。但几年下来没见过它们长。我殷勤地浇水，给它们晒太阳，还买来肥料洒在盆里，它们还是一副病容，蔫不拉叽的。我找过一些资料，从资料上对照，似乎这些花树缺少一些金属元素，于是我用骨头汤、鸡蛋壳之类进行滋补。一段时间后，它们并没有多少起色。

有一次，我跟父亲闲聊时说起这件事。父亲说，你这些花缺风。我讶异，说，花还缺风？父亲说，你整天把它们关在阳台上，仅有水，有阳光，有肥料，没风，它们一样长不起来。

我有些半信半疑。父亲是老农民，一辈子跟大地讨生活，庄稼们的事，他没有理由不熟悉。只是花树，我没见过父亲侍弄过半株。父亲似乎看出我的狐疑，淡淡地说，天上一个理，地上也是一个理，不信你试试，把花盆搬到露台，一个月后肯定会好转。

回到了城里，瞧着那几盆病恹恹的花，心生怜意，于是，把花一盆盆地搬到露台上。半个月后，那些花果然有了起色。我不禁大喜。

风来，庄稼一片片低下去，然后又一片片地立起来。风不止，庄稼的动作一直重复，而它们的根往泥里扎，向大地深处攀沿。庄稼的姿势，让我联想到藏民一步三拜。他们带着一生的虔诚与财富，历经数月或数年，只为了朝拜布达拉宫。

只有风，才能彰显万物对上天的虔诚。

我在城里迷了路，并不能怪风。

醒不过来的泥土

读到“落红不是无情物，化作春泥更护花”这句诗时，心里像有什么东西搁浅了。城市里的落红，部分已经被剥夺了化作春泥的资格。因为，城市里没有种地的，只有扫地的。落红，以及落叶，失去了泥土的承载，只能混同于尘埃和五颜六色的垃圾，而且成了这个城市里最零乱的垃圾。它们不再是有机物，而是清扫的对象。

想种点植物或花卉，捧着花盆，从江边走过去，试图找到一些泥土，但半天走下来，还是没有找到泥土。用铲子往花坛里掘，掘了半天才有些泥，而且泥土非常硬，间杂着细小的颗粒，根本养不了种下去的花的根系。花坛里的泥是当初种植花木时铺的黄泥，一车一车用钱买来的。时间一长，黄泥会发硬，并不适合家庭养花。

泥土撤出了我们的生活。我们是一群缺少土气的人。这似乎听上去很文艺。我们是城里人，不再是土里土气的人，已经从向泥土讨生活的规律中抽身而出。

家乡人喜欢用土气的厚薄来衡量一个人的抗力。套用医学术语,应该是免疫力。土气厚,说明一个人的免疫力强,反之,则免疫力低下,意味着冷不得,热不得,还饿不得。我们确实已经冷不得,热不得,离开了空调,似乎无法过日子。

城里很多人,曾经来自村庄,通过打拼,在城里立了足,有自己的房子,派出所里有属于自己的户籍,而有的至今还在虚拟自己城里人的身份,在村里人眼里,他们已经是城里人,而在城里人眼里,他们是乡下人。他们成了回不去家乡又无法在别人故乡立足的人。

为了生存,我们曾很努力地修改自己身上的土气,我们像一棵从乡下移植到城里来的树,为寻找一片土壤存活下来而勤勉着,试图切割自己身上的一块块泥渣。

我们像模像样地学会了排斥,排斥来自泥土里的信息,对那些蚂蚁、蜗牛等昆虫,用讨嫌的神情表明自己的立场,我们把自己曾与昆虫为伴为伍的生活全屏蔽在记忆外。我们还用语言的同化修改身份,用生活方式的改良来完成自我城乡的融合。

我们对自己故乡的水土已不服,回到村里,我们会别扭地发现我们多了许多道具。

我们又变得越来越冷漠。我们栖居在钢筋、水泥混合而成的建筑物里,对外面发生的事,我们假装不知,或者指手画脚,像悬在半空里。我们高高地叠在一起,又散落到各个角落。以不同的工种,打发着身上的力气,或日子。我们身上的感官能力日渐衰落,我们不会为一只鸟的叫声而激动,也不替一棵树的倒下而有所思。袖手旁观似乎成了我们众人的标签,也成了我们自我保护的一道符咒。

大家的生存节奏,似乎在同一个音域里,谁并不比谁更富有音质。大家对这个庞大的城市感到恐慌,不信任感占据每一个人,习惯用一条条铁栅栏封住每一个窗户,就像农民用竹篱笆围住一块块庄稼地。不同的是,农民的竹篱笆边上栽种了许多长藤的作物。勤劳的农民,都懂得成业与败兴间的区别。

城市在年轻,那些曾经代表着繁荣与文明的高楼建筑,现在耸立在我们的县城。做建筑的人都知道越往高处建,就越要往地里扎。一台台打桩机,不分昼夜,咕咚,啪;咕咚,啪……朝地层深处钻眼,并迅速浇注好一根根粗大的水泥桩。挖出来的泥,装上一辆辆卡车,被送到城市以外。

我很想知道那些泥土被装到何处,但工地上的人谁也不肯告诉我。似乎那是一个商业秘密。

有一次,我在偏僻的乡下,见到一堆一堆的泥,像一座座小山。问及旁人,大家都说不出这泥来自何方,只知道清早起来就发现了这堆泥,没有人过问,似乎这泥是凭空自己飞来的。我用手摸摸，泥质很硬，泥上的纹路，像树的年轮一样。只不过，泥是垂直状，而年轮则是圆形。后来，我又在另一个村庄的公路边看到同样的泥。

我的怀疑得到了证实。这些泥是从城里运过来的。

我突然感慨到离乡背井的不仅仅是乡下人，还有城里的泥。

它们匍匐于城里的水泥地下，如果不是大型挖掘机，也许它们会一直隐藏在城市底下。作为泥土，它的使命与人的一样，主题无非是繁衍与培育。然而，久居城下的泥，它们已经失去了培育种子的能力。

都言一方水土养一方人，人跟泥打交道，泥就会重塑人，泥把一点点信息编排进人的体内，经过日子的打磨，人积累了土气。土气让人变得结结实实，把洒在庄稼地里的力气又吸了回来。

我曾装了一袋背井离乡的泥，希望拿到城里养花。我播下去的太阳花籽，一颗也没有发芽。第二次，我继续播种，半个月过去，盆里的还是灰白色的泥。我拌了些花肥，然后第三次播种。三个星期过去，仅看到零星几颗芽。过了几天，我再去看看，那几颗芽也不见了，盆里安安静静，似乎我原来看到的几颗芽是一种幻觉。

也许，地下的泥习惯了承载，它还没有醒过来。

我隔壁的邻居在露台上种了几大箱的蔬菜。箱是泡沫箱，白色的，一只只紧挨着。泥是她老家装来的，用编织袋装了十袋，雇人扛上来。起初，我并不看好。泡沫箱种蔬菜，能长几寸？一段时间过后，我不经意间看到了那几只泡沫箱里长满了勃勃生机的蔬菜。一棵挨着一棵，它们长高了。几株黄瓜已经结果，茎蔓朝我家露台的方向长，昂着头。我见了，心生喜悦，忍不住也有种蔬菜的想法。

不久，我发现邻居家的蔬菜不见了，我以为她可能收获了，只是那几株黄瓜有些蹊跷，它们还只有手指头大小呀。偶遇邻居，说起此事。她说，唉，大家说用泡沫箱种蔬菜有毒。我说，有依据吗？她说，现在都在传，一家三口患了癌，医生认为是吃了用泡沫箱种的蔬菜诱发的。我在网上查了一下有关这方面的信息，确实有这种说法，但后面跟着另一则信息，说是没有医生说过这样的话。宁信其有，不信其无，基本是我们生活中的一个理念。

一个容器改变了泥土的使命。如同，一个城市改变了我们。而我们永远改变不了城市，它在重复地循环，包括重复建设，重复程序，我们即使从它的肢体中掉落下来，或消失，或失踪，丝毫影响不了它的运行，热闹的样子还是那个样子，喧哗的方式还是那样的方式，汹涌与撞击，像齿轮一样咬合着城市。

城市的零件

拥挤的街头，甚嚣尘上，也富丽堂皇。行走的人们，面无表情，寡淡的眼神，匆匆的步履，让人联想到那是城市的一个个零件。我是，他是，她也是。也许擦肩而过的那个人，跟我是同一个部位的零件，他或她，突然损坏了，可能导致我的运转瞬间失去灵活。虽然，我跟他或她根本不认识。只是，我很难保证自己突然停运，会不会波及他们？

我在家门口经常捡到一些广告纸，上面有推销商品的，也有推销自己的，准确地说是推销他们的技艺——修水电、捉漏、维修家电、抽粪水等等。这些纸片，大多印制粗糙，也谈不上设计，把所有的信息填满整张纸片。我还收到过讨债的广告，上面赫然印着“帮助你解决所有赖户——快速、高效”。而且承诺讨不到债，不收任何费用，客户信息全程保密。那张广告是白纸黑字，是加粗的黑体字，看上去有些触目。

广告词塞在楼道的邮箱里，不仅我家有，别人家也有，一半在邮箱里，一半露在外面，像一根舌头，风一来，广告纸左右摇晃，还唰啦唰啦，容易让人联想到某种恐惧的提醒。

那些纸片，大多时候是无效的，我在楼梯边、小区里经常看到它们，它们或躺在草丛里，或散落在水泥地上，上面是小半只脚印,有时沾满了泥巴,字迹模糊,信息缺失。

偶尔,我也会收藏几张,比如那张被塑封了的便民服务卡,有手掌那么大,我数了一下足足有二十八项服务内容,每项内容后面是不同的手机号码。搬家、跑腿、回收、清洗、打孔……更有意思的还有算命与看风水。这张卡给我透露了一个信息,除了我所能看得到的生活,还有隐藏的生活,他们以便利别人生活而生活着。他们或出卖自己的力气,或兜售自己的技术,在城市的边缘等待介入。

我的职业决定我看到的生活是局限的,我没有能力跟所有行业的人打交道,也没有资格为我生活之外的人提供帮助,但这并不意味着他们或她们并不存在。我知道除了超级市场、豪华酒楼、个人会所、健身俱乐部等之外,还有救助站、精神病医院、孤儿院、残疾人康复医院等等。

城市容纳了文明,也接纳了卑贱,只是人们习惯了城市的热闹与繁荣,很少有人想起还有这些地方的存在。他们,或她们,或我们,其实都在不同的游戏规则中。虽然,我们同居于一个城市。

楼下有一些车库被改装成了出租屋,一些年轻的女子陆陆续续住进来,她们看上去那么年轻,也很漂亮。我有时开车经过她们的窗前,她们会抬起头看我一眼,我冲她们笑笑,她们也友好地笑笑。如果她们门前有自行车或摩托车挡着,她们赶紧跑出来把车挪掉。她们也会帮我指挥车辆。

我不知道她们的名和姓,也不知道她们来自哪里,更无从知晓她们从事的职业。有时,我很想跟她们聊聊天,但当我发觉自己的兴趣是打探她们的生活时,我便掐灭了这个念头。我感到这是个恶劣的想法。她们在这个城里打着零工,有着落,没着落,远处总还有一个故乡在等待她们。

曾有一个邻居偶尔说起楼下有一户出租屋里在从事色情活动,一个男的还在外面把守。估计是女的的男人,因为他俩住在一块儿。邻居说这事时脸上有些鄙夷。我没有接过这个话题。

邻居所描述的对象,我有点印象,屋外总挂满洗刷过的衣服,门前还有一块大石头,我车子经过时总会硌着。这时,屋里的男人会跑出来,一边搬开石头,一边不好意思地冲我笑笑,样子有些斯文。女的,穿着比较干净,不算姣美,但也不难看。下班回来的时候,在屋外简易灶台前忙碌的总是她。

偶尔我也会朝楼下张望,出租屋里有的亮着灯光,一群人聚在那里喝酒打牌,有的漆黑一片,不知道里面有没有人。取消暂住证后,他们对这个城市而言还是外来流动人员。这个身份注定他们的职业是飘忽不定的。他们可能是洗脚工、洗头工、洗衣工,也有可能是装配工、计件工、搬运工,城市里需要什么,他们提供什么,包括心理和生理。

居住在城里时,我对“我们”一词非常不确定。我可以代表我,但后面的“们”字却很彷徨。我还不能肯定“我们”是真正的我们。我们住在一起,但彼此没有邻居的概念,人与人的关系有时还不如人与狗的亲密。

一部分早把人与狗的关系纳入了人的生活,早晚陪狗溜达,屁颠屁颠的不是狗,而是人。狗跑到哪儿,人跟到哪儿。狗有自己的昵称,有自己的商店,也有自己的医院,人像打扮小孩一样打扮着狗。人与人疏远了,而人与狗越来越密切。养狗的人自称是狗的爸爸妈妈,在他们或她们嘴里出来的“我们”,还包含着家里的那条狗。

有一次,我在小区的公告栏里看到两张启事,一张是寻狗启事,上面打着“寻找爱犬霏霏”,附上了狗的图片、走丢的时间与大致方向,结尾是一笔不薄的酬金与狗主人的手机号码。另一张是寻人启事,一位老人患有轻度的老年痴呆,某天下午从家里出走,具体时间不详。启事的下面是子女的联系号码,没有酬金。两张启事并排贴在一起,或许是无意。我见了,心有戚戚。

一连几天,我都去瞧那两张启事,希望启事有结果。

第五天,寻狗启事不见了,据说是狗的主人撕掉的,然而旁边那张寻人启事还贴着,一半掀了起来,是被风掀的。我从公告栏前走过，耷拉着半张纸的启事有时会莫名其妙地哗啦一下，里面的老人像由倒立慢慢拉直，很快，又倒立了。

我奔回家，取出透明胶，又跑到公告栏前，把老人的像拉直，粘住。老人面无表情地“坐”在公告栏里，眼神既无暖意，也没有恶意。

我在他的目光里已经读不到他对命运的判断，以及对城市的解读。

或许，我有一天也会像他一样漠然地坐在某个角落，最终以微尘的形式介入城市，轮回于蚂蚁、风、泥土之中。

树跟鸟跑了

搁浅的背影

我站在人流涌动的十字路中间,与许多人一样因为红灯彼此靠拢。默然的神情又推开彼此的目光,各自专注着前方的红绿灯。你会在下一个路口拐弯,我会在下下一个路口转身,谁也不会替陌生人留下一个背影。

背影是一个奢侈的词。只有一次次的目送,才会有背影。在行色匆匆的过客中,目光总是搁浅在彼此的身后。

有一段时间,我经常梦见自己又回到乡下卫生院上班。我还是坐在自己那把熟悉的木椅上。我的另一半清醒挣脱梦，告诉自己调离乡卫生院已经有十多年了。另一半的模糊提醒我又回到了卫生院里，我失去了县城的居住户口，再一次陷入我拒绝了五年的方言之中，第一个词往下重压，后面的词又快速跟上来，像一根木棍似的撬着人的嘴唇。方言像一群黄蜂，左右围堵着我。我躲闪，我奔跑，但脚拴上了一根绳子，怎么也迈不开步。我在梦里没有弄清楚自己为什么又回去了。我焦灼不安，在自己的梦里。

卫校毕业后我被分配到一家偏僻的卫生院，离家足足有五十多公里。我寒窗苦读又回到乡下，我很不甘心。尤其简陋的医疗设施，一天看不了几个病人的现实让我非常苦闷，认为自己的理想仅仅替换成了一个月一百二十元，这对我来说是不满足的。

在病人面前我坚持用自己的家乡话，而在他们耳朵里那是县城的方言。于是，在病人眼里我成了一个从县城分配来的医生。我虚荣心得到满足的同时，我的失落感更加浓重。尤其一想到很有可能我会在乡下卫生院里待一辈子，心里的痛苦足以淹没我以往的一切快乐与希望。

我固执地使用着与病人格格不入的语言，有意提醒自己是这个乡镇的外来医生。每说一句话，我就会在心里刻上一道痕，我来这儿第几天了。我用自己的方言跟病人间竖立起一块盾牌。尽管我事后想起非常后悔。我用语言伤害了病人。

醒来后,我如同虚脱,知道自己正躺在床上,窗外是一片夜色,并不是漆黑的夜色,而是由一盏盏灯光支离出层层叠叠色彩的夜晚,似乎那才是城市的帷幕。

我在帷幕之下,我的邻居也在帷幕之内。我跟他们已经生活了三年多,虽然不知道彼此的工作,但一千多天过去,陌生的脸孔变成了熟悉的脸孔,知道了谁是这个楼道的住户,而谁不是。

抄电表是每个月每户人家轮流的。敲开门,说明来意。怕对方不信,手里还拿着簿子与笔,站在门口的路灯下,很夸张又很主动地捧着那两样东西,似乎那是道具,而自己则是暂时顶替的演员。对方送过来一个礼节性的笑,让你进门。你赶紧换拖鞋,又加紧跑到卫生间,水表一般都在那儿。主人会进来,帮你开亮灯,又不放心,替你打开手电筒,雪白的灯光下水电表上的指针非常清楚。

关上门,大家在门里面做什么事都是隐蔽的,无论是高尚,还是猥琐。门外的人只能猜测,哪怕纸上的数据都不能提供门里发生了什么。

那一天,我敲开了 301 室,老婆婆黑黑地来开门,得知我抄水表，一边阻止我不要脱鞋，一边给我拿来一支蜡烛。一支四周挂满烛泪，像一个刚刚号啕大哭过的女子的脸。她擎着蜡烛，佝偻着身子，用手拢住右边的光，努力让烛光全部凑到我这儿来。粗糙的白墙壁上晃动着她放大的驼背和一只拢光的手，欲意从墙上走下来，提醒我不要抄错了水表。水龙头下面接着一只脸盆，滴答，滴答，水像挤出来似的，一点点流入脸盆。此时，水表是静止的。

老婆婆继续费力地给我擎着蜡烛。她原本可以开灯的，那盏灯悬挂在卫生间，不知道它被开过几次，上面蒙着厚厚的灰尘。估计它的瓦数是极低的，低得连蜡烛光都不及。

平均算下来，每一户人家交纳的水费远超过水表上的度数。收费时会有人表示愤慨，会有人嘀咕，怀疑谁谁在偷水，指责自来水公司的水表存在问题。这些怀疑与不满出了楼道没有一点意义，只能在楼道里虚虚实实几个日子。一周后，大家又忘记了这个事。关门的声音还是轻轻的。

初到县城，一到睡觉时间，我心生胆怯，躺在床上害怕黑暗中的声响，咔嗒，吱呀，窸窣，似乎很克制，又似乎肆无忌惮。我常常联想那是不怀好意的声音。也恐惧悄无声息的夜晚，连针掉在地上都听得见，此时的声音具有杀伤力。黑暗跟罪恶、邪气如同近亲，它们的本质不仅相似，而且酷似。黑暗中人的表情全部退去，隐藏起来的冷漠、猜疑、虚伪，各归其所。看不见的表情与面目成为邪念滋生的保护层。黑暗免去了伪装的成本，站在黑暗中人只剩下一具肉躯。一具肉躯在黑暗中可以做出阳光下不敢做的许多事来。我总是莫名其妙地恐惧那些轻微的声息里浸透着某种欲求。

母亲说，这有什么好怕的，周围居住了那么多人，都是贴隔壁的。母亲住在老家，房子前后都有一块菜地，旁边是一条小路。串一个门少说也得几分钟。她最大的愿望，希望以后邻居的新房都建在一块儿，人多胆子大，串门又方便。这是她二十年前的想法。如今母亲年老了，她当年的愿望指日可待。而她却嫌那样的房子没生气，硬是付出高昂的代价，在老的宅基地上建造了一座新房子，带一个很大的围墙。

母亲的理由只有一个，居住在老宅基地上，人的土气就会厚。土气翻译过来指一个人的免疫力。土气簿自然是指免疫力低下。也怪，那些新建的房子住进去后，总有人三天两头打点滴。邻居们有信基督教的，有信佛的，也有什么都不信的。

信基督教的，整天唱赞美诗、做祷告，声音越过一幢幢房子，引起信佛的的不满。于是，信佛的请来一群老太念佛，诵经声、木鱼声，再次越过一幢幢房子。信基督的晚上请来众姊妹做祷告，黑夜里的祷告声清晰地钻入每一户人家，似乎像来串门的邻居。如果众姊妹不走,坐在家里的声音就不会起身。如此热闹了一阵子,大家都累了。土方法与科学方法都用过了,最后大家都没事。到底是什么原因也没有查出,后来抓了一个原因,说是新房子甲醛含量高。这是村里的综治办主任下的一个结论。

母亲对自己的决策非常满意,而对我充满了担忧,因为我住的是从别人那儿买来的二手房。原房东家里顺不顺,老人小孩身体健不健康,最近有没有发生过什么意外,诸如此类,母亲都细细盘问我。我一一回答。但没有老老实实地回答。我哪有工夫去调查他们的家事,委托中介办的事。农村调查一户人家是易如反掌的事。不仅有人积极配合,还有一帮人主动配合。到了楼道里,这是侵犯别人的隐私。这点,母亲怎么也接受不了。

居住在楼道里的,除了我,他们都是老街的拆迁户。他们原来居住的老房子拆迁后成为本县城最繁荣的商业街区。他们的安置房位于城西,离商业街区足足有五公里。他们没有其他收入来源,就那些补偿金作为余下的生活费。节俭成了他们的生活习惯,也成了他们的生存符号。

他们从不早上去菜场,那时的菜最贵。他们洗衣服去江边的河埠头。用一根木棍挑两只水桶,里面是换洗的衣服。他们尽量不开灯,哪怕天再热,也舍不得开电扇,一把扇从早扇到晚。早上,我被一缕缕的煤烟熏醒,满屋的煤烟呛得我直掉泪。我住顶层，下面8只煤炉子，加上对面的1只煤炉，9只炉子的烟在我这儿齐集号。我跑下楼，表示我的抗议。几天后，煤烟还是照常。

他们用自己最地道的县城方言交谈，每天早上彼此会大声交流，声音的内容很简单，甚至是重复，但他们就喜欢用这种方式迎接每一天。他们的声音盖过任何响动，非常骄傲地传入清晨里每一个刚醒来的人的耳朵里。

他们是县城的原住民。只有他们配说地地道道的方言，那个"朗哉"宛如榫眼对榫头，严丝合缝。在他们面前，我不敢多说几句话。有时，他们会盯着我，问我哪里来的。眼神里闪过警觉的光芒，让我的口唇打战。我小心谨慎地报出我家乡的地名。他们眼神里的光变得柔和起来。他们知道我的家乡离这儿不远。随后，他们会补上一句，听你口音不像老县城的人。我笑了笑，但笑得有些不自然，似乎那是赔笑。

在语言里流浪

搬出来后，我住进了一个新的楼道。还是熟悉的脸，却从不串门。因涉及小区的物业管理，对面的一户发动十户人家签字进行维权，于是我们再一次熟悉。维权成功后各自又关上了重重的铁门。咔嗒。像在楼道里扔了一个句号。

不知什么时候,楼下的车库里住进了几个女孩子。她们白天把花花绿绿的衣服晾挂在树枝上,夜晚点亮一盏灯,从厚厚的窗帘后面露出一点光,提醒我她们住在这儿。

有个文明的词,叫外来人口。后来又改了名词,他们是流动人口。我不知道这两个词有什么本质性的区别。对他们而言还是暂住而不是居住,是从一个地方流动到另一个地方的外来人员。

他们没有自己的房子,户口就没办法迁过来。即使迁过来,于生活的实质也没有多少影响。他们还是县城的候鸟。远方的家乡才是他们的故乡。这儿,只是他们人生旅途中的一个驿站而已。

他们在这个驿站里悄无声息,连看电视都把音量开得最低,不敢高声谈笑。他们贴上一张外地人的标签,一群随时可以起身离开的人。他们用普通话的方式努力嵌入这个小县城,以换来一份生计。但并不是每个人都有这样的机会,一部分人在语言面前卡住了,年纪大的已经习惯了自己带过来的方言。他们只好去做最苦最脏最累的体力活。

那天早上雨下得很大,我去散步,这是我早上的一个习惯。看到一位老人披着雨衣在扫地。我突然想跟他聊聊天,所以帮他扫地。

他满口河南话，耳朵又有些背。显然这样的交流非常困难。我拿起他垃圾车上的扫帚时，他似乎明白过来。他初时拒绝，继而教我怎么扫地。

我学着他的样子，把扫帚按在地上，然后往前推，那些落叶像卷毯子一样卷了起来。我就这样一手撑伞，一手扫地，面前的落叶越来越厚。

一刻钟后，我脊背上出汗了，胳膊也一阵阵酸疼起来。我拄着扫帚柄歇息。老人还在我前面忙碌着，按、推、扫、倒。一连串的动作在他佝偻的身子下流畅地完成。我微张着嘴巴，不住地喘气。

父亲用铁耙翻地时，嘴巴总张着。一边哎嗬哎嗬，一边让铁耙重重地扎进泥里。过一会儿往手心里吐一口唾沫，再抡起铁耙柄，高高举过头顶，咔嚓，铁耙的五枚齿深深咬住了泥土。傍晚回家时，父亲的嘴巴半张着，坐在竹椅上一动不动，旁边是一杯浓茶。我曾经不喜欢父亲这个样子，张着嘴巴既不雅，也不卫生。隔壁的周伯、老葛伯也是这样。村里的男人似乎都半张着嘴巴，黑乎乎的牙齿越过干燥的嘴唇暴露在你的视线下。

我不由自主靠在扫帚柄上。意识到嘴巴张开着，赶紧闭上嘴。很快，我感觉自己的呼吸有点不对劲，气有些急，似乎体内有多余的气正不知所措地乱奔。我的嘴巴在无意识中又微微张开。

我前前后后帮老人扫了三天的地，一句话也没聊上。他说话的速度极快，再加上他的河南话，我理解不了他说话的意思。在我跟他告别的时候，他说了一句“去买菜吧?”这句我听懂了。我看了看自己，然后回答他：“是，我去买菜。”老人的脸上浮现一丝微笑，嘴巴张开来，里面尽是猩红的牙龈。

他们散布在县城里的各个角落里，架空层、车库、老小区，以及城中村的院墙里。有人说那是违章建筑，户主竭力争辩，那是他们自己的院子。原来各不相干的人形成了一股力量，并牢牢地筑成一道利益墙。一间二百元，比任何小区里的租房都便宜，一户人家往往可以住进十多户，最多的有三十户。

街道里有一个综合治理办公室，定期检查出租房，有暂住证的，有身份证的，才可以暂住。一块蓝色的出租房牌子钉在上面，没有门牌，却有一个数字。有了数字，便能入档，入了档，你就是合法的。合法的，可以免去许多突击检查。他们的身上有各种各样的词，只是他们自己并不知晓居然有那么多称谓。

一出门，我被各种各样的方言包围着。有尾音拖着“朗哉”的本地方言，有夹生半熟的当地土话，有带着浓重口音的普通话，也有字正腔圆的北方话。耳朵里一会儿是江南，一会儿是西北，我在他们的语言里进进出出。于是，我想到了自己一直在别人的语言里流浪，如同我在公园里碰到的那只狗。

一只小狗走过来，抬起头看看我。我也看看它。小狗一身卷毛，上面满是尘泥，一对长耳朵耷拉着，大眼睛鼓鼓的，露出一嘴的尖牙。小狗悄悄在我木凳边坐下，转过头来又看了我一眼。我也看了它一眼。它伸出舌头舔了一下嘴巴。我注意到它的肚子瘪瘪的。不知道它饿了多少天。可惜我身边没有食物。

我没养过狗，也不知道狗的品种与价格。不过，城里的狗不能与村里的狗相比。它们享受着主人的宠爱，得到的关爱有时胜过人。主人一天要给它洗两次澡，吃的虽说是狗食，但严格按照营养食谱。它们有一个好听的名字，会有自己的衣服，还会有自己的洗漱用具。城里的狗不是用来看家的，而是寄托主人的情感。主人的孤单，转移到狗的身上，悉心照料，不计成本地投入爱，只为了狗能与自己陪伴，驱逐内心的寂寞。狗的乖巧令主人不惜赞美之词。仿佛，自己的狗是了不起的狗。一位老人自己走路七冲八拐，怀里还抱着一只狗，脸上专注而宁静的神情，让人怀疑他抱的不是狗，而是一部《圣经》。更有甚者，与狗穿亲子装。狗穿一条花背心，自己身上也是同一款的花背心。农村人骂儿子“狗东西”，城里人对着狗喊“儿子”。

同样是狗，长在不同的环境，它的生活也就不一样。

农村的狗就一个职责，看家护院。一见陌生人，狗吠不已。

直到主人的呵斥声响起,狗才会悻悻放你过去,似乎给了你一个豁免权。每到夜晚,村庄里响起一片狗吠声,此起彼伏。狗与狗之间是有交流的,用吠声证明自己的忠诚,用叫声提醒别的狗。每去老家,最烦的是狗的叫声,月色缥缈的夜晚,紧一阵密一阵的狗吠似乎把村庄都要浮起来。烦过后也感到从未有过的踏实,那就是每一个人的夜晚牢牢拴在村庄里。

城市里养的狗很安静,睁着一双无辜的眼睛,在居室里吃喝拉撒。不管主人用什么语言,它似乎都不需要翻译。

我认识的一位画家朋友,养了一条狗,取名宝宝。他每天带在身旁,作画时狗趴在他脚边,外出时狗比他先坐到汽车里。我用普通话叫它宝宝,它转过头来望着你。我用家乡的土话喊它宝宝,它一摇一晃朝我走过来。我甚至用 baby 唤它,它也甩甩尾巴。画家非常得意它的聪明。每天除了画画,就是精心伺候狗。后来,这条狗出门时遇上车祸,那天他正好让他夫人带着。狗死了,画家朋友大哭三场。他坦言,父母去世他也没有这么哭过。后来,他又养了一条狗,取名还是宝宝。这次我没有喊它宝宝。

我起身离开公园时,流浪狗居然跟在我身后。我突然变得很局促。我没有东西喂它。我狠狠心,加快脚步走了。狗没有追上来。我回过头去,狗还站在原地,垂着尾巴,身上披着阳光,专注地望着我的背影。我心里有了难过。最终忍住不去看它。

假如这只狗在村里，也许境遇就不会这样了。

县城里居住了十多年，我调换了四个单位。其中一个单位是在乡政府。有群众来找我办事，虽然方言痕迹很重，但没有语言上的障碍。我还时不时学他们的话，引起他们哈哈大笑，认为很别扭。我在乡政府工作了六年，令人自豪的是下村时别人都以为我是土生土长的。但到了县城，我又恢复了原来的口音。

在乡下工作期间我习惯了低头走路。不能在农民面前高昂着头走路。这是我去乡政府任职时一位老领导叮嘱我的。我果真做到了。

低头很容易，哪怕你没有谦卑的意思。低头走路，低头干活，低着头什么事都会干，什么事都能干得出来。低头的时候表情与心思允许隐藏，躲开别人的视线，不必顾忌做对还是做错。

仰望不行，它需要的东西很多。需要勇气，那是另一种姿势和表情，目光脱离尘埃，让内心飞翔。大家都习惯了奔跑，低着头，几乎用贴着地面的目光奔走在你来我往，且没有一个人认识你我的路上。仰望得停下来，挺直了腰板，向上，望得远远的。视野里宽阔得没有杂质。一边仰望一边走。

鸟在天上,我们注定要仰望它们

我走过一棵树,看到地上有一摊鸟粪,围着树根。再过去,地上也有一摊鸟粪,花白色的,有疏有密,似乎涂上去的。我抬头仰望。脖子上咔嚓一声,那是颈椎发出的。我不由得低了低下巴。树底的鸟粪,是鸟停留的痕迹。我眯缝着眼睛仰望。我希望能用这样一种姿态,表示自己对树上的鸟的敬重。风一吹,树枝间跳过一道绿色的波纹。鸟在树间,大概也是这般跳跃着,划出一层层的绿波吧。

我的老家是一个不大不小的村庄,每户人家的屋前屋后都会种植几棵树。这也是一种习惯。树一轮轮长大,我们一岁岁添上去。一棵茂密的树引来鸟,叽叽喳喳,从早到晚。

白天的鸟从不休息,叫着飞,飞着叫,停下来也在叫。它们比我们村庄里的人还热闹。到了夜晚,它们集中到竹林里,夜色一来,村庄才安静下来。

麻雀是最寻常的。停在电线杆上,东张西望。如果上天允许动物飞禽有表情,那么东张西望就是鸟的表情。站在黑色的电线上,像一个个标点符号。经过断句,村庄确实生动多了。

我看到过麻雀在公园草坪上蹦跳。麻雀走的样子没有改变。麻雀是一种很会生气的鸟。捉来后,麻雀很少能过一个晚上。笼子里的麻雀不吵也不闹,甚至叫声都没有了。它在小小的空间里意欲飞翔，翅膀总被结实的竹笼打回去。麻雀不停地飞，不停地碰撞。黑夜里，我们睡下了，它还在努力，啪啪的声音像我们的扇子拍打双腿。

第二天，我们醒来，麻雀仰面躺着，两只爪子僵硬地搁在肚子上，而翅膀半开半合，在腹部两侧垂下来。麻雀是气死的。

一位三轮车夫从我身边过去，又掉转头来，好奇地问我在看什么。他一边问，一边也昂起了头。他用的是本地方言，而且滴水不漏。我说，我在看鸟。他左右摇晃了一下脑袋，以保证视线能穿过树的枝枝杈杈，确认鸟站在树上的某个部位。他又问我，你看到了吗？我说，没有，但我看到地上有一摊鸟粪，鸟应该在上面。他嘻嘻一笑，说，这街上的树底下都有鸟粪，可怎么就是看不到一只鸟呢？我没有接他的话，事实上我也接不上。他再次嘻嘻一笑，缩回脖子，走了。

我的目光从树上移了下来，只看到一个微偻的身影。他弓着背，身子离开座位，像悬浮一般，以保证身上的力气往脚下沉，用力一蹬，三轮车转动起来。

踩三轮车的人绝大多数是外地人。一张暂住证，确认了他们在异乡的身份。接下来，他们一边找生计，一边努力学县城方言。我坐三轮车时用的是方言，对方却是一口北方话。于是，我调整自己的语言，像翻译一样重新再讲一遍。而有时我用普通话，对方却是一口本地方言，在一来一去的对话里，我越来越没有底气，他成了这个城市里的人，而自己则是外来人员。他对县城的里弄小巷比我还熟悉，嘴里的县城方言比我还地道。

后来我凭气味。身上有一股刺鼻的味，一开口，满嘴巴的大葱、大蒜，肯定是外地人。有脚气、浊气，只会坐在车上问你要不要坐三轮车的是本地人。一个人的生相与气味如此接近，我想，只有讨生活的人才会具备这个要素。

望着身边涌动的人流，我不由得猜想这里面有多少人才是真正的留鸟，而多少人则是候鸟。人跟鸟又有多少差别呢？

城里的鸟，没有户口，不需要暂住证，也没有人来突击检查，但它们却不知道去哪儿了。地上的那摊鸟粪，证明树上确实有鸟。只是城市的上空怎么没有它们的身影。地上的鸟粪提醒我，它们晚上才回到树上。那么白天它们在哪儿呢？

鸟关在竹笼里，有人提着在树下溜达，有人把笼挂在树上，也有人吊在窗下。鸟在里面叽叽喳喳，整天雀跃。养鸟的人心满意足地读到那是鸟动听的叫声。他们精心伺候着里面的鸟，什么时候添水，什么时候喂食，有着一套科学的养鸟经。那些鸟当然不是麻雀，也不是燕子。它们往往有好听的名字。因为好听，好看，所以人愿意精心伺候它们。

村庄有打鸟的，但鸟似乎不畏惧人，飞到院子里跟鸡争食，站在屋脊上冲着你叽叽喳喳。城里没有人捕鸟，而鸟看见人好像惊慌失措，从不上高枝，专门挑那些矮小的灌木丛钻。是否那些茂密的灌木可以给它们一份安全，抑或是假想成鸟的双翅，宿久了，身上长出一对巨翅膀，飞上三千尺，把城市驮得远远的，高高的？

城市里的树很密集，隔几步就是一棵，它们集体种植，集中成长，给每一个人带来绿荫。只是，一旦树长得不是地方，树的命运就会被改变。上天没有给树语言的权利，树只有默默地存活下去，才能证明自己的意志。

城市在一圈圈地往外扩展，规划一年年地调整。树跟着纸上的一个个符号迁移，从这儿移到那儿，又从那儿移到这儿。存活了，是树的福气。枯萎了，那是树的造化不行。

还没有人替一棵枯死的树承担什么责任。

我在楼下的草坪里种了一棵香椿树。下面埋着我儿子出生时的胎盘。儿子十岁了，树龄也有十年了。每年的春天它发出一枝枝的香椿芽，红褐色的，摘下来用热水一焯，撒上盐，是一盘美味的菜。摘过后的地方过段时间又会抽出芽，但这次抽出来的芽不如上一次嫩，微微有些发红，而且有些儿瘦，味道不如头椿来得鲜美。一般很少摘到第三次，这时候的芽不是真正意义上的芽，而是叶子。它的叶子不密集，长得很匀称，一枝长出去，便有一枝的叶子紧紧相随。

有一天，我发现这棵香椿树被人砍过了，只留下光秃秃的一个脑袋，旁边的枝枝丫丫不见了，模样令人怜悯。这是我们家的树，但我们没有能力保护一棵树，因为它长得不是地方。前几年它还没惹人注意，这次它进入了视线。

县城在创建文明城市，每天有社区的人来检查楼道卫生。三楼的阿姨气不过社区工作人员几次三番对她门前的检查，用胖手指一指，说，那棵树影响我家的阳光了，你们管不管？社区工作人员态度诚恳，下午就派人来把树枝砍了。

我家的树从某种意义上说，平衡了情绪。与其他的树相比，我家的树还算幸运，它至少还没有被移死，没被砍死，那枝枝丫丫还可以长出来。也许长得慢，但它总可以活下来。而有的树的命运却不是这样。

我居住的县城有着悠久的历史，秦时置县，出过不少名人，但如今在这儿找不到一棵一百年以上的树。曾有一棵150年的广玉兰，长在一栋欧式的小洋楼边上。后来街道拓宽，楼拆了，树被移到边上。树经过努力，存活了下来，继续开出洁白的花。五年后，街道又拓宽，广玉兰再次阻挡了道路施工。广玉兰再次移植。这次被移到了河姆渡博物馆广场上。

我去看过，树活了下来，但似乎大病刚过，叶子耷拉着，树色呈苦状,很蔫,打不起精神。有人告诉我,这棵树曾打过葡萄糖针。我不知道他们是怎么给树打针的,但树肯定差点过去了,这是真的。那么热的天,把它的根从泥里拔出来,用卡车装过去,再种到它不熟悉的泥土里,能不病吗?

树是有记忆的,那些年轮是它最好的证明。我们欺侮树是植物,什么都不懂,肆意地改变它的生长。树用自己的不自由证明人类同样不自由。人们在一棵慢慢枯萎下去的树前体面无存。那些枯死的树像一只拳头,伸在那儿,狠狠抽打着每一个看过它的人。

有一次下班,经过小区门前的公园时,发现靠河的两株夹竹桃树被砍了,只留下两个树根,像两只残掌。这两株夹竹桃少说也有十多年了,每年开出漂亮的花朵,一株是粉色的,另一株是白色的,为公园增添一份妩媚。

习惯了它们每天的美丽,突然看到它们的残缺,心里涌起痛意。我环顾四周,没发现有什么施工痕迹。但愿,但愿明年的春天,它们的残掌上会引来小鸟。我用这样的憧憬弥补眼前的残缺。

在一个清晨,我又做梦了。梦见树跟着鸟跑了,我被耳朵里的北方话、病人的方言推着走。然后,我陷入了各种各样的声音,它们追逐我,我的身上发出一阵阵令人作呕的气味。我看见了我影子的表情:惊魂不定。我喊叫着,但我听不到自己的声音。我的嘴唇没有动,而影子上的嘴巴一次又一次地张开。

我醒来后,一动不动地躺在床上。我需要这样的时刻。许久,我确认自己已经醒来。因为,窗外,传来鸟的叫声。

是的,它们就在我窗外,我在它们的叫声里。它们的叫声一点点照亮了我。

空缺

1

棉花长到一寸时，父母又开始频繁出门，腰间系只簌笼，拎一把茶壶，有时挑一副簸箕。

那时我刚看了连环画的《西游记》，觉得父母的模样像修行，只是出门前与进门后的神情大不一样，似乎修了一天的行，把父母的力气都修没了。

父母整天蹲在麦田里，像只猴子。母亲蹲久了，腿麻得不行，用手把腿掰一下，再帮腿挪到前面，实在不济，托着腰慢慢站起来,一时三刻还站不直,人僵硬在那儿,待深呼吸几次,身上的肌肉与筋络放松下来,人才站得周正起来。

父母一手拿小板锹,一手不停地在散乱又密集的棉花秧里揪,然后慢慢揪出二垄棉花来,中间躺着歪歪扭扭的脚印。这是给棉花间苗。

江南种棉花类似于套种,两边是麦子,中间是棉花。麦子既像篱笆,守护着棉花秧,又好像给棉花做榜样。麦子青青时,父母整理出一块块地,给泥土翻身,把上面的泥土匀细,用两只铁齿的铁耙(像两枚兔牙),在泥上拉出一条浅浅的沟来,一颗颗棉花籽撒下去。麦子灌浆时,棉花挤挤挨挨长到了一起,头上顶着棉籽壳。

有时,遇到长得好,但又不在队伍里的棉花秧,父母会用小扳锹把这棵秧移到适当的位置,暂时种起来。待棉花有一拃来长时,父母会一脚一脚走在棉地的岭沟里,目光炯炯。棉花地里的脚印已经非常浅,如果不仔细瞧,根本看不出来。这十天来,那些脚印像替父母照管棉花秧,现在值班日期结束,它们便跑向了大地深处,还顺便带走了几株棉花秧。

棉花岭里出现了死株,父母的目光就像太阳光突然遇到凹陷处塌了下来。父亲俯下身子,仔细地检查死株的叶子,还用手去翻旁边的棉秧,像一位老中医的望闻问切。母亲早已迫不及待地改变了脚步，朝另一块庄稼地走去。那儿种着一些棉花秧。

母亲利索地把死株清理干净，还挖出二寸长的坑，一棵棵长得很壮实的棉花秧挤进队伍，这使得棉花地里再次焕发出生长的力量。父亲还在研究那些死株的原因。

母亲从不屑于这些思考与研究。出现空缺，不是庄稼的错。不补空缺，是农民的错。这是我至今能总结到的有关母亲智慧的一句话。虽然并不见得很哲学，但至少听起来还有点文艺气息。

农民在播撒种子的时候，已经替空缺留下了一份念想和力气。像父亲这样还花心思琢磨空缺，套用母亲的话来说，马桶底雕花——仔细过头。认真补上空缺，才是庄稼人的正经。

一块屁股大的土地上让庄稼空缺，会被人惊呼好大一块“荒田”。农民的败业不是收成差，而是有没有让成片的空缺留在庄稼地上。

有经验的老农民爱绕地头，背着双手，沿田埂踱过去，不说话。庄稼无不挺直了身子，齐刷刷地站在大地上。一个来，一个回，这畦庄稼地有多少个空缺，心里清清楚楚，也替接下来的日子余留了一些内容。

那些年轻的农民，他们只会勾着头，脚高脚低走在垄上，一眼一眼瞅过去，默默记着空缺数。第二天，他们提着一篮子的秧苗过来，勾头弓背地补空缺。远远望去，他们像是一个个句号，正努力给大地断句。

村庄，是人间烟火的另一个代名词，既迎接新生，也接纳死亡。人，包括所有动物，栖息于村庄，用不同的情绪，向村庄陈述自己存于此的理由。

狗是有情绪的，看到陌生人进门，一阵狂吠，不连续吐出几声“汪汪”，不足以表达它对忠诚的理解。

麻雀是有情绪的，看到插在庄稼地里的稻草人，它们一边叽叽喳喳，一边扑棱着翅膀，与稻草人保持着一定的距离，偶尔停下来，闪动着小脑袋，蹦跳几步，马上又飞上电线杆。麻雀蹦跳的姿势，闪动的脑袋，传递着它们惊觉的情绪。

人的情绪更丰富，如屋前的仙婶婶面对瘟死的母鸡，一边拍大腿，一边哭：“我的鸡哎，我的鸡，罪过啊，罪过，我是刚刚养出山啊……”那哭词既像悼词，又像唱词，尤其她一唱三叹，忍不住联想到她如丧考妣。

庄稼地也是有情绪的，如果你不用心经营它，它就会使性子。比如，那些空缺，不及时地去填补，荒草就会急吼吼地长出来，还有昆虫，它们喜欢扎堆过来，在空缺处安营扎寨。更要命的是，空缺周围的庄稼，它们慢慢开始变蔫，打不起精神，似乎那处空缺一天到晚在向它们露出狰狞的面孔，随时蔓延过去。

从这点上,我觉得母亲的说法是对的。就像一个急诊病人,医生肯定先处理治表的事,待安稳病情后再考虑治本的事儿。救急如救火,有些空缺真无法解释得清。如果父亲把棉花地里的空缺研究透了,估计移植过来的棉花已经没办法适应空缺。庄稼跟人一样,也需要一个适应的过程。

所以,每次调单位,我感到自己既缺在新单位,又空在老单位,我想,可能小时候经历过的空缺,包括庄稼地里的空缺,影响到我的情感,渗透到我的思维。

村里人匍匐一样在大地上讨生活,既是对泥土的敬畏,又是劳作的态度,可空缺依然会出现在每茬庄稼地里,像是大地上突然出现的休止符号。冯伯说,种下去的秧苗,长着长着,给你留下几个空缺,就像一个人活着活着,缺点会一点点多起来。

勤劳是农民与生俱来的品质,也是舞文弄墨之人喜欢用的定语。但,我总觉得这些人给出的这个定语充满了机械气息,类似于鉴定语。正如说农民很苦时,仅仅是一种内心体验,或是来自居高临下的同情,农民的真实生活于说话者是空缺的。所以,我每次看到类似这样的语言,我就跳过,给那句话留下一个空缺。那个空缺,并没有影响我对整篇文章的理解。

这是不是很奇怪?

2

大白天，村庄里空荡荡的，像一间敞开着大门的老屋。农具坐在角落里，五谷睡在大木柜里，燕子筑巢，母鸡寻窠，一切显得井然有序。我们游荡在村庄的各个角落，有时驱赶一群麻雀，在它们洒落的叽叽喳喳声里我们一脸坏笑，但笑得比阳光还灿烂。我们有时改变一群蚂蚁的走向，打乱蚂蚁埋头前进的步伐。我们有时也去偷摘地里的瓜，偷我家的，也偷你家的，大家在偷字面前居然做到脸不红心不狂跳。

我们坐在石桥上愉快地分着偷来的瓜，如果偷我家的，我得大头，偷她家的，她得大头，这样的规矩大家年年遵守了下来。我们津津有味把你家的，或她家的、他家的瓜吃进了肚子。我们把吃剩的瓜皮扔到池塘里，并不是我们很慷慨，而是让鸭们帮我们销毁证据。

鸭们当然不负众望，像干一件大事一样把漂浮在水面上的瓜皮吞进了肚子。鸭们的眼睛太小，而且又分得开，否则我有义务描写一下鸭们的眼睛，因为我联想到自己，看到好吃的，眼睛里的光芒一道道地出来，足以感染到周围的一切事物。

我们饿了，自己捞一团冷饭，渴了，水缸里舀一杯水喝。我们似乎没有时间感觉无聊，每天有许多事情等着我们去做。如果我们哪天不出来游荡，村庄会因此显得空缺，好像会有很多事物莫名其妙地去向不明。我们觉得自己有责任去担当大人留下来的空缺。

我们看上去很健康，像一群散养的家禽，激情无限地填补着村庄上的各个留白。这里踩一脚，那里挖个坑，或插枝柳，种棵树，我们以童年的名义修改着村庄。

我们唯一的念想是过年，掐着指头算年的到来。我们恨不得把太阳拽下来，让一天很快结束，至于月亮与星星，忽略不计。它们可以有，也可以没有，它们的那些事滋养不出我们的情怀。我们在过年的憧憬里慢慢长着，对憧憬之外的一切，我们像富翁一样慷慨。似乎我们生来就是为了过年。

后来，我从书上读到年是一头怪兽，过年就是跟年这头怪兽作斗争，觉得这个民间故事过于荒诞。年，对我们而言是一个童话，我们在过年的时候才能深刻理解"王子与公主从此以后过上了幸福的生活"。过年让整个村庄显得饱满。

过年，会有一些仪式，比如祭祀。除了信基督教的（他们心里只有上帝，没有祖宗），村里人都会在过年的时候做祭祀，敬天地，拜祖宗。一张八仙桌摆在堂屋中央，条凳依桌而放，上面是六碗素菜，外加酒盅六只，米饭六碗，一对蜡烛燃起，三支清香插在炉中，这是敬菩萨。大人拜过，我们小孩拜，学大人的模样，合掌，叩头。菩萨敬过，母亲与父亲把八仙桌转一个方向，再祭祖宗。桌上的素菜换成荤菜,是一碗碗刚烧好的热菜,让作古的祖宗们享受一顿人间烟火。母亲习惯性地在旁边念叨几句,无非是向菩萨、祖宗讨保佑。

母亲从小告诫我,不能向别人讨要东西,更不可以盯着别人吃东西。但母亲喜欢向菩萨、祖宗讨福,包括奶奶、外婆,她们似乎在菩萨和祖宗面前堂而皇之地讨,理直气壮地讨,当着我的面讨,而我也可以盯着菩萨、祖宗吃东西,假如菩萨、祖宗正在吃东西的话。

奶奶嘴里的阿太阿爷,于我是陌生的,根本没有见过,可过年的时候,他们与我们相逢。在大人的授意下,我认真地跪在蒲团上,向祖宗们叩下三个响头。奶奶在一旁絮絮叨叨,既像是提醒祖宗不要忘记保护子孙们的安康,又像是跟祖宗拉家常,今年谁又出生了,谁订婚了,家里的收成比往年好多了。一时间觉得家里人头济济,祖宗们都回来了,正坐在八仙桌边享用着母亲跟奶奶忙乎了半天的酒菜。

我自有记忆起,菩萨一直伴随着我们家的生活,第一碗蚕豆煮熟后,必先献给菩萨,只有菩萨吃过了,才轮得上我们吃。蚕豆如此,大豆亦如此,连南瓜、葫芦、芋艿都这样。菩萨可以是灶敬菩萨,也可以是观音菩萨。有时看着馋,可菩萨没动过,我就是不可以,只能眼巴巴地盯着那碗鲜嫩的果蔬冒着淡淡的热气,一会儿婀娜，一会儿袅袅，充满了诱惑与悸动。感谢母亲总能在我谗痨发作时把碗取下来。

于是，我的快活瞬间填补了我刚才由谗痨引起的空缺。

我曾经问过奶奶，为什么地里的果蔬开摘时必须首先让菩萨吃？奶奶先帮我纠正了一个“吃”字，说，菩萨不是吃的，是供的。

奶奶给我启蒙，说是每个季节的果蔬有每个季节的菩萨护佑着的，谁先长，谁后生，都有规矩的。地里的作物如此，做人也是如此。

我问哪个供？公？弓？恭？贡？那时我已经念过了几年书，知道了不少音同形不同的字。奶奶用手推推鼻子，眨了几下眼睛，实在不知道是哪个供。奶奶耷拉着眼皮，羞愧的脸红在皱纹堆里挤来挤去。

我从小到大，一直缠着奶奶问东问西，以为奶奶什么都懂。我的长大，却让奶奶在书本知识方面的空缺暴露无遗。奶奶可能不知道，我至今为菩萨该用哪个“ta”(他、她、它)颇费神。有的说菩萨是男的，也有的说菩萨是女的，或者是男身女貌。我一直替菩萨纠结，到底是男还是女。

菩萨，从来没有人见过，并不妨碍人们对菩萨的虔诚。村民间的纠纷，邻里的争执，家庭的不和，习惯以“菩萨看得最清爽”

(看得最清)来平衡内心的委屈。假如家里遭遇不幸,也往往朝菩萨那儿寻找力量。

阿花姑姑是方圆十里的“名人”,她身上入了“龙王菩萨”。阿花姑姑曾经像一个传奇,十八岁的时候喜欢上了一个同村的后生,可没办法主动追后生,暗恋了数年,后生找了邻村的一个姑娘。阿花姑姑一夜之间疯了,脱光了衣服满村跑,嘴里喊着那后生的名字,吓得后生差点也疯掉,害怕别人诬陷他睡了阿花姑姑。

阿花姑姑治疗了一段时间,总算平静下来,虽然不脱光衣服往外跑,但从此人变得有些痴呆。后来,她嫁给了一个腿有残疾的中年人,嫁过去后疯了两次,被婆家人捆绑着去医院。大概有一年,她刚好三十岁,她突然不吃不喝,在床上躺了一个多月,人是形销骨立,轻得像一张纸,家里人总以为她得了不治之症,把她娘家人叫来准备后事,不想,她从床上起来,跟她当初不吃不喝一样的突然。她的声音变了,眼神也变了,一会儿模仿她公公的父亲说话,一会儿陈述村里某个人家的一件往事。这些人,这些事,都是她嫁过来之前并不知晓的。很快,阿花姑姑被人传是“龙王菩萨”附了身。她在家里设了佛堂,专门给村民看“疑难杂症”,从替人看病一直管到失窃物的寻找,她成了村民现实版的“菩萨”。

我从来没有见过这个传奇的姑姑，可她的传奇在村里一直没有消失过。人们谈论她的时候，对她充满了敬畏，包管她曾经脱光衣服满村跑的经历。

3

我对牙医一直心生惧意。尽管他们戴着白口罩，穿着白大褂，跟内科、外科、儿科的医生相差无几，可我一接触他们的目光，感觉他们时刻盯着自己的牙齿，由此牙根一阵阵发酸，似乎每颗牙齿正往里挤。所以，一直到现在，我看到牙医嘴巴紧闭，像条件反射一样，即使说话，也变得支支吾吾，好像齿们在口腔里酝酿什么情绪。

这来自于我童年的拔牙经历。我大概是七岁的时候开始换牙，之前，我已经看到过哥的换牙，先是一颗门牙不见了，后来另一颗也不见了。他换的时候似乎没有什么痛苦，一早醒来，发现嘴里有血，一吐，一颗牙齿掉在地上。母亲让哥闭着眼睛把牙齿扔到大床底下。从此，哥一笑，嘴就有些豁，跟隔壁的马三奶奶一样，说话有些漏风。

当我感觉下排的牙齿有些松动的时候，哥的门牙已经长成两颗板牙，比原来的那两颗粗壮多了。我用线吊着牙齿，每天拉拉它，可它摇摇晃晃，就是掉不下来。没办法，母亲带我去看牙医。

第一次懵懵懂懂，一位叔叔样的牙医让我张开嘴巴，说是看一下。我就张了。结果不知道他什么时候已经拿了一把钳子，一下，就把我的牙拔了。我没有感激他，而是哇哇大哭。要命的是，我以后每个牙都是从医院拔的，拔得我胆战心惊，留下了严重的后遗症。

我的牙拔了，可以长出来，就像头发、指甲剪了还会再长。奶奶她们的牙掉了就永远掉了，再也长不出来，就像一个人，走了就没办法再回来。

我初二的时候有一个同桌，是典型的美人坯，皮肤白皙，瓜子脸，笔挺的鼻梁，双眼皮，再加上发育特别好，是公认的校花。我跟她之间谈不上特别要好，但也不差，有时还会聊聊心里话。每天，我比她早到。早读十几分钟后，她才姗姗来迟，背着一只发黄的军用书包，婀娜走进教室，连年轻的男老师都忍不住朝她多看几眼。

有一天，她突然不来了。之前并没有征兆她身体不好，或者不想念书。尽管班上偶尔也有几个念着念着就不念了，有的因身体原因，有的是因为家里经济拮据，她似乎都不符合这些原因。班主任曾去过家访，回来并没有给我们讲她辍学的原因，但有一个细节我注意到了，老师点名时再不念她的名字。同学们也很快忘记了她，依然上课，依然下课后没心没肺地玩耍。

我有时望着旁边的空座位显得有些落寞，再没有人提醒我老师正注意到我在看课外书，没有人帮我记录作业。或许座位的空缺，让我对她有了念想。我甚至还幻想着她再次婀娜走进教室，把我的邻座填满。第二学期的时候，座位重新调整，我又有了一个同桌。很快，我也忘记了她。

有一天，一个同学带来她的消息，是一个坏消息，她自杀了。她死于为情所困。于是，我再次想起了她，她姣好的面容，以及发育良好的身材。那年她才十六岁。

那时我从没有想过死亡的问题。爷爷走的时候，我才五岁，一个只顾着玩与吃的年纪。爷爷病了，我依然跟同伴在村庄里玩，玩得天经地义。突然某个下午，我家里多了一口乌漆发亮的棺材。爷爷在父亲和二叔的搀扶下，摸了摸棺材，眼睛里闪着微弱的光芒。母亲尽管用被单盖着棺材，但因隔壁就是我睡觉的眠床，我心有戚戚。可跑出了家门，那种胆怯荡然无存。

大约半年后的一个晚上，我被母亲从床上叫了起来。那时我还在沉睡中，眼睛勉强睁开，可又忍不住合上。母亲利索地给我穿衣，然后领着我走进爷爷的卧房。

爷爷一身素衣，静静地躺在床上，踏床上的一只旧铁锅里不时蹿起火苗，旁边蹲着大姑妈，她正一边抹眼泪，一边往铁锅里添纸钱。屋子里站满了人，他们正低声抽泣。母亲让我跪下来，朝爷爷叩头。我懵里懵懂地叩着头。叩完头后，母亲又把我领到家里，嘱我睡下。我一骨碌钻进被窝，很快又睡着了。

等我醒来时，家里已经来了很多人，屋外搁着棺材，散发着浓烈的桐油味，一块白帏高高地悬挂着，后面躺着爷爷。这一刻，我才明白原来是爷爷走了。大姑妈、小姑妈，还有母亲、二婶等，她们一身缟服，头上扎着一根白布，正坐在爷爷旁边痛哭。我走过去，依偎在母亲身边，也想掉几滴眼泪，可我怎么也哭不出来。一会儿，我跟几个表姐妹玩上了。爷爷的丧礼，以及丧礼后的头七、二七、三七等，我都不记得。我把爷爷给忘记了。只有清明、七月半、冬至，家里做祭祀的时候，我才记起爷爷，过后，我又把爷爷给忘了，似乎爷爷出远门去了，总有一天会回来的。

同桌的死亡，让我极度恐惧这个问题。我曾经的同桌，因为死亡，已经在人间空缺。她所拥有的美丽与婀娜，在死亡的词里消失，而且是永久地消失。她念过的课本，她用过的物品，将置换成遗物。她的照片，会是遗照。凡是属于她的东西，都将停止下来。包括她的年纪，戛然而止之后会空缺下去。

曾经有一阵子，睡前就会想起她。我知道她不在人世了，变作了村人所说的鬼，可她的容颜却强烈地占据着我的脑海。我想驱赶她的影子，因为她已经死了，不再是我活生生的同学。我一边试图说服自己不去想，一边又不可抑制地想起她。有时窗外一声响，我的心会狂跳不已，恐慌深深地攫住了我的神经，让我感觉牙一阵阵地酸痛，似乎牙医就站在我面前，一把半折的躺椅，一盏无影灯，还有哗啦哗啦响的机械。后来，我找到了方法，不停地做数学题目，把自己的思虑集中到数学题上。如此持续了半年之久，我才慢慢缓过来。

4

儿子学校的西侧原是一片农田。那时候儿子念一年级。准确地说，那块地已经不是农田，四周已经围上了挡板，旁边泊着大型、超大型的挖掘机，还有搅拌机、打桩机，以及两排蓝顶的简易房。

建筑上的事，我不懂，但每天能感觉到它的变化，眼看着它慢慢变成高楼，在围着淡绿色丝网的建筑大楼外面人影绰绰，不时响起啪啦的声音，似乎有什么东西掉下去，偶尔还有略带疲惫的咳嗽声，混在一层层往上攀升的高楼里。

高楼落成后，一直没有动静。我不知道这个小区是用来安置拆迁户，还是向外销售的，好长一段时间就闲置在那儿，包括临街的商铺，整年关闭着。后来，我猜测可能是安置房，因为我看到小区的名字非常普通——白云小区，是一个没有经过文案而随口取的，如同农家孩子取名，阿根、阿桥、阿土等，怎么叫得顺口，怎么来，更不会有人探寻名字背后的意义。

城里新楼盘开出来后大都有一个高富帅的名字，如中央公馆、伊顿国际、太守名府，一看就跟白云不是一个档次。其实住在公馆、名府的人才是真正的在云端。

儿子念三年级的时候，白云小区还是崭新地静默着。

有一天，我看到一位老人在小区旁边的一小块土地上翻耕，弓着身子，一把锄头不时在他草帽前落下。这块地位于河与小区中间，估计原来是用来打围墙的。泥土呈带状，约有一百米长，泥地上散落着一些建筑上的废料，也有不少碎石。看来在我注意到这块地前，老人已经干了数天的活。

在地头(如果还称为地头)堆放着杂七杂八的废料，老人似乎想节省这些废料所占的面积，他尽可能地把它们往上叠。

我站在桥上静静地注视着老人，看他慢慢地在这块被高楼闲置出来的土地上用锄头画出田字格，分隔成一畦畦的菜地，看他播种、施肥、锄草，在这块地上履行着一个农民的职责，看他脚下菜园里长成碧绿的阵势，也看他的菜园里蝶栖蜂飞，老人种下的菜像人的资历一样摆在那儿。

老人不知道有人会在每天的傍晚时分望着自己，他始终低着头，弓背弯腰，一丝不苟地侍弄着他的菜地，那神情像是照顾着自己的孩子。

有时下雨天，老人也会出现在菜地里，头戴斗笠，身披蓑衣，像一个逗号，也像一个感叹号，在菜地里点来点去。

我偷偷给老人拍了照片，有意避开旁边的高楼，把镜头聚焦于菜地，镜头中的菜地立马显得很有气派，仿佛老人是农庄庄主。我盯着照片，有那么一瞬间我替老人感到开心，似乎我的虚构真的给他带来了一片属于他的菜地。

然而，老人辛勤耕耘的菜地注定是临时的。如果小区的住户开始入住，那么这块菜地毫无疑问会被砌成围墙。老人种下的蔬菜在某个时段停止生长。老人的菜园梦将戛然而止。

城里似乎还有很多像他一样的老人，他们翻墙进去，在一块块被荒芜的土地上犁出一片地，种上各式各样的蔬菜。在闲置的土地上种菜，有的是用来补贴家用，有的是嫌菜场上卖的菜不放心，还有的仅仅是一种乐趣。

我见过一位老人在圈地的墙壁上挖了一个洞，猫着腰进进出出，把种子带进去，又把蔬菜递出来。后来城里开始创建卫生城市，在暗访中被人站在桥上发现这块地里有一只粪缸，于是，老人的菜园就此终结。显然，那只粪缸是老人用来积肥的。

小区后面原有一块绿化带，去年下了一场暴雪，一排水杉被冻死，那儿成了一块空地。后来有一个女的在那儿开辟出了一垄地,所谓开辟,倒不如说是扒拉,她用种花的铲子,一铲一铲地把泥土翻松。我傍晚从那儿走过,看到她撅着屁股,专心致志地松土,旁边车水马龙,旁边甚嚣尘上,她的目光始终罩着她手里的铲子。也有人偶尔停下来,既像是问话,也像是自答,种菜啊。比如我。她低着头,一声嗯,手里忽地咔嚓一下,一枚小石子硌到了铲子。她把小石子扔到了一边,那里已经码了一堆。

几天后,原本结了板的泥土像是被人推醒了,表面浮着一层细小的泥粒,看着就觉得泥土正慢慢温润起来。四周围了一圈石子,应该是她整地时整理出来的。挨着石子还筑了一个小篱笆,实在是太迷你了,不过是几寸高,可一看就会有一种提醒,这是一块菜园。

一段时间后,小篱笆里有了绿意,星星点点的,在泥粒与泥粒间拥挤着,似乎春天送来了消息。虽然,那不是我的菜园,可看了心里有一种莫名的激动,好像自己也参与了播种。

记得有一个下雨的晚上,我从外面回来,又看到那个女的,披着雨衣,手持一只小塑料桶,勾着头正往菜地里撒肥料,除了旁边站着路灯,那场景非常像我乡下的母亲,她也是一到雨天就去菜园里撒尿素。天上的雨淅淅沥沥,地上的母亲一脚一脚走过去,在每棵菜的旁边撒上一小把尿素。雨披下的母亲已满脸沧桑,一块块老年斑像庄稼地里的空缺,毫不客气地吞噬着母亲年轻的细胞。面对庄稼,母亲有十足的信心补好一个个空缺,而对自己的衰弱,她无能为力,如同我们虽然热爱着大地,可当我们住到城市里的时候,每一个人都有意无意地充当了抛弃大地的角色。

城市里的菜园,或许只是我们对不住这片大地的一个证据而已,其实,还有更多的证据被我们正在删除,或已经被删除。

午后之内

1

我不否认，我是有雄心壮志的，不甘庸碌，不喜拘泥。但这一切似乎正慢慢离我远去。尤其过了不惑之年，雄心渐渐成为过去时。

偶尔，我还会有凌云的自信。这种自信，不是短暂的心灵旅程，像是长途跋涉。我的记忆对此并不想掩饰，或者省略、跳过。

我看着自己被太阳投射到地上的影子，突然想到德国的一个民间故事，一个用自己影子向魔鬼换取财富，虽然有了巨额的金银财富,但遭到了世人的痛斥与诟病,他仍然很贫穷。我的影子始终尾随着我,我也没有出卖过它。不过,这几年,影子在慢慢矮下去,有时它拖着我走,我蹒跚而行,有时我拽着它,踉踉跄跄,无论是它,还是我,都觉得力不从心。这已经是一个事实。

每个夜晚,总有许多的念想聚集在脑海里,像网一样网住了自己的睡眠。道一声晚安容易,然而,当夜已央人未眠时,万籁俱寂是一种更深的折磨。我恨不得让夜晚喧腾起来,以一种近似疯狂的自虐,抵挡来自内心的虚无。二十几年过去了,人事式微,我仍旧在无尽的等待中消耗着余生。我亏待了自己的沧桑。

我想起小时候的捉漏。雨从瓦缝里渗透进来,滴滴答答,淋湿一切可淋湿到的地方,或床顶,或橱柜上。我把脸盆放在滴水的地方。屋顶跟地面有很长的距离,我必须试放几次,才能接住水滴。如果雨水猛烈,漏水的地方一多,脸盆根本不够用,桶、碗,甚至茶杯都需要用上。那时真是考验眼力与心力,你除了依据水滴的方向,还得判断水滴的声音。此刻,挣脱虚妄,如同捉漏。

我默默背诵杜甫的《茅屋为秋风所破歌》,在水泥建筑林立的城市一隅,我想象那座飘着柳絮的茅屋,希望有一天能覆盖瓦片,阻挡风和雨。但,我已经没有砌墙添砖的力量,连置身于热闹的勇气都没有。来自于骨骼的坚韧,一点点被日渐稀少的钙质所销蚀。

我仍努力天天穿高跟鞋，哪怕脚底磨出了一个个老茧，硌得脚生疼生疼，脸上仍然跟众人一样挂着精致的笑容，谁也看不到来自脚底的疼痛。

我每天修饰着文字，希冀用这种修饰的能力修改现实中的虚无。我再次像一头刚出生的牛犊，一次次的搏击、跳跃、冲撞，用青春的名义抗衡来自现实的纵横。

我有时清高，面对世俗的程序，我拒绝参与各种渗透着明明暗暗信息的应酬。我不屑于来自酒桌上的谄媚与奉承。我有时固执，是是就是是，非非就非非，对是是非非，或非非是是的辩证感到鄙夷，厌恶狡猾的人际关系法则。我有时情绪化，高兴与低落，别人也清清楚楚，而自己却无法参透来自别人的表情，似乎明白成了我的一个沟壑。

面对世俗的规则，我很清楚故乡给我的身份，逐年瘦弱、卑微，已经无法帮助我完成最初的夙愿。

我当年那么嫌弃自己的故乡，努力用学业上的勤奋逃离故乡的泥土，一张录取通知书彻底把我置换成非农户口。

我曾经像一个盗宝者一样找到了阿里巴巴的咒语。

我以为自己从此可以长吟“仰天大笑出门去，我辈岂是蓬蒿人”。

其实,自己原本是一颗长在贫瘠土壤里的种子,不管移植到哪里,种子已经完成了基因的复制。而且还将继续复制,那些修改永远只是企图、徒劳。

故乡就在眼前,而我却在另一个精神世界里模拟着回去的情景,一次又一次地虚构。

我像一位叛逃者一样,在获得某种高额利益后希冀用悲悯的情怀冲淡来自内心的愧疚。

生计只是换成了另一种奔波,我用重复的程式化,替换故乡人庄稼地里的流汗出力。他们无限殷勤的侍弄,换来果腹之需。

我之欲求,还不如他们的果腹之欲。他们只要勤劳,就不会败业。而我的败业,似乎不可避免。

我靠一次次的否定,来实现对自己的肯定。

我努力对自己实行救赎,让自己在幻想的时候接受幻灭。

那些储存于年轻时候的豪情,在强大的现实面前替换成一个个碎片。

只有这样,我才感觉到安全,身心淋漓酣畅。我突然心安理得地想起那些在土地上讨生活的家乡人,并与他们接近。

这次,我不想逃离。

2

八年前，我突然闲了起来。

上班，无所事事。

下班，也无所事事。

饱食终日的无所事事啃噬着我的骨骼，却疼在灵魂里。

那时候，我还年轻，心有抱负，并不平庸，适应空闲成了一个问题。

我苦恼极了。但没办法诊治，如同医生在病历上的病因待查，或病因不明，只能临床观察。观察期间，你还是一个病人，只不过，没办法对症下药。

办公室的门洞开着，开一整天，也不会有人进来，倒是一些喧闹的声音，夹杂着男女之间、男男之间、女女之间的寒暄、客套、招呼，其形其状，近似半失调的内分泌，有做作，有真诚，也有精致的巴结，肆无忌惮地在走廊里涌来涌去，自然也涌进我的办公室。

我整天受其困扰，准确地说，是受其折磨。

干脆就关了门。

关了门，也没有人敲门。

后来，我出去开会不再锁门，也不关门，把门敞开着。

办公室里最多的是书籍，如今已藏了五百册书，包括自己写的书。偶尔听到别人丢了什么,总是从来没有听说过丢书。书在单位里成了最安全的东西。它们一直站在模样挺好的书柜里,如果可能,它们也许会一直站下去。而且这个可能慢慢成为一种必然。至今还没听到过有关解决书蒙尘的会议。

为了抵御这种噬人的氛围,我给自己制订了阅读计划,希望用考博的宏大目标清洗目前的失意。就像当年我勤奋学习的初衷并不是为了四个现代化,而是逃离脸朝黄土背朝天的命运。

我似乎还有挣扎的勇气。

我现在珍惜每一次的挣扎。

我用挣扎来抗衡重复的空闲,自信与惆怅像帷幔一样璎珞纷披。

我跟念硕士时的导师要来了一张读书单。我几乎整天足不出室,关在门里阅读,狠狠地阅读,做笔记,背词条。

我很快发现自己只是想要一个证明而已。

恐惧的是我不知道向谁证明自己。

没有人接手我的证明。

我的努力已经在十多年前给了我一张回执单,从一个乡镇卫生院的医生成为一个公务员。

这个转折像恩赐一样写在了我的简历里。

我之后的种种奋斗一直超越不了这件事。很长时间我生活在这种定型的状态中。

我一直隐藏着“达则兼济天下，穷则独善其身”这条古训，像一个饥饿者时不时舔一下风干的腊肉，然后虚构自己的简历。

坐在一间被自己关上门的办公室里，我突然感到虚脱，像是被人揭穿了我的虚构。我既清醒自己不愿意被理想所抛弃，可又无力反搏现实的束缚。

我像一个半麻醉的人一样，有意识，但没有知觉。我毕尽一生的努力，仓促之间成了泡在水里的一部分，露出的是夜晚，一个被雾霾笼罩的夜晚，而我的白天却隐藏在水底下，那里水草纵横。

一段时间，我拒绝阅读任何书，并且试图忘却曾经有关读书人生的一些经典语录。我绝情地把书全部装入一只只废旧的箱子，并且贴上厚厚的封箱纸，从外面看，似乎里面装的是廉价的小商品，或是等待处理的废物。我像干一件大事般做完这些事。

我的书柜一下子空闲了。

我让自己的内心浸淫在无边无际的苦痛中，不想自拔。像一个自虐者一样反复咀嚼痛苦，把自己推向绝境。只有绝境才让我感到一丝异常地愉快。

这份异常的愉快治疗着我来自荒芜的空洞。我停止所有的想象，对呈现在身上的缺点近乎厚颜无耻地愉快。

我与本我同在，那个超我，次第散去。冰山渐露海面。

这个过程很漫长。我并没有想解救自己。我幸灾乐祸，我再次回到了一个庸俗不堪的人。岁月静好，万物如斯。

我的生活开始进入水滴石穿的轨迹。我已经不是半麻的人。

终于，我习惯了关门。

3

偶尔，我会在大院南门口碰到一些人。他们被挡在门口，嚷嚷着，群情激愤，意欲进入院内。旁边站着一拨人，身穿特警的制服，在入口处站成两排，面无表情。大家互相僵持着。

他们中的人每次是不一样的，有时是挽着裤腿，头戴草帽，衣服上沾着泥的农民，有时是手拿塑料板凳，手拉横幅，要求维权的城里人，也有操着外地口音，背着编织袋的外来务工人员。毫无疑问，他们是来信访的。

按照程序，他们得去信访局。但，他们就愿意被堵在门口，而不想去拐个弯即到的信访局。

他们来大院，无非是希望找领导替他们做主。他们的思维是民众的思维，任何问题，领导过问了，都不是问题。至于程序，或者是法律，在他们看来都不如找领导来得直接。

如果他们没有出格的举动,他们会长时间地站在门外,上午如此,下午也是如此。几个信访办的人口干舌燥地劝说着,胳肢窝下的公文包时不时地耸一耸,一边亲昵地拉,或推搡,希望把他们请回到镇信访办。他们不走,信访办的人自然也不能走,陪着他们一起晒太阳,或一起淋雨。

僵持,既是他们解决问题的一个过程,也是他们诉求得到解决的一个伏笔。

上班来的人,开着车,有序地从他们身边经过,一辆接着一辆。很快,大院里停满了车辆。他们目光里似乎交织着期待,也含着愤怒,一些不好听的话从他们嘴里出来,又很快消散在风里。

从车上下来的人,纷纷走向各自的楼层,打开属于自己的那间办公室。他们的诉求,没有影响到大院里的秩序,坐在办公室里的人依然按章办事。

看到他们,我有些不安。我不走南门,走北门。他们不知道大院还有一个北门,以为只有一个门。

我做过基层信访工作,深知个中的苦与累,以及彼此的无奈。那时推行信访包案制,一个干部包一个信访人员,负责他在重大会议期间不出城。这个包案制,从来没有在文件上看到过,但在基层执行了很多年。

我第一个包案的是一个姓赵的老信访人员。她是因为二十年前房子强拆而信访。当时她的房子在一所小学旁边,小学因扩建而需要她的房子拆迁。她刚开始也同意,但在赔偿款的问题上发生了矛盾。因调解不成,她的房子被强拆了。她由此走上了漫长的信访道路。

她深谙信访的规则,熟悉信访条例,在她家里的墙壁上贴满了关于老信访户成功解决的案例,以及法律条文修改的报道。她也从不与信访人员发生任何冲突,对市里领导的情况了如指掌,甚至隐私也打听得清清楚楚。

我喊她赵阿姨,她叫我小干,看上去俩人像是村里的熟人。她心里其实很清楚,她的要求与眼下的拆迁赔偿款距离相差很大,但她从不改口,而且一年比一年高,说是精神损失费与物价补助费。

我的劝说在她跟前根本不值得一听。我唯一能做的就是跟她套近乎,免得到时候找不到她。她曾给我说过,每次有重大会议,她就管不住自己的脚。上访,差不多成了她生活的一个重要部分。她也直言不讳,说,你们也只有在重大会议期间才会想起我这个老信访户。

我跟她开个玩笑,说,赵阿姨,你不会是我退休了,你还在信访吧?她也不生气,笑嘻嘻地说,不解决我的问题,我不放弃信访。

后来,我跟另一个同事调换了一个信访户。这个信访户也是老信访户,我信访包案的时候,他们已经上访了八年。他们的女儿因青春期内分泌失调导致脑积水,在上海一家医院做脑部引流术后导致脑瘫,智力只有三岁,身体一直在长。官司打了,调解也调解过,与医院始终没有达成一致。

我还没认识他们的时候,他们因不满社区干部对他们过度关注而引起争执,情况非常糟糕。我走进他们家的时候注意到了一个细节,墙壁上贴着一张基督教的日历,于是我跟他们谈《圣经》,由此彼此的距离小了许多。

也许我平时跟他们来往比较正常,每次他们在重要会议期间准备去上海信访前,总会打电话给我。我能做的,便是过几天去接他们回来。就在我调离原单位的时候,通过上海某法院具体负责调解的几个法官的努力,此事得到了调解。他们对调解的结果表示满意,还特意给我送了一面锦旗。我突然觉得很羞愧。那面锦旗也不知被我搁置到哪儿。至今想不起来。

我到了新单位后,曾在大院南门口看到过几张熟悉的脸孔。其中,有一个也是老信访户,经常手持白纸,上面写着一个"冤",跪在大门口。门卫的人估计也熟悉她,一看到她来了,不停地冲她挥手,示意她不要进来。她有时高喊几句,要求领导替她做主。她一喊，几个门卫坐不住了，奔出来阻止她，想收走她手里的白纸。她便往外挪几步，然后又跪下来。她不喊，门卫拿她没办法。

她的问题我也比较清楚。她是农嫁非，承包地跟她父亲一块儿。村里实行土地征用，在没有经过她同意的情况下把她的地给征用了。她得知后已经过了好几年。

有一次，我从外面办事回来，看到她又跪在门口。那天很炎热，又是午后，太阳毒辣辣地晒在她身上，她的脸上额上脖子里全淌着汗水，手上持着一张硬板纸，上面写着“求清官”。

我不知道她已经跪了多长时间，但这样热的天气，就是十分钟也吃不消。我走过去，说，黄阿姨，别跪了，回去吧，太热了。她抬起头，一双混浊又失去神采的眼睛盯着我，说，你认识我？我点点头。她说，他们抢我的地，我要讨个说法。我想拖她起来，她执意不肯起来，反而叮嘱我早点进去，外面热。

我下班的时候，特意去看了一下，没见到她。到现在，我也没再见过她。

但愿，她的问题已经解决了。

4

长时间坐在办公桌前，其实挺累的。我也没有别的解乏方法，就在窗前站一会儿。

据说，我这间办公室原来是市政府招待所，以前用来接待上级就餐，窗帘是厚厚的遮阳布，一拉上，室内漆黑如夜晚。不拉，里外透明。外面看我，清清楚楚。我看别人，也一览无余。这份透明突然之间变成了一个负担。

旁边是会议楼，一周总有几场大会议。与会者中有的是曾经的同事，有的是熟人。参加会议，难免要经过我的窗前。看到了，打个招呼似乎理所当然。

时间一长，招呼也挺烦琐。与会者正急急赶去，恰好我抬起头来，对方以为我看到了，不打个招呼挺过意不去。有时，我正伏案读书，对方看到我了，因有以前的熟情在，不跟我招呼一声，好像不太合情。

我便买来纱窗，那种大花纹的，挂上去后外面看进来模糊多了。有了这道窗幔，我感到前所未有的自由，似乎一下子脱去了马羁。

我隔着窗纱，喜欢看院子里的树。它们昂首，我看它们也昂首。它们默默地在内心长着一圈圈的年轮。院子里的人事代谢每年在进行。一拨拨的人出去，又一拨拨的人进来。只有树，一年年镌刻着岁月的荣与枯。心无旁骛，记录着每个季节的更迭。从它们底下走过的人行色匆匆，神情严肃，手上拎一只模样差不多的公文包。他们似乎从来不看树。

树的品种以樟树为主，自建好这座院子时就种下的，少说也有二十几年了。树已经长得很高了。枝枝杈杈，茂密繁盛。

这是这座县城里唯一没有修剪过的樟树，也唯一没有挪过位置的树。所以，它们长得极好。

奇怪的是，我从来没有听到过鸟叫，不知道是怎么回事。

院子外来的人都需要站到门卫室的窗口前，老老实实填写访问单，找谁，做什么事都要写清楚，然后出示身份证，验证，扫描。缺一不可。出去时交还填有被访问者签字的回执单。

鸟是有翅膀的，天空那么高远，它们又不属于闲杂人员，可它们为什么不愿意来呢？至今都没有人告诉我这个答案。

倒是看到过几只猫，很肥，看见人也不怎么害怕，拖着粗粗尾巴，在院子里遛上几圈。不叫，也不闹，安静得让人匪夷所思。

我不知道这是野猫，还是走丢的猫。有人说，野猫的尾巴短，见人时慌里慌张，眼神有些猥琐。我分辨不出。它们气定神闲，从容不迫地踱来踱去。

它们一会儿钻到车底下，一会儿爬上树，看到我时歪着脑袋，一瞅一瞅的。见我没反应，便前爪着地，脑袋俯下，抻长身子，拼命往后倾，腰跟臀部形成一个弧线，像扯满的弓，这是伸了一个十足的懒腰。它惬意过后，再歪着脑袋瞅我一眼，然后拖着粗粗的尾巴，颠儿颠儿走了。看来日子过得不错。

院子外的樟树就没有这样幸运了。每年都有人手持电锯这里锯一下，那里锯一下，树枝像褂子似的，一件件地掉下来。空气弥漫着樟树的清香，一缕缕地飘进来。我无可救药似的猜想那是树在生气。

我不知道锯树杈的理由是什么，有人说影响光照，有人说影响交通视线，总之当树影响了人的生活后，树就被取消了愉快生长的权利。这是人替树作的决策。

虽说锯一些枝杈不至于让树活不成，但没有了枝杈的树，树不像树，倒像一根根木桩，毫无生气地戳在路边，规规矩矩的样子让人有些同情，有些羞耻，似乎它们没穿衣服似的。

好在，一年后那些锯过的地方又会长出新枝，很细嫩的那种，在风中轻轻摇晃。有时，看到麻雀站在上面，叽叽喳喳，似乎跟树聊着什么。可断枝的树发不出哗哗的声音，寡淡地晃几下，晃几下。鸟很快飞走了，它们需要寻觅筑巢的地方。

因亮灯工程的需要，有些树被缠上彩色的灯管，从粗干开始，一直到枝枝杈杈，像五花大绑似的。

城市的夜晚一如既往地延续白天的喧嚣，还是那样的无边无际。人们的欲望也没有因为夜晚的来临而消减，丰富的夜生活成了城市的一张名片。似乎唯有灯火辉煌，才能证明城市的繁荣与文明。总有人不想在城市的夜生活中缺席,总有人习惯于在热闹中寻求平衡。树成了人们觅取欢乐的道具。

慢慢地,我发现被灯管缠绕的树不长高了,而是拼命朝外面展,旁枝逸出。

树拒绝了成材。

5

我的办公室朝西。只有下午三点过后才有阳光照进来,从书架的一角,慢慢移到椅子上,再由椅子一点点挪到地上,但永远照不到办公桌,阳光只有一丈远,一丈高。一个半小时过后,这一丈远一丈高的阳光就抽身走了。那还必须是夏天。如果是冬天,整天都是阴冷的。

西南侧是一幢高楼,所有的决策来自这一层高楼。召开几级会议的决定也来自这座建筑。大楼共有十三层,但电梯上只有十二层,最上面的一层改成了各部门的储物间,去那儿得从十二楼走上去。“13”这个数字省略了。人们只知道那是一座十二层高的大楼。

我离大楼约百步之遥,似乎跟决策很近。但决策的进行与出去跟我没有关系。我当然没有为此虚荣过。

倒是不明底细的村里人,着实为我虚荣了些时候。回到村里，看见我热情地问长问短，打听书记、市长哪一个更大，问我他们平时说我们县里的方言，还是普通话。有的还压低嗓门向我探究市长们是不是真的吃特供。

村里人谁也没见过书记市长的真身，只能从电视新闻里看到他们或西装革履地参加一个个会议，念着一个个报告，或身穿夹克行走在乡村田野间，目光远眺，指指又点点，后面跟着一簇簇人，脸上挂着笑，没有一个人是严肃而刻板的，跟平时判若两人，但眼睛都聚在前面的几个人。他们讲什么，说什么，我的乡亲是听不到的，即使听到了，乡亲们也不明白他们说的话跟自己侍弄庄稼有什么关系，还不是靠天吃饭，靠力气种地。

就像别人问我在哪儿上班。我报一个单位名，别人想上半天也想不出这个单位是做什么的。别人为此感到尴尬。我知道那份尴尬是替我生的。我自然也尴尬。不过，这份尴尬是为了配合别人的尴尬。如果我不这样做，别人的尴尬还会丰富地挂在脸上，似乎是为了完成某种礼仪。

为避免这种尴尬的重复出现，我是过了 12 点后才去食堂。那时比较空闲。找一个角落，慢慢完成中餐，吃得干干净净。虽然饭菜有些冷，但比较安静，没有人挨人的喧闹，也不用排队，直接盛了饭菜就吃，专心致志。

这时候我会想起弘一法师，他吃完饭后总要拿水冲一下碗，之后饭粒与水一起咽下。他吃饭时没有声响,跟礼佛时一样虔诚、庄严。

如果与人拼桌,埋头吃饭,一声不吭,别人会不停地注视你,跟老中医望诊似的。于是,餐桌上不管有话没话,一顿饭下来还是要闲扯几句。这种闲扯已经成为坐机关的一种技能,在闲扯中拉近关系,也在闲扯中八卦人事问题,似乎个个是候补组织部长。别人聊的话题跟自己的生活已经很遥远,而且也没有了兴趣。可为了将一顿饭应付过去,不得不强打精神参与其中,嗯嗯啊啊,努力用声音的丰富掩饰内心的厌倦。这饭吃得影响消化。

偶尔碰到熟人,对方关切地问一下怎么那么迟?很忙?这是大家都熟悉的礼节。我不可能不知道。我认真地答,让忙的先吃。像个捧哏。然后,彼此呵呵一笑。笑得有些自然。

餐桌上原来是安放一盒盒的纸巾,吃完饭抽一张擦擦嘴。过了一段时间盒装的纸巾不见了,变成了一卷卫生纸,挂在放餐具的窗口边。依然有人咕噜咕噜地拉,抽出长长的一段,然后擦嘴,随手扔进垃圾桶,大半拖在外面。纸上一点儿也不脏,很卫生。

一餐中饭,垃圾桶很快变得满满的,像一篓刚摘的棉花。见了,内心有些疼惜。

食堂安排的是自助餐,每天约有十多种菜,有荤,有素。离几步之遥的地方是专门安放餐具的,旁边有一只大大的铝制脸盆,专门盛放用餐后的垃圾。食堂的墙壁上贴了数十张公益广告,是关于节约粮食的,画面是用卡通设计的,一只空盆子张着嘴巴,提醒人们吃光盆里的饭菜。

后来,我又注意到一张关于餐后水果不能外带的公告,粗黑体,像拐杖似的站在墙上,我感觉那字似乎随时可以下来打人。

我几乎是最晚的一个去吃的,那时铝制脸盆里堆得跟小山似的,那些饭菜一旦吃剩,只能闲置到盆里,然后有两个人扛着去倒掉。

我有时无厘头地猜想就餐者的饭量,不知道他们平时吃几碗饭。农村人以考察饭量来评判一位新人会不会过日子。庄稼人靠力气过日子,能说会道,仅仅是副业,只有每餐三碗饭,有力气侍弄庄稼,这才是真理。

我每餐吃一碗。我亏对庄稼人的真理。

障碍

1

白晃晃的太阳从对面的房顶上下来，在右侧第二棵樟树间停留，周围的枝枝丫丫瞬间闪出一片片白光，像是镶嵌了一颗钻石。然后光芒慢慢拢成一束，移到我办公桌对面的墙上，那光线仿佛是指向四时的时针。这时，对面的广场上响起钟声，当，当，当……离钟约有二百米的地方，有一张小桌子，桌子上有盏没有点亮的台灯，灯下面摊着一堆纸，上面还干干净净。

当钟声敲到十六下时，我因突如其来的寂静感到慌恐，似乎陷入了蹈空。我开始紧张，手心出汗，肠胃痉挛，心悸胸闷，似乎面前坐满了很多人，一张张嘴巴在我面前晃动、嚅动、开合，一个个词在他们舌头的搅动下向我喷来，溅到我的脸、脖子、胳膊上，我一寸一寸往下坠。我拖着沉重的双脚，不停地在房间里走动，努力用啪嗒啪嗒的声音驱赶多余出来的宁静。可我感觉到体内分裂出了另一个我，像一头怪物一样从腋窝下长出来，拽着我朝墙上的光撞过去。我瘫倒在椅子里。

不知始于什么时候，我越来越讨厌零乱近似于散场的傍晚，顷刻间男男女女相逢于红绿灯前，大家像陌生人一样各行其道，又像熟人一样并肩前行。那是一种充满悬念的黄昏，有的是回家，有的是离家，还有的是徘徊在回与不回间，从高空俯瞰，我们像是一群蚂蚁，在巷弄间拐来拐去。我在蚁群里东奔西突，为一片看不见的面包屑消耗肌肉。还有近似糜烂溃疡的那种落日红，以及有关世间的一些不确定性，都会在黄昏时抵达。

我仰靠在椅子上，想象自己成了一列火车，快速地奔跑，与这个城市擦肩而过，前面是无尽的道路，道路两边是雪白的棉花，无边无际，像天上的白云倾倒在大地上，我在白云堆里飘浮。

自己为什么总喜欢棉花？为什么不可以是鲜花，或稻谷？在我的记忆里应该有多种植物以及多种庄稼的可能，我曾经把它们种植在大地的腹部。我用笨拙的双手侍弄过它们，并不结实的力气在它们身上停留过。但，我的勤劳没有被命名的余地，跟绝大多人一样一辈子不会有声音，如同大地上的庄稼，割了一茬又一茬，仍然只能默默生长。以前是如此，现在还是如此。我采摘过的棉花已成旧絮，曾经的雪白，面目全非。而我仍用沧桑的名义扯着想象的絮丝。

2

城里的老火车站，跟我隔一个广场，那儿每天候着许多人，在语言的碎屑里发酵着喧哗与热闹。有从这儿开始出发的人，也有把这儿当成终点站的人。南腔北调，天南海北，大家在那儿自觉浓缩成一张张出站与离站的票子，对号入座，离开或到达。

火车站旁边的小店里出售零食、书籍，也销售地图，那些像毛细血管一样的路线，纵横交错，被目光笼罩下瞬间分泌出思念的分量。世间有多少人一次次踏上遥远的旅程，仅仅为了缩短梦想与现实的距离。有的人如愿以偿，有的人中途走失，而有的人却永远留在了路上。每年的春运人满为患，把火车站挤得水泄不通。红色的横幅在风中唰啦啦，一会儿让你看到“狠抓”，又一会儿“安全”闯进你的视线，如果西北风稍微猛烈些，横幅上的字永远别想在你的目光里立稳脚跟，似乎风有意跟“安全”过不去。

他们中的绝大多数人是不知道自己已入镜，扶老携幼，拖儿带女，还有高过自己的行李，从高空拍摄来看，我是看不出他们彼此间的推搡、拥挤、提防，只觉得镜头一扫过去，他们似乎是倒进了站内。镜头中出现的民工憨笑着，用一只粗糙的手攥着票（另一只紧紧抓着编织袋），脸上的笑容也很真诚，因为有人采访买到票了吗？高兴吗？民工诚恳地回答，像是他诚恳地给城市里的人建设高楼大厦一样，虽然大楼里没有一间是属于他的。

我初到城市的时候，对大把大把多出来的时间感到忧虑，常常一个人骑着自行车去火车站。那时没有安检，也不需要凭票候车，我可以坐上几个钟头。我喜欢人来人往的热热闹闹，看着一张张陌生的脸孔，以及他们冒着热气的语言，我特别兴奋，似乎揽下了一桩桩事。他们在我身边嘁嘁咻咻，叽叽喳喳，我安安静静端坐着，聆听他们的鸡毛蒜皮和鸡零狗碎，似乎烤着一堆火。我有时跟他们目光交汇一下，虽然陌生，但没有芥蒂，偶尔他们的眼睛从我这里过去，像一架纸飞机滑过一样轻盈。我身上没有一张可以到达的车票，可我置身他们中间，替自己虚拟了一个远方。我与陌生的他们坐到了一个理想层面的词语里，只是我还没有体会到它隐含的动荡不安。

很小的时候我看到过一部叫《戴手铐的旅客》的电影，咣当咣当的火车在前行，每到一个站发出呜呜的声音，以及吐出一串串白气。电影就是在这样的场景里开始的，一起开始的还有主人公的命运。年幼的我自然不明白主人公为何会戴着手铐上火车，凭借肤浅的理解力，戴手铐的肯定是坏人，何况旁边还有几位戴着白盖帽的好人。至于结局，我还是不明白，戴手铐的人怎么成为了好人。

我不得不承认，我至今都无法辨别好人与坏人，有时坏人的神情比好人还慈祥，说的话比好人还动听，可他们后来被历史标定为坏人。不要相信你所看到的一切，这话足以摧毁一个人的信念，而现在居然像是防疫针。

候车室里经常会响起火车到站的播报声，于是就有一拨人站起来，自动排好队，等待那扇检票栅栏的开启。有一次，我站起来与他们一起涌向检票口。当检票人员伸出戴白手套的手，问我票呢，我才想起我是没有票的。我的醒悟还算快，马上跟检票人员说，我去站台。检票人员公事公办，包括声音也是公事公办，她说，站台得有站台票。她的另一只手里握着剪票夹，锃亮的夹子仿佛露着两颗虎牙，被它咬过后才有资格进入栅栏内，如同小时候村里宰猪，只有盖上蓝色的章，这肉才允许摆上卖肉的案板。我一边忙不迭地表示马上去买，一边赶紧抽身出来，逃也似的奔出了火车站。我听到火车呜呜的声音，不知道它是到达，还是开车。可我总听成那是开车的呜呜声，那些曾跟我一起候过车的人正朝下一站奔去。

候车室里我帮人抱过小孩，小孩的母亲急着想上厕所，可又不能抱着他如厕，于是问我能不能帮她抱一下小孩。我当然愿意帮助，一把抱过来。小孩也不怕生，睁着乌溜溜的眼珠子看着我，还伸手来抓我的眼镜。在小孩清澈的瞳仁里，我看见自己缩小的脸，用其没有杂质的眼睛镶成一张黑白照。

小时候我跟母亲走着去大妈妈家，一走得二十多里路。路上看到有人骑着自行车从我们身边过去，母亲忙喊住他："你这个阿哥，能不能帮个忙？"那个人马上停下来。母亲央他捎我一段路，在前面某个地方把我放下即可。那个人痛快答应，并把我抱到自行车的横档上，我的屁股搁在那根铁上，手紧紧抓住车把手的中间，颠簸着前行。到了母亲指定的地方，那个人就刹住车，把我抱下来，叮嘱我在这儿等母亲。我嗯一声。那个人再次骑上自行车。一会儿，我看到了母亲的身影，正朝这边过来。

我在候车室里还看到过一个老人突然离世，一个僧人主动为他超度。僧人握着老人的手，跪在椅子前默默低诵，声音里充满了悲悯。候车室里顿时安静下来，用静默表示敬重，连一声咳嗽都显得很节制。有人悄悄离开候车室去报警，有人从包里抽出一件旧衣服盖在老人身上。一位乞讨的老人过来放了一瓶矿泉水，里面是半瓶水，这还是他刚从别的旅客那里讨来的。他抖索着掏出一把硬币,伸出手去,中途又缩了回来。他把手慢慢放进口袋,然后弓着身子坐在老人的对面,生活的辛酸浓缩成满脸的卑微,干瘪的眼眶里蒙上了一层潮湿。僧人把手放在老人的眼上,轻轻一抹,老人的双眼紧紧合上。僧人停止了诵经。这时候,站外突然响起呜呜的鸣笛声。候车室里感觉到一股震颤和风跑过去的速度。

老人的魂魄已跟上了火车,他已经不需要有人给他剪票了。

3

绿色的火车正慢慢淡出人的视线,高铁站已经取代了火车站,K或D字头的车纵横于人的旅途,人人都怕等不及。快速,又似乎充满风险,栅栏,身份证,安检仪,人站到这边,物放到那边,听到嘀的一声,然后人跟物汇合,然后人带物上车。在风驰电掣的速度中奔赴另一个的开始,或结束。木心有一首诗《从前慢》,仿佛给现在的人唱了一首挽歌。大家喜欢他的诗,但很少有人愿意去践行。

与绿色的火车厢一样孤寂的还有绿色的邮筒,它们像一棵伶仃草一样站在街道的拐弯口,旁边是喧嚣的世界,而它们孤独地张着嘴巴,似乎欲言又止。手机、电话机、网络,取消了一个人对另一个人的思念,感情没有了倾诉与承载,以及时间的熬制。

情书,似乎成了绝版。

我住进小区的时候就已经发现了它,十多年过去了,它还在,只是油漆已经剥落,筒身还有些倾斜,仿佛被绊了一脚,一个趔趄。我怀疑它会一直趔趄下去。邮筒投信口的下面插着一张纸,是开箱的时间,上午十时,下午三时。字迹非常模糊,我半是辨识半是猜测。开箱的挂锁锈迹斑斑,似乎诉说着无奈。一把锁有一把锁的使命,开锁跟上锁一样是它的职业道德。只上锁不开锁,是锁的败业。当然,也是人的败业。有一阵子我很想写封信,可不知道写给谁,谁还会在乎信的到来?望眼欲穿的等待已经被泡面似的日子消磨得差不多了。

上个世纪 80 年代的时候,在一些文学杂志的每页尾处会刊登一些找友启事,爱好文学往往是刊登者的第一句话,接下来是个人的小情况,再者就是通信地址。实习时我的室友交上了一个师范的朋友,隔段日子就会收到一封信,她躲在蚊帐里读,又躲在蚊帐里写回信。有时她会半夜起来趴在枕上写信。我至今都不知道那个写信的人是女的,还是男的,只是依稀记得她每次收到信时脸上都会红扑扑一阵,一度让我们羡慕不已。

有时在家门口收到一些杂七杂八的小广告,有水电维修,有回购烟酒,也有求偶的,有找友的,上面印制着一串数字,那是联系电话,除此之外没有任何信息。我在街上也看到过这些广告,有时被人插在汽车玻璃上,像粘了一坨鸟粪。我想十有八九的人是不会去理会的,特别是求偶找友的。

不过,也不能否定不会有人去拨那些数字。我楼下的一个邻居,有一天发现家里的电话费欠了一千多块,一查,原来是家里的孩子打声控电话,每天跟里面甜糯糯的声音聊天。这一聊,才真正体会到言多必失。邻居一气之下找电信局理论。当然,根本没有结果,这一千多块还得付出去。

在这个城市里,很多人置身事外,似乎没人能打动他,一棵树倒下,除了鸟立在电线杆上对着空出来的地方叫几声,好像没人替一棵树的消失挤几滴眼泪,只要不波及太多事物,人们的关注永远不会统一。但也有例外。我经常接到一些电话,电话里先是报出我儿子的名字,对我儿子的功课情况非常熟悉,然后推销他们开设的一些精品实习课程,见我不为所动,遂介绍他们的优惠价格,像推介产品一样鼓动我报他们的课。我心生诧异,问他们怎么知道我儿子的学习情况。电话那头有点尴尴尬尬,语焉不详,扑朔迷离。

在学校门口开设各种补习班,大肆拉出横幅,已不是新鲜。他们在玻璃窗前张贴一张张喜报,在电子屏打出一个个被民办学校、重点高中录取的名字,一时间有种恍惚,似乎传递一种信息:尖子生就是通过培训机构培养出来的。有的还推出中考承诺,提升一分一万,被重点高中录取十万。一些妈妈被他们个别约谈,半天就会有妈妈签下这样的条约。也常常听到一些低收入妈妈的感慨,宁肯自己喝稀粥,也要送孩子去补习班。妈妈们对不能让孩子输在起跑线上的真知已经深入骨髓。歪嘴和尚念经,这经已不是真经。

可是,歪嘴和尚,方丈不管谁去管理?

4

据我母亲讲,我哥十一个月就会说话,我两岁才开始简单发声。后来,我哥在人前不太会说话,跟我父亲一样沉默寡言,要么捧一本书安安静静地躲到一边,要么帮母亲做点事,三十好几的人还像十多岁的样子,对这个世间仍懵懵懂懂,对他而言只有演算出来的数据才是真实可靠。而我叽叽呱呱,恨不得成为一屋人的中心,可以从一个话题扯到另一个话题,让我一个人说半天都不会累。母亲说我是人来疯,人越多,话就越多,一刻都静不下来,像是打了强心针(应该是鸡血)。

也就十多年前吧,我回到家里跟父亲坐在屋檐下,他咕噜咕噜喝茶,我也呼噜呼噜喝茶。父亲不语,我也不响。院子里有一群鸡,除了一只公鸡,其他都是母鸡,只只会下蛋。很多时候公鸡领着母鸡去觅食,公鸡吃几口后,母鸡才颠着屁股跑过去,簇拥着公鸡欢快地啄起麦粒。公鸡吃饱后高亢地啼数声，然后跳到井盖上，风把它一身漂亮的羽毛吹成一朵花。父亲还是沉默着，一句话也没有，似乎对我进不进城毫不关心。母亲在一边手脚不停，扫地，洗衣服，拍打被褥，其间问我什么时候买房，家里的被子要不要换成厚的。我寡淡地答着，应着，目光始终随着一群鸡。母亲一个人絮絮叨叨，我跟父亲各端着茶杯，像是两根木头。

我那时常常睡不着觉，整夜辗转反侧，数羊，没用，数饺子，也没用，每晚清醒地等黑夜散去，然后睁着枯涩的眼睛开始我的日常。我起初不甘心，试过很多方法，跑步、泡脚、喝牛奶，甚至艾灸、刮痧、推背，也尝试过几种偏方，可每种方法的效果都微乎其微。如此反复，我不得不开始服用那种叫舒乐安定的药，从一片开始一直加到四片。我没有超过四片的剂量，怕大脑皮质层从此受它支配。

一天，我在路上碰到一个人，她跟我打招呼，满脸堆笑。我也绽开一个笑容，向她问好。然后，我们告别。可我想了半天也想不出她叫什么名字。我心里开始堵塞。这时前面的路也开始堵塞，有一辆车刮擦了另一辆车，一辆是半新的帕萨特，另一辆是全新的雪铁龙，是全新的刮擦了半新的，但从外表来看似乎全新受损的面积比半新的严重。两位车主快速下车，低头查看汽车，各自掏出手机拍照，不同角度按了几下，之后你一句我一句地刮擦起来。

时值下班高峰，车水马龙，这一堵把左右两道都堰塞了。有人从车窗探出脑袋，扯着嗓子劝他们把车子开到一侧，一边还不由自主地挥起了手，有人鸣起了喇叭，嘴巴开合着，出来的话都被喇叭吞没了，现场一时显得嘈嘈杂杂。两位当事人此时倒不急不恼，一个打电话报警，一个坐进了汽车，还播放起了音乐，好像替周围的嘈嘈杂杂充当背景。

这是一个轮子时代，四个轮子的，三个轮子的，或两个轮子的，即使没有轮子的也在奔跑。我们靠轮子前行，赶赴一场场的生活；我们也依赖于轮子，超越于一个个具体的数字。如果谁没有轮子，就意味着缺席于城市。城市里的马路已经不姓马了，早让位给轮子，二车道改成三车道，三车道修建成四车道，似乎决策层每年都在考虑轮子那些事。

我曾经开着车打起瞌睡，于是，我退出了轮子生活。任何依赖，其结果都不太可靠。

5

这个城市在地图上只是一个小站名，我站在那个位置，从高空俯瞰，小黑点都不如，包括那些标志性的建筑。

我拉开办公室的窗帘，就会看到一幢红色的房子，准确地说，是红色的墙体。这幢房子跟周围的建筑是同时建造的，但只有它的门是朝外开的，进了门也没有台阶，似乎人人都可以进入，事实上它每天都安安静静的。一些群访的人经过这里，吵吵嚷嚷，却从来没有拐进去过。

这是档案馆，顾名思义，里面存放的是档案。任何文件、资料、表格，进了这里的门，便会被标记好永久、长期、短期，然后放入绿色的档案箱。那些箱子也存放着一部分人的档案，包括我的也在里面。跟大多数人一样，绿色箱子里的纸张我从来没有看到过，虽然那里有属于我的东西。从某种角度而言，档案馆好像替我保管着我的身份，我也从来不担心躺在箱子里的东西会丢失掉，或被尘埃所蒙，或被虫蚁所啃。假如，我的档案从那里调出后，有可能意味着我已经离开人世，那是别人替我办的最后一件事，虽然，那还是我的东西。

但绝大部分人在这个城里是没有档案的，各自朝不确定的生活蹒跚，或许知道他们的名字仅仅是揣在怀里的那张身份证。他们从花花绿绿的墙绘面前经过，或拉着垃圾，上面落满苍蝇，嗡嗡的声音像是砸在棉花堆里，或踩着一辆平板三轮车，车上装着一只锈色的桶，里面煨着番薯。一年年过去，他们的背慢慢驼起来，而墙上的标语，以及图案，仍然那么年轻 ，而画它们的那些人换了一批又一批，仿佛每一个人都是从“建设美丽城市”前出发。不管这个城里有多少故事，有多少事故，散发着油漆味的口号纵横于每一个主要路口，像旗帜一样飘扬在人们的视线里。与此相似的是公园里种植着许多花卉，还有道路两侧布置着一簇簇的移植过来的花，散发着芬芳。城市里荡漾着这种芬芳，让人错觉为城市里的各个角落都是芬芳的。

同样一身泥巴挤进城里的，有的迅速练成察言观色、人情练达、世事洞明，而有的很快失去飞翔的能力。城里的生活像一只大熔炉，人人自觉不自觉地进了这个熔炉，希望出来就是一块钢铁。乡下的父母没有能力帮你点拨，你只能像一只蜘蛛一样，寻觅着织网的地方。也有的人很快织出一块块脉，由脉成力，各种力再助推你冲向更高的浪层。有人看到了自己的未来。而有的人始终没有未来，眼看着浪头打过来，又眼睁睁地看着浪头化成碎片退去。

高声呐喊，会被城市的寂静瞬间吞噬。除了收垃圾的。一个中年妇女经常骑着一辆破旧的三轮车，在小区里高喊：“收垃圾。”不知道她来自什么地方，那“垃圾”，听起来像“来急”。她的嗓门里带着某种超拔的意味，似乎城里的“来急”都需要她。她隔几天出现在我小区里，用大调音阶的“收来急”刺破小区假惺惺的寂静。她的吆喝声，是孤独的，很少有人接过她的吆喝，即使有人想卖旧书旧货，也是压低了嗓音，跟接头似的冲她招手。时间长了，她心领神会，停止吆喝，踏着三轮车过去。

她可能不知道城里还有这么些人，他们一旦笑起来，会瞬间感染周围的人。所有的笑都迎合着最先开口大笑的声音。同样是幼稚的笑话，但从不同的人的嘴里出来，就是不一样。旁边的人会舒舒服服培育那个人的笑。如果那个人突然收住了自己的笑，像是紧急刹车，就会把周围的笑声像惯性一样涌到他的后面，他们的笑声如同他们的人一样，跌倒在地，满地都是被压抑的笑声。

有时明明是大白天，外面骄阳似火，一大群人集合在会议室里，把窗帘拉得严丝密缝，开着灯，还有大马力的空调，呼呼地吐着冷气。一大群人明明坐着，什么活也没干，看起来似乎比外面建筑工地上的人还卖力，一个劲地嫌热。如同大寒冷的天，明明很冷，却穿得像春天似的，仿佛他们或她们刚刚劳作回来。同样一首歌，有的人唱成了歌颂，有的唱成了心曲，而有的唱着唱着跑了调。他们与她们总跟我有些不一样。不知道是为什么。我真不知道。

时光久远，但有许多东西是可以提醒一个人的记忆，如窗外刚刚下过雨，有一滴水从玻璃窗前滴落下来的时候，我突然想起一个细节，似乎那滴水是专门来帮我度过时间的。一个老人骑着三轮车,后面装着他收集来的破烂儿,破烂儿堆里还坐着一位老人,应该是他的老婆。老婆婆一手攀着三轮车的车栏,另一只手里拿着一只烧饼递到前面的老人嘴边。老人嚅嚅嘴,脚用力一蹬,把背弓成了虾公似的。后面的老人赶紧缩了缩身子,似乎这样才能减轻分量。老人再一蹬,身子骨往上耸,然后再往下踩。车子终于动了起来。后面的老人稍稍挪了挪身子,再次把烧饼塞到前面老人的嘴边。老人轻轻咬了一口。后面的老人这才也小小地咬了一口。

生活的辛酸,也许让情感的障碍荡然无存。

6

两个老人坐在公园里嘀嘀咕咕,一个说,官做得久了,官相就会出来,腔调、姿势都带着官字。一个说,穷了就会有讨饭相,怎么看都是败了相。他们聊天的时候,旁边蹲着一只狗,低眉顺眼的,偶尔抬起头舔一下老人的裤腿。老人顺手摸摸它的头,好像作为回礼。

我从他们面前走过时,他们还沉浸在某某官相与某某讨饭相的比较之中。因为他们说的某某,我并不陌生,于是,不由得回过头去朝他们望了一眼。狗,似乎警觉到了什么,霍地立起了身子,吊着舌头,冲着我嘿嘿,或哼哼。我在城里学会了礼貌,学会了与人相处，但不知道跟狗相处。它们冲着我汪汪，可我不知道怎么懂它们。它们包含的热忱与阴险，在我面前其实都是一样。我赶紧掉回头，继续赶路。

街上飘荡着各种诱人的香味，但它不属于所有人，对一些人来说是悸动，对一些人而言它什么也不是。很多人都是飘浮在街道上，像一只断了线的风筝，在各个场所飘荡着。那里有小说，有童话，也有民间故事，有的被研讨成现实主义作品，也有的湮没在尘埃里，成为个人的浪漫主义作品。

总有一些人害怕人性的那点阴影随时会跑出来，所以喜欢以命名的姿态出现在众人的生活场域里，把坚硬的词语嵌入别人的肌体。我跟那些词语没有感情，但不得不储备一些坚硬的词语，我几乎依靠它们生活着。这让我常常想起那只小白鼠，在一只转动的盘子上奔跑，不停地奔跑，似乎奔跑在一条平坦的大路上，只要奔跑，那边就会有稻谷出现。小白鼠只是老人售卖鼠药的道具。

有一个老人在街口拐弯的地方拉二胡，一个乞讨的人，他用二胡拉《二泉映月》，脚边放着一只搪瓷杯，里面散落着几个硬币。有人经过，往他杯里放一枚或数枚硬币，他向人低一下头，而手指仍在琴弦上抹。有人停住，看他一眼，然后从他面前走过。他继续拉琴，目光平视。他的背后是一条巷弄，那里有几排低矮的房子。

当街灯完全亮起一片时，老人背后的房子里开始漏出一丝丝光亮，像一颗颗小豆。街上渐渐安静起来的时候，老人收起了二胡，蹒跚离去，那些小豆也慢慢熄灭，而街灯仍然站着，在每一个主要街道上手拉手地站着，似乎总担心这个城市里有那么一些人找不到家门。

只是，在最黑暗的地方，偏偏那些灯没有站过来。

一棵梅子树

梅子树的西侧是芙蓉花，间距约一丈，东侧是栀子花，间隔也是约一丈。

芙蓉花像一顶巨大的花伞，即使是冬天它也不改“撑”的动作，高高举着，似乎呵护是它毕生的追求。

栀子花每年开出满树的花，栀子花的颜色是奶白色的，花开仅数天，但花的芳香比花期长，在开花的日子里小区到处是栀子花在奔跑，掸也掸不掉。栀子花开一圈，树往外长一圈。只是它每年长不了多少，物业总喜欢把它修剪成一个球。

梅子树在芙蓉与栀子花间抽叶、开花、结果,像是躲在它们的怒放底下默默履行自己的日常。作为植物的它们,自然不会在乎我的目光,更不会在乎我的目光里是否藏着敬仰或是茫然,它们习惯了自顾自地生长。

花树的日常,其实也是我的日常,只不过它们在花坛里我在楼上,它们往大地深入扎根,我却浮于芸芸众生。

梅子树对面的花坛里有一棵柿子树,每年五月份开花,四瓣,淡黄色,似乎藏在枝叶间。因长得茂盛,像披成了树冠。我从底下走过,总会忍不住瞧上几眼,能看到一颗颗小柿子躲在枝叶下。有时,我也会没来由地想到山上的柿子树,它们站在山上,人们看它得昂首,它也昂首着,向天空,也向星空,一身遒劲,像一个人的资历一样摆在那儿。

每到九月底,几个陌生的女人会钻进柿子树底下,不管柿子有没有转黄,她们便开始动手了。摘下来的青柿子上还挂着枝叶。我忍不住会瞅她们,偶尔她们也会看看我,目光里全是陌生,像是隔了一堵墙。

这棵柿子树是二楼姓冯的主人植种的。他住进小区的时候,他让果树也住了进来。

那天,我与先生扛着一箱沉重的书上楼。上一楼时先生倒着上楼,我跟他隔着两级台阶,用手攀着书箱的两只角,准确地说是托着书箱，先生在上面拽着，所有的重力都在先生那儿。俩人吭哧吭哧爬上二楼时，在楼梯的转角靠了一会儿，俩人你看看我，我看看你，连想表达的意思都没有，只有大口大口地喘气。

这时二楼的门突然开了，出来一个人，手上拿了几株树苗，还有一把镐。我当时觉得很有趣，这新房子的主人想必来自农村吧，连镐这样的农具都会搬进屋里，还有树苗，树根虽然包裹着一张塑料袋，毕竟还是沾泥带土的，会弄脏地板。他一手攥着树苗一手拿着镐推门出来，门前一下子变得逼仄起来。

我跟先生不好意思地冲他笑了笑，意欲朝三楼走。他忙退回门里，并随手把门虚掩了半扇，镐还咣当一下撞到了防盗门上。

我们把书箱搁在梯沿上，俩人换了一下位置，我在前面，先生在后面。这换挡的过程中门里的主人探出头来，问我们要不要帮忙，几株树苗斜傍着他，像个半边的书名号。我俩赶紧道谢，然后一步一步向上挪，像是扛了一袋谷子。

我跟先生终于把一箱书扛进了家里，稍微歇息后我俩再次下楼，下面还有五六箱书。我俩七冲八拐地站到书箱边时，刚才碰到的二楼主人已经在花坛里挖着坑。

小区是新落成的，花坛也是簇簇新的，上面的草坪还没有长出气势来，黄泥似乎正在散发着山体的气息。

他挖下一个坑后用镐柄丈量了一下，蹲下，在几棵树苗间挑拣了一番，似乎下了某种决心，从中挑了一棵种到了坑里。他用镐把周围的黄泥再次填回坑里。在他咔嚓咔嚓垒土的时候，我们再次呼哧呼哧把书箱扛到楼上。

他当时种植的树苗我并不晓得，那时树全是光秃秃的，看不出树与树的区别。如同别人看不出我在箱子里装的是什么，可能是一堆破旧的杂物，可能是一床被褥，甚至是锅碗瓢盆，在别人的眼里居家生活无非是这样的日常。

三个月过后，那些花坛里的树开始抽芽。于是，我知道了右侧花坛里的是梨树与桃树，左侧的是樱桃树，至于那棵芙蓉花与栀子花间的梅子树，我真的没有注意到，它似乎超然于一切花树，但又躲在它们底下。

梨树，桃树，每年都开花，粉白与粉红，看上去非常喜气与吉祥，只是不晓得从它们面前走过的人是否感受到了它们的喜气。它们热热闹闹地开着，周围的一切也充满着热闹，不过，梨树桃树的热闹是一枝枝的，而我们的热闹是一个个。

有时，我自己也不清楚从它面前走过时到底是怀着什么心情，或许是为今天工作上的烦心事，或为朋友圈上转发的一条信息而纠结，要不要在家里安装一个空气净化器，接不接受朋友推荐过来的养生包，云云。

有一件事，我觉得很纳闷，一株梨树与一株桃树居然年年没有结果。

我曾见过姓冯的主人在梨树上嫁接、施肥，可年年还是只开花，不结果。后来，他放弃了。但梨树桃树年年开出粉白的花，粉红的花，一簇一簇的，很漂亮，似乎梨树桃树对自己不能结果怀有愧意，憋足了劲地开花。

窗外时常传来“棕棚好修哉，填落（塌陷）的棕棚收收紧”的招揽声，以及“收垃圾，垃圾收”的吆喝声，不管每家每户紧闭门窗，他们仍持续着这个节奏，反反复复。我觉得他们的吆喝跟小区里的梨树桃树一样，只开花，没结果。

樱桃树长得还可以，原来是种在垃圾箱与花坛间的空隙处，现在看上去像是挤在了那儿。偶尔我也能看到几颗樱桃，红红的，在枝叶轻拂的时候显露出来，可过几天，被我看到的几颗樱桃不见了。我不知道樱桃是被鸟吃了，还是被人摘了，或是掉了。

不仅仅是樱桃，连人都在掉，有的失掉了身体的一部分，某个器官组织从肉身上分离了出去，有的丢掉了人性中的柔软，还有的掉了自己的魂，他们那颗看似健康的心脏里却飘荡着不知所措的灵魂。蝇营狗苟是一种现象，劳苦奔波也是一种世相，我们最终像离了枝的樱桃一样进入尘埃。生活有成千上万种可能，樱桃却只有那么几种可能。

人永远比植物活得短暂，也许原因就在这儿。

梅子树的对面住着一位女孩，模样清纯，年纪不过二十几。她居住的地方原是别人的车库。她是作为租客暂居在这儿的。我有时看到她一个人，有时门口泊着一辆车，车的主人我见过，是位比较帅气的小伙子。女孩称他老公，家住某个镇上，因家里有继母，她老公跟她就住到这儿。这是女孩告诉我的。我信以为真。

女孩养了一只狗，个小，卷毛，拖着两只毛茸茸的耳朵，和一双突灵灵的眼睛，样子很可爱。儿子每次见了都会逗它玩一会儿，同时跟它的主人——女孩打个招呼。时间一长，彼此也算是半个熟人。另外半个是生人，她的生活，我的生活，我们仅仅凭借自己的视线看到对方的生活。

有时，我们会到她的小屋里坐一坐，看看她养的鱼。她养的鱼很小，据说价格不菲，其中有几条正是大肚子的时候。过了几天，那几条大肚子鱼瘦身了，鱼缸里多了不少小鱼儿，要不是她帮我指认，我还真看不出来。她说，她打算把大鱼捞到别处养，小鱼会被大鱼吞掉。我有些诧异。后来一想，大鱼吃小鱼，小鱼吃虾米，不仅适合生物，也适合我们这些被称为人物的物种。

梅子在慢慢长大，天气在慢慢变热。除此之外，似乎没有什么可以补充的。当然云空未必空，没有补充并不是意味着人间时时处于四月天。在人密集的时候丛林法则就会显示出来，有尖牙利爪的食肉动物，有弱小的爬行动物，也有基本不能发声的小昆虫，包括永远不会有声音的植物。弱肉强食的丛林法则，可以让一些动物强大，一些动物延续，而它们的骨骸被埋葬在植物底下。

梅子树多长南方，尤喜灌木丛。这是我在网上查到的一句关于梅子树习性的话。它站立的地方是一车车被运来的黄泥，黄泥的下面是大土坷垃，再底下是填埋进去的石头，从某种角度而言，是我们人哄骗了梅子树，替它虚拟了一个山地，包括左右的花树与果树。

同样，梅子树也为我们虚构了一个故事，看到它，以为自己仍居住在青山绿水间，那是没有见过路灯光的水，没有听到过汽车声的树。

看到梅子树，还给我一种片刻遐想，自己正置身乡下。因为在院子里种植果树，是南方人的一种习惯，既有一种寓意，又可满足小儿们的嘴馋。比如石榴，有一种多子多福的意思。

梅子树似乎成了我的邻居，当然，它跟小区里的所有人都是邻居。大多数邻居并不熟识梅子树，就像我们彼此互称邻居，其实并没有真正意义上的日常邻居。比如离梅子树约二十米的车库里住着一对老夫妇。我早上去上班，老太太在被卷起的车库门边抽烟，身子窝在一把破旧的藤椅里。老公公坐在里面捧着茶杯，根本看不清表情，偶尔听到咕隆一声。老太太有时瞟我一下，眼神很硬，有时根本看也不看我，微抬着头，一只手扶在藤椅上，一团烟雾笼罩着她。傍晚回来的时候，老夫妇正在煮饭，一个在煤炉子上炒菜，一个坐着抽烟，那时候抽烟的是老公公。

有一次，我从他们面前走过，老太太突然叫住我，让我帮她收一下挂在车库卷门上的被单，她够不着。我忙帮她收下被单，她说了一串谢谢，跟她平时的眼神判若两人，弄得我有些不自在。第二天，她看到我时还是那种寡淡的表情。我对这个老太太一直有种惧意，感觉她是一个脾气很暴戾的人，因为我有一次看到她跟她的女儿吵架，不是一般的母女吵架，而是骂得很刻毒。小区里的人都能听得见。

如果是乡下，有人吵架，邻居有人会观看，也有人肯定去劝架。或许劝了还会吵，不过很多时候吵架的人在别人的劝架中半推半就，大家都有台阶下得来。这是在城里，不会有村人站在旁边观看，似乎只有她女儿听到母亲的骂声，我敢肯定每一扇紧闭的窗户后有人听到了，也看到了。

我跟老太太她们没有过交流，从她隔段时间跟女儿吵架的声音里了解到一些信息，他们原来居住在乡下，因女儿非得要进城,再加上钱不够,于是把老家的房子都卖了。老太太的吵架也源自于此,她的骂声里既是控诉,又是后悔,后悔听信女儿,跟着进城,住进车库。

她骂到这儿时,我曾听到过一个声音,意思是没让他们住车库,你们自己要住。老太太的骂声再次高亢,说是你的良心实在太雪(坏),让我们住进四楼,打算关我们啊?后面的一个“啊”字非常重地掼了下来,跟拍了一下桌差不多。后面的都是老太太的骂声。

过了一会儿,可能老太太累了,也可能老公公劝她,她的声音稍稍缓和下来,骂声慢慢过渡到叙述。她说,家里有这么大的一个院子,前面还有半亩的自留地,几棵果树,那可是我年轻时种下的,每年都能摘许多果子,卖房子时也一并送给了他们,你们吃屎的啊?又是一个“啊”,但似乎力道已经弱了许多。

我是无意偷听老太太的话,只是老太太的骂声实在太年轻,那几扇玻璃窗根本不是老太太声音的对手。

也不知道什么原因,我儿子看到她比我还害怕,每次从她面前走过总搂紧我的脖子,把头埋在我胸前。有一次,我儿子满脸通红,发低热,还拉肚子,我抱着他去看医生。她像往常一样坐在卷门下抽烟,看到我母子俩,突然问我儿子怎么了。我说发热,准备去看医生。她说,会不会受了惊吓,魂灵吓出去了?我说,那怎么会是拉肚子呢?她说,不是有一句老话,吓得烂污都吓出来了。一听,觉得也有道理。

她还建议我去烧张《浙江日报》叫叫魂。这样的土方法,乡下经常有人在用,有时也管用。我考虑到儿子吃坏的可能性比较少,而且烧得也不厉害,于是把儿子抱回家,遵照她的意见烧了一张《浙江日报》。第二天,儿子的烧果真退了,肚子也不拉了。我碰到她时向她道谢,她脸上居然绽开了笑容,一缕青烟舒缓地从她嘴里吐出来。

也不知过了多久,有一天,楼下突然传来一阵号啕大哭,声音有些熟悉。我从窗子探出头,老夫妇居住的车库前搭起了灵棚,那哭声是老太太的,走的是她的男人。跟乡下没什么区别,她的女儿女婿请来了道士做道场,法器响亮地敲打起来,经忏唱诵突破亮堂堂的夜色,一直到深夜。

遇上丧事,即使弄出很大的动静,一般也不会有人去打市长电话,大家仍关紧门窗,在居室里过自己的日子,对隔壁的噪声给予了最大限度的宽容。

按照乡下的风俗,做道场的过程中有几个程序是需要小辈开哭几声的,但,除了起初的那几声哭声后再也没有哭声。

再后来,车库前又再次搭起了灵棚,照例有道士给她诵经、拜忏,也有一撮人影在灵棚下走走出出,但没有听到哭声,只有响亮的法器奔向各个角落。后来我得知卖掉老屋住四楼的是老太太的养女，我见过几面，一个言语不多、身材微胖的中年妇女，有一次她和丈夫搀扶着父亲从车库里出来，小心翼翼的，还叮嘱老人走慢点。我估计是送他去医院。

不久，老夫妇住过的车库里住进来了一位年轻的女孩子，白天拉下卷门，晚上却半开半闭，里面闪出被切了一半的灯光。有一阵子我经过车库时老太太的形象会清晰地浮现于脑海，以前每次上班总要经过她的身边，尽管她的眼神很硬，可她抽烟的姿势很迷人，一支烟夹在食指与中指间，微微抬起来，往偏右的嘴唇上一送，一口烟慢慢出来，一只手始终搁在藤椅上，透出烟雾，她皱纹纵横的脸仿佛充满了哲学。

有时，我也会想，这个女孩可能不知道这儿刚刚离开过两位老人。因为不知底细，或者女孩的朝气，有关死亡的气息并不会影响她的生活。只是，有关老人的生活场景，包括他们在世的一些细节，仍会存在我作为邻居的记忆里，以及我们。

日子依旧，梅子树也依旧，然而车库里的女孩们似乎充满了不确定。那天我带儿子回家的时候，看到那个女的正在搬家，也许她早已做了准备，行李并不是很多，是她老公来接的。她告诉我，她准备搬到他老家去，打算要孩子了。然后，我们互相道别，我儿子想抱抱她的小狗。她说，很抱歉，那只小狗走丢了。我觉得很怅然,她也怅然。

我的怅然是她的狗如今成了流浪狗,一只再名贵的狗一旦成了流浪狗,它很快会变得邋遢,遭人嫌弃,这是人与狗最相通的地方,也是最残酷的地方。她的怅然似乎也是为了那只叫蘑菇的狗,跟着她已经有三年了。很快,她老公发动了汽车。她消失在我的视线里。我确信以后跟她再次相遇的机会几乎是零。那时,我突然想起一件事,我到现在都不知道该怎么称呼她,不知当初我们是怎么打招呼的。

一直紧闭着门的205室突然来了许多人,从他们身穿的制服来看是法院的。三楼的阿姨悄悄告诉我,说是法院来封他们的家。她说完赶紧扭身进了自己的门,似乎想跟她刚才的话撇清关系。

两年前的某个晚上,我摸黑经过205室时,一阵吵闹声从里面传出来,我无心窃听别人的隐私,但种梨种桃的冯主人的声音鼓胀胀似的直奔出家门,在楼梯里四处散落。我碰到了几句,是他斥骂老婆的话,意思是整天搓麻将,家也不要了,明天就去离婚……我逃也似的爬上了五楼。

同住一个楼道的我们,大多是熟悉的陌生人,当中不乏有好事者或热心过度的人,可对别人家的事也最多是紧贴防盗门收听,即使吵翻了天,也不会有人去劝架,去调和。不是说他们身上缺少古道热肠，而是多年来的城居生活慢慢熏染了他们，一旦到了乡下，他们的碎舌与热情仍会齐相迸发。

我曾看到 205 室门前被喷上了鲜红的油漆——欠债还钱!!! 旁边还画了一把刀，即使不是红的油漆，看到那把刀，已经心有惧意。

外面市井之声仍有条不紊，一如既往地奔向各个生活的角落，而我们的楼道里静悄悄的，包括被喷了红油漆的家门。只是关于他们的消息却从此活泛起来，像是不长果的树突然挂满了果子一样吸引着人的眼球。

他却像突然没有了规律，很少在楼梯里碰到他。偶尔，我看到他在花坛里给桃树、梨树松松土，或提着一塑料袋的化肥去施肥，手里还是那把镐，只是那把镐突然看起来高出了他许多。他看到我一如往常打招呼，脸上根本看不出他内心的痛苦与煎熬。

三楼的阿姐把我堵在楼道口，悄悄告诉我，楼下经常有人来，甚至深更半夜也有人来，吓也吓死了，那帮人像黑社会里的人，所以一到天擦黑，我们都要把楼梯口的门关好。她说完这话，像条件反射一样朝下面张望，似乎黑社会的人正潜伏在楼下。

四楼的小张本是上楼来提醒我们晒被子时晚些收，免得拍打被褥时把尘埃落在她家的被褥上，却牵扯到了二楼，说是那户人家“范关”(糟糕),那家女主人在外面搓麻将,借了高利贷,天天被人催债。

一楼的老王阿姨拉住我,说是今天白天来了一伙人,在楼梯口坐了一天,我们都不敢下楼,怕一开门,他们就冲了进来。

因为不安全感的骤然而生,我们跟 205 室突然“紧密”起来,每个人一进了楼梯,马上自觉关门,看到陌生人在楼梯口徘徊,下意识地放慢脚步,紧紧盯他们一下,同时又不由自主地去看 205 室的窗。

有次,我跟三楼的阿姐同时走到楼梯口,约有五六个人站在外面,看上去很年轻,装束也很寻常。因其中有一个拿起手机打电话时,我看到了他手上的文身,心里马上咯噔了一下。三楼的阿姐悄悄捅了一下我的腰,示意我朝另一个人身上瞧,那个人在撩起衣服的时候,一把匕首露了出来。我俩惊慌不已。还是三楼的阿姐镇定,她拢着手在我耳边说,我们走车库。她家的车库改建了厨房,门直接连着楼梯,不用开外面的铁门。

有一天回家,我发现他家门口安装了一个摄像头,我突然感觉芒刺在背,我的身影此刻正投放在 205 室的电脑前,那里有人盯着屏幕看,或者记录到电脑里,也就是说我的日常有一小部分被他们储存进了电脑的硬盘里。

不久,他家的楼梯上贴了一张纸,上面措辞文明,但字字句句像是警告,字里行间充满着威慑;又有一天,我在 205 室门前遇到一帮人,二十七八模样的小伙子,因为楼梯窄,一下子显得他们人多,他们的目光一齐扫来时让我惶恐不安。我低下头,从他们跟前快速走过。

他们开始敲 205 室的门。他们敲了一会儿,里面悄无声息。他们开始喊,王阿姨,我们知道你在里面,开开门。说完,楼道里一片寂静。我的脚步声像是放大了,我不由得放慢了脚步。一会儿,他们又开始拍门。我奔进了家门,下面响起了咣咣的声音……

大约过了半年,205 室突然搬家了。我在楼道里碰到姓冯的主人背着一袋杂物,佝偻着身子从我旁边走下去,半个发白的头像是镶嵌在杂物堆里的一顶旧帽子。

我从五楼的厨房里望下去,他们一家正往一辆大卡车上装东西。一个中年妇女跟在他后面,小心翼翼地提着两只罐,像我老家用来装盐或放盐鸭蛋的那种罐。她的头一直是勾着的,连照看旁边的几把椅子时也勾着头,头顶上露着一圈白头发,像是一块盐碱地。

窥视别人搬家,似乎情绪不明朗,尤其是 205 室,感觉内心有某种罪恶落脚,于是,我慌忙收回视线。

后来我还见过他几次,一次是他领着一批人看房子,脸上堆着谦卑而讨好的笑，一次是他给柿子树施肥，还给梨树修了枝，在梅子树底下埋了些油菜饼。还有一次，我看到他坐在屋前的小店里聊天，看起来神情不错，但头发全白了。

205室的房子最后是拍卖的，因拍卖的规则，每一次流拍，房子的价格是下降百分之十，据说这房子成交价远远低于市场价。听说他原想让中介所转让的，由于没有在法院执法前完成，这套房子最终还是走上拍卖程序。

曾经在楼道口碰到过新主人，一对中年夫妇，女的穿着花裤子，黑色的紧身衣，男的是夹克衫，两只裤管一只高一只低，我看到他们笑了笑，他们也冲着我笑笑，目光却迅速低了下去。他们给房子装修一番后落了锁。205室重新归于寂静。

那棵梅子树，连同桃树、梨树等，严格意义上说已经易主了。梅子树它们似乎并不知情，仍然默默地生长着，在一块原本不属于它们的土地上开花、结果。但有一件事我一直忘不了，因为多少跟梅子树有关。

一只黑色的鸟有一天站在梅子树上啼鸣，从一条枝上跳到另一条枝上，哇啊哇啊，既像赞叹，又像是叹气。跟梅子树最近距离的是后面一幢楼里的零六住户，是位退休老师，姓郑。郑老师教了一辈子的生理卫生，对于鸟并不知晓多少。后来有人告诉她这是乌鸦。她觉得有些晦气，“砰”一声把玻璃窗关了。

这只鸟也有意思，一连几天都站在梅子树上哇啊哇啊。郑老师有些气恼，拿了扫帚去赶。郑老师一边赶，一边发出“噢嘘噢嘘”，驱赶乌鸦。物业的李老伯告诉她，你楼上有四户，对面有五户，周围还有前后两幢，起码有五六十户人家，指不定是叫给谁听的。郑老师一听，可能觉得有理，收了扫帚关了门窗，还拉上了厚厚的窗帘。

当我看到这棵梅子树的时候，上面不知被谁罩了一层白色的薄膜，把树遮得很严实，下面清晰地挂着一颗颗皮青、个小的果子。

乌鸦终于不来了。

须臾记

诗歌小庄

车子颠簸了三个小时，终于开进了诗歌小庄。掀开窗帘，外面白花花一片，我有半分钟的时间适应不了外面的强光。头顶上的空调风正卖力地吹，从上车一开始它就专心致志地冲着我的头吹。我不习惯风的好意，调整了几次，风还是对准我思考的器官。我只好半梦半醒，头上裹着一条红色的纱巾。

我们摇摇晃晃靠近一个小广场，也靠近一群穿红着绿的女人。她们站在烈日下，化着粗糙的妆容，因汗水的渗透，脸上的胭脂粉东一坨，西一块，一绺绺头发湿答答地压着脑门，涂着口红的嘴唇微翕着。她们挤在一起，既像是候场，又似乎是列队形，脸上是寡淡的表情，偶尔有目光朝我们这儿瞟过来，很快又集中到左前方，那儿有一个干部模样的男人，手里拿着一只话筒，因脑门发亮，多少影响了他的憨厚。一棵大树圈出一块幽凉之地，他站在里面。

正午的太阳诚恳地悬在我们与她们的头上。

车还没有停稳，冷风继续欢快地吹着，我们的汗水还没有下来。我们用东张西望、交头接耳替代了表情。

一条血红的横幅挂在两棵树之间，上面是“欢迎全国知名作家莅临诗歌小庄”。不知从哪里刮来了一阵风，两棵树左右晃动起来，横幅哗啦啦抖动起来，或许是绳子的牵拉，横幅东扭西扭，从我的视角出发，只看到“国家诗歌小庄”，“欢迎”与“知名”，及“莅临”都扭跑了。我觉得这话断得非常不错。我有些不怀好意地笑了笑。这时，车上一些人也开始绽露笑脸。

我不知道他们的笑来自何义。大家各笑各的。

我们下车。欢快的乐曲瞬时包围我们，连同热浪。我的头脑立刻发热。我开始后悔三个小时裹着红头巾。

有人来招呼我们，把我们引到树荫下。汗水开始一层层涌出来，似乎它们也听到了快乐的乐声。

她们在太阳底下跳起来，舞动着扇子，从左边打过去，旋转，摆腰……说实话，她们并不熟练，舞蹈的流畅在她们那儿是短缺的。但她们努力地跳着、舞着，在睁不开眼睛的强烈光线下，她们让自己的身子合着节拍展开来。

我们以文学的名义履行“莅临”，她们以舞蹈的形式践行“欢迎”。

她们的队形打开后，我注意到了一位老人，准确地说是她引起我的注意。

她在最北边，她的右边没有人，她的后面也没有人。她穿着一件蓝底碎花的衬衫，下面是玄色的裤子。这还不要紧，舞蹈队里面也有几个穿着日常衣服。她手里的两把扇子是不一样的，一把红，一把绿。她的眼睛深陷在眼眶里，眼皮耷拉着。

凭我的医学常识，她是半瞎，右边那只眼睛没有一点光泽。她还有腿疾，别人跳起来是舞，而她一瘸一拐，右腿僵硬地支在地上。左腿还稍微灵活些，合着旋律能跳几下。

她的脸一直朝向旁边的人，别人怎么做，她也怎么做。别人把扇子从头上打一个半圆，她笨拙地抬起手。当她粗拉拉地划了一个圈后，别人已经往后退两步，再配合一个扭腰的动作。

我感觉到了她的慌乱，她又是舞扇子，又是后退，看上去像揪一棵荒草。

在毒辣辣的阳光下，乐曲轻松而愉快地进行着，而她停了下来，一只袖口掉到了手腕。她迟缓地卷着袖口，右腿像半个问号曲在地上。旁边的人哧哧地笑着。她见别人笑，脸上也挤出一丝笑。

可能她以为笑也是舞蹈的一部分。

有人走过去，蹲下来，用镜头对准她。她似乎很茫然，或者说她根本没在意到拍照，她的眼睛始终顾及着旁边的人。别人变换着队形，一会儿朝右边挪几步，一会儿又往左迈几步，前后还有穿插。她后面没有人，像一块荒芜的田地，她的舞姿让我联系到稻田里的稗草，伶仃而单薄。

一曲终了，跳舞的女人收住了脚步。广场上响起了一个男人的声音，对我们的到来表示热烈的欢迎。听到这个词，我不由自主地别过头去，横幅平静下来了，在两棵树之间张开着双臂。刚才跳舞的一群女人默然地从横幅底下走过，一小团黑影在她们的脚边跟着。老人也一瘸一拐地过去。

这时，有人给我们朗诵诗歌："……小小屏幕/容不下皮影儿/在那透明的玻璃中/你不能自弹自唱/你不能自己要把自己/你不能把身世和命运/展示给黑夜/在那透明的玻璃外面/看热闹儿的看乱了/生活的阵脚……"

我再次扭过头去，广场上空荡荡的，只有白晃晃的阳光肆意地跳跃着。

夜叫郎

拐弯的地方，一根电线杆戳进了我的目光。准确地说，是电线杆上的那张纸。因为纸上的字特别大，加粗，小初号，似乎有意提醒行人此纸不同于彼纸。我快速地瞟了一下，“天皇皇地皇皇，我家有个夜叫郎，过路君子读三遍，一觉睡到大天亮”。

我左右看了一下，四周除了我空无一人，过路君子就是我。于是，我认真地看了一遍，目光绕着电线杆从左边拉到右边，像种了一垄麦子。

我摸了摸发硬的脖颈，头不由低下来，试着扭几下。我听到脖子那里发出咔咔的声音，像一台上了年纪的缝纫机。这时，有一只狗从我旁边走过，垂着尾巴，脊背上的肉微微颤着。它可能看了我一眼，也可能没看我。它过去的时候声音很轻，像是在它自己家里似的。我目送着它远去，感觉有些不可思议。

小时候我最怕狗，一见狗，不是跑，就是逃，狗却喜欢追着你奔。我现在才渐渐明白，作为一条狗的乐趣是什么。其实，我们的世界都在它的眼睛里，那里谁都一样。

我拍了几下肩胛，觉得脖子稍微舒服些。于是，再次抬起头，想把第二垄麦子播种好。

突然，一声急促的喇叭声从身后传来。我像是被谁蜇了一下，差点跳了起来。一辆黑色的桑塔纳离我仅几步。我忙侧身，紧贴着电线杆，像一张纸一样。汽车很快从我跟前开过，开得理直气壮似的。

这是条小弄，也就是所谓的背街小巷，平时出入的基本属于跟背街小巷相匹配的人，那些老人，那些讨生活的异乡人，衣饰旧旧的，人的表情旧旧的，他们的生活也旧旧的，有时在这条弄里摆个小摊，或开个小店，有时在自家的架空层里挖个门，里面一桌一椅，一块大黑板，从事着租房、卖房与买房的中介。

一辆收旧货的三轮车，缓缓地从身边过去，装在车头的喇叭里间歇性地响起吆喝，那声音既有同化又有异化，声调换成了当地的，而语气仍是他们老家的，像是一锅没放辣椒没放粉条的煮白菜。

大家在小弄里如同找到了归属，彼此守候各自的旧与慢。小弄里的生活，跟城市文明相距甚远，有脏，有乱，也有差，但城管一般不太会来督查，除非上面有什么突击检查。因此，相对车水马龙，在折旧了的生活空间穿行，内心似乎不太容易挺括。

如果把纸贴在繁华的地段，不见得会有人停下脚步给你读上三遍。路繁华，人的心情跟着也繁华，哪有闲心替你的夜叫郎读“天皇皇地皇皇”。

我儿子在三个月的时候突然哭闹起来，不爱吃奶粉，而我的奶水根本不够。我把他抱在怀里，他噙着我的奶头，吮吸着稀少的奶水，吃着吃着，他睡着了。事实上，他根本不是吃饱了，而是吃累了。他在床上可以睡一个小时，过后又哭闹起来。我们只好起来抱着他在房间里走来走去，哄他入睡。等他好不容易睡着，而我们已经睡意全无。

一个人的生理，如同一个世界，外在的变化刺激着身上的组织器官，西医称之为酸碱平衡，中医习惯于阴阳平衡。很多人都有睡眠障碍的经历，尤其是成年人，世事磨砺后，内心的粗糙无法平衡昼夜，躺在床上辗转反侧，像烙饼一样，夜已央，而大脑却清醒着。脑是各个器官的司令，它不休息，五脏六腑就不得不加班。婴儿可以哭闹，作为成年人不允许，只能清醒地煎熬着。

母亲说，你去写一张纸，上面写上这么四句话：天皇皇地皇皇，我家有个夜叫郎，过路君子读三遍，一觉睡到大天亮。我跟先生觉得母亲的话不靠谱，以为母亲又在搞封建迷信。母亲有些急，说这不是迷信，老人就是这么传下来的。就你们年轻人不信这个。母亲显然对我们的年轻感到失望。

婆婆是个不彻底的基督徒，信仰上帝，但没见过她饭前祷告，星期天做礼拜。早几前，母亲大年三十晚上总要给我家做做祭祀，婆婆则借故离开。母亲祭祀用过的东西，婆婆一概不碰。

俩人一见面却客气有加，一个喊姆妈，一个叫阿姆，都刻意降低辈分。在贴纸的这事上，婆婆居然支持。母亲似乎很激动，跟她女婿说，姆妈也说了，这是老一辈传下来的习俗，不是封建迷信。我老公嘿嘿一笑，抱起儿子亲了一口。

相对于婆婆，我母亲特别遵循习俗，比如洗衣服时男人与女人的衣裤要分开，女人的手不能摸男人的头，女人的用品不能摆放到厨房里，等等。我自以为是地把这些归结于母亲的迷信，所以，自我到了城里后，母亲的那些讲究慢慢开始瓦解。

有时我甚至当着她的面前把我的衣裤跟先生的衣裤放在一起洗。刚开始时，母亲以为我忘记了这个讲究，赶紧捞出先生的衣服，还把他的衣服在自己头上转了三圈。我不以为然，却装作一本正经，以不恭的态度来抵御母亲落后的观念。母亲努力挽救了数次，最后用叹息的方式来结束对我的教化。

我站到了路中央，昂起头。圆柱状的电线杆，把那张纸衬得胖嘟嘟的，像小孩的胳膊。我的目光笼罩着它，那几排字看上去粉嫩嫩的。我认真地念了一遍。也就是说，我离三遍还差一遍。

我忽然有一种宁可信其有的澄澈之感，那种感觉从内心深处慢慢溢出来，一点一点浸润到我的神经、我的肌肤。

记得我小时候一旦发热，奶奶第一反应是认为我肯定撞上了不洁之物，便请来隔壁姓王的爷爷，让他给我画一个符，然后用符蒙住装了水的酒盅,命我一口喝掉里面的水。母亲每次都半信半疑,待奶奶转身忙抱我去赤脚医生那儿打针。奶奶得知后少不了虎着脸,大有跟母亲过不去的意思。如果我打了针烧还是不退,奶奶肯定与母亲吵一次嘴。母亲有时反驳几句,有时一声不吭。后来,母亲到了奶奶当初的年纪,她开始念阿弥陀佛,奶奶的那一套居然完完整整地传承下来,变得神神道道似的。

我有意疏远母亲,母女关系曾经一度特别紧张。好在,我很快搬进了城里,自认为脱离了母亲落后的、封建的、庸俗的生活方式。

城市正在变得越来越新,也越来越热闹,象征文化与文明的器物占据着城里的空间。人,慢慢附属于那些器物。一些习俗,一些偏方,如同民间故事一样流传在城市里,还是会有人去追逐它们。

我的注意力再次集中到电线杆上,一个字一个字地读,像是早先往地里揿一棵棵菜秧。当我读完最后一个字时,我感觉全身充满了过路君子的质感。

有点匪夷所思。

停电了

小区里一片漆黑。四周阒寂无声。

偶尔从马路上闪来一缕光线，很快从玻璃窗前倏忽而逝，那是汽车奔过去的痕迹。我摸黑到厨房倒了一杯茶，然后小心翼翼趿拉着拖鞋，窸窸窣窣重新坐到书房里。

书，仍翻开着，保持着暮色四合前的姿势。它躺在书桌上，我的目光在夜色袭来之前笼罩过它。字里行间，散发着庄稼的气息。有时在书里画上几笔，像是掰下几颗饱满的玉米。有时在书页的空白处写上几句，或体会，或评论，虽然不得要领，不过也无伤大雅，就像儿时我在庄稼地里踩下的脚印。

夜色正从书上漶漫开来，仿佛替书留下的背影。

我在书页里夹了一张名片。也不知道这是谁的名片，上面的名字很陌生，多半是在工作场合收到的。我很少发名片，一个单位待上八年十年，那一盒名片几乎没有动过。

名片曾于上个世纪风行过一段时间，见面后第一件事是递名片，双手递过去，脸带笑容，腰还要适当地弯曲，表示对对方的恭敬。接的人也是双手，脸同样浮现笑容，体现双方的诚意与教养，接过后还要认真地读一下，然后再次热诚地握手，嘴里不停地说“幸会”或“久仰”。名片上的头衔，无疑是推销或印证自己能力的媒介，尽管大家心照不宣，不过大家都很投入，在当时的氛围。于是,彼此的活络自然而然。

我见过酒桌上的名片,也看到过会议桌上的名片,曲终人散的时候,数张名片躺在杯盘酒盏边,或茶杯旁。或许是刺激,我再也不跟陌生人递名片,尤其是酒桌前。我把接来的名片放进一个盒子里,用来做书签。

此刻的我,不能做任何事,饭煮不成,水只余下半瓶,连洗个澡都成问题。我似乎成了一个生活不能自理的人。

黑暗让屋子里的一切变得更加浓郁,电视机黑黑地蹲在桌上,像是一堆正在腐败的过期物品。电冰箱黑黢黢地靠着墙角,往常公事公办的嘶嘶声如今被掐断。吊灯黑沉沉地吸附在天花板上,跟脱了岗的员工一样。电脑,已成了死脑。所有纵横于网络间的文字、图片、声音,以及视频,瞬间像燃烧中的纸钱一样塌陷下去。《金刚经》里有一句话:世界非世界,是名世界。这话用在停了电的电脑上入木三分。

我站起身来,踱了几步,感觉自己有些磕磕绊绊,老是疑心脚下被什么东西绊住。我像是蹚在黑暗的河里,涉黑前行。医学上这叫心理障碍,或强迫症。在太阳底下的时候,我也有强迫症,汽车锁后十五秒我会再次按一下锁键,我需要汽车闪一下灯,而且确认没有啪的一声,我才放心汽车停留在那里。

我站到了窗前,外面已是有限的黑暗。停电,只是我小区的个别现象，大马路上依然霓虹闪烁，车喧人哗，黑夜仍然无法让城市安静下来。一拨又一拨的人，从一场光鲜奔向另一场光鲜。黑暗底下的事物，也正悄悄，对准城市里的五味、五音、五色积极前行。

小区里洋溢着宁静，静得方方正正。这种静，让人有远离颠倒梦想的觉悟。

我端起茶杯，往嘴里送。这是我下午泡的茶，已过了三泡，仍有淡淡的茶味。黑夜里已经看不到茶水的颜色，只能凭我的舌蕾去感知茶的质地。我爱喝茶，每天无茶不欢。即使每晚受睡眠的困扰，睡前也要喝。

不过，我绝不是骨灰级的嗜好者，对茶道没有深入的研究，泡茶的程序也肤皮潦草，一杯热水一撮茶叶，仅此而已。至于苦如人生淡如微风，我似乎没有足够的细心与耐心去体悟。当茶水失却茶色时，我就重新泡上一杯茶。就像我生活的日常，忙时便忙，闲时便闲。既不会把忙当成闲，也不会把闲当成忙，清汤见底的日子跟哲学、诗意难以接近。

前面楼里的一处窗口跳跃着烛火，像是在黑暗里镶了一块宝石。

我初时以为小区里的人都躲黑暗去了，或上公园跳佳木斯，或去商场购物，等来电的时候他们再陆续回来。城里来电的时间总被人掐好的,一般不会超过四个小时。打发四个小时在城里轻而易举。

对面的烛光提醒我家里也有一对蜡烛。每年母亲都会帮我在家里举行祭祀,给天上的菩萨烧一堆经忏,也给屋祖太太烧一锅纸钱,下了楼在架空层前还要烧元宝,说是给地公地母的。平时都不怎么记得祭祀的事,一到过年便会郑重其事地履行仪式。过后用过的蜡烛都被母亲用报纸包好后放进橱柜里,等待第二年再用,似乎有点薪火相传的寓意。许是对面的蜡烛也是祭祀时留下的,楼下的小店从没有出售过蜡烛。

我再次摸黑走到客厅,借着对面的烛光,我很快找到了那对蜡烛,报纸严严实实地包裹着它们。我取了一支,摸摸索索找到打火机,点上。刺刺啦啦,蜡烛芯上顶起了烛火,一下把黑暗圈到了墙角,烛下的黑暗,仍挤挤挨挨围住我的双脚。

我手持蜡烛,回到书房,把它插在香炉里。我坐在烛前,居然发起呆来。我陷入了思虑的空白处,仿佛这黑暗没头没尾。我一动不动,任烛光不时跳跃,嘶嘶着朝我扑来。烛芯的下面汪着一层油,上面慢慢打了个黑色的结,那是灯花。一个富有诗意的名字,可我还是一动不动。

我的背后是一排立墙的书架,有两千余册书,是我一本本从书店里淘来的。曾有人问我是不是都看完了。我很老实地说,还没有,但绝大多数都读完了。我买书并不是藏书,而是读书。

我平时喜欢给书架打上足够亮的灯光,把一本本书的名字照得透亮透亮,像一双双明亮的眼睛一样注视着我。我在它们的注视下看书、写作,勇猛精进。它们中的作者有的早已作故,有时我躺在床上会遐想他们。我有他们的书,说明我跟他们有缘,喜欢他们的文字,包括他们的思想与精神,我每天跟他们做伴,不知道他们会不会托梦给我。我每晚几乎都做梦,醒来后我常常勾勒他们的面目,可至今都没有对得上号。不知道这算不算遗憾。

我没有朝后看。我的背影一定站到书架上,黑坨坨的影子占据了许多书脊。旁边还余留了一些空间,这是给烛火的,它会一层层攀爬上书架,跟书里的所有人握个手,也同向书里的故事点个头。我晓得自己无法复制书里所记载的秉烛夜读。可,我还是捧起了书。

外面,黑暗如虚空。

那只青蛙

临近深夜,四周寂寥。沸腾了一天的城市,终于像个疲惫的老人露出了倦怠之色。几盏路灯站在楼下,笼着些许橘黄的光,勉勉强强把光送到我的窗口。

我把书签夹进书里，像是意会，不由自主打了一个哈欠。轻手轻脚走进卫生间，洗漱、冲澡，又轻手轻脚摸进卧室。先生发出均匀的呼吸声，偶尔磨几下牙齿，吱吱嘎嘎，我老是联想到咬牙切齿这个成语。

我在床上躺下，开始冥想。

这是我最近养成的一个习惯，睡前喜欢冥想一些自然之声，如海涛、鸟鸣、鸡啼，还有溪水潺潺，以及小河流淌。有时候也冥想自己是几个月大的婴儿，躺在母亲的臂弯里，无智亦无得，呈现赤子之貌、之神，然后我回到混沌。

睡梦，何不是成长中的另一个混沌版？

我几乎每晚都做梦，无法想象不做梦的时候会是什么。从医学角度而言，我这属于浅睡眠。只有深睡眠，才是有质量的睡眠。或许长久以往，我也并不觉得浅睡眠有什么不好。

每天早上醒来，我一动不动，躺在床上，仔细回忆一下昨晚所做的梦，包括清晨里的那些梦。片刻的虚构，让我从中感到满足与惬意。我像品味一杯酒一样，细细品尝着那些梦。

有时是好梦，有时是噩梦，而有时无所谓好与恶。对我来说，美梦与否，其实无所谓，倒是醒来时的那种恍惚感令人迷醉，似乎自己又赚了一辈子。

一座白墙黑瓦的小院，门前有一条小河，东南风徐徐吹来，到处涌动着金灿灿的油菜花香。“呱……”似乎一种很不真实的蛙鸣，稀稀疏疏飘过来。我还没想到青蛙呢。但声音又非常真切。我侧耳倾听，从冥想的小院那里回到深夜的双人床上。

蛙鸣消失了，似乎刚才听到的蛙鸣是一种幻觉。

我有些扫兴。我侧过身去，把头枕在左手臂里，调整好呼吸，把思绪集中到冥想里，这次我换了一座房子，是靠近大海的一座小木屋，里面是林立的书架，我坐在靠窗的木桌上，旁边放着一壶茶，我面朝大海，以书为伴。我听到了海鸥的叫声，还有海浪拍岸。

“呱——”又一声蛙鸣落在枕上。

海鸥飞走了，海浪也消失了，连同小木屋和满壁的书。

我转过身去，朝窗户的那边瞧去。刚才的蛙鸣来自窗外。不知是风跟窗帘开了一个什么玩笑，还是刚才的蛙鸣惹得窗帘激动得颠三倒四，窗帘像裙裾一样被掀起来，我看到了半个黄月亮，它正泊在我的窗前。

“呱，呱……”这次蛙鸣千真万确，绝非来自我的臆想。

它叫得很胆怯，却提升了我的趣味。我饶有兴致地听它叫。青蛙显然只有一只，它间隔叫一下，再间隔叫一声。夜空之下，一只青蛙鸣叫，多少有些孤独。我忽然想到了它是一只城里的青蛙。不知怎的，我对那只鸣叫的青蛙肃然起敬。

它来自哪里？凭什么进城来？它孤家寡人，会适应这个到处充满文明质感的地方吗？我在它的叫声里让思维一遍又一遍翻山越岭，探寻着一只城里青蛙所能遭遇的一切。当然，我的探寻不及它鸣叫来得真实。

我不知道自己何时入睡的。醒来时太阳红彤彤地映照在窗帘上。杂七杂八的声音全涌了进来。我跟往常一样躺在床上一动不动，准备把昨晚的梦全端出来。我闭着眼，而大脑像洞开一样活跃。我像母亲翻捡棉花一样，把昨晚做过的梦一个个捡拾个遍。我居然想不起具体的情节，似乎梦跟我失联了。我不甘心，继续待在床上。很长时间，空白居然占据了我的大脑皮质层。我茫然地盯着天花板，感觉自己被梦抛弃了，内心有些凄楚。

也许是刹那间的凄楚，我意外地想起了昨晚的那只青蛙。不错，有一只青蛙在城里鸣叫。我从它声音的方向来辨别，它应该蹲在墙外。离我们小区约一百米有一个公园，公园里圈了一口约半个篮球场大小的池塘，池塘里的水是活水，连接着堤岸外面的姚江。

我有点肯定那只青蛙就住在池塘里。

我又随之否定，一只青蛙的鸣叫没怎么远，很有可能来自隔壁的别墅。毗邻我们小区的是四幢别墅。从前年开始他们一直在搞装修,种草坪,挖池塘,植果树,在城里开辟出一块农村的氛围。或许青蛙被虚拟的乡村气息所悸动,如同我被城市的文明所诱惑。

我跟先生说,昨晚我听到了蛙鸣。先生睁着惺忪的眼睛,说,城里哪有蛙,你脑子写坏了吧? 我懒得理他。俩人走程序一样洗漱,耳朵里住满了市井之声。

晚上,又是临近深夜,我清洗完毕,躺到床上,侧耳聆听,"呱,呱呱……"蛙鸣果然如期而至。这次蛙鸣有些兴奋了,不如昨晚那种胆怯。它开始拖腔拉调,像我在农村听到的一样,声音里带着恣意。我被蛙声所撩拨,细细地收集着它的声音。

我推了推先生,说,你听,有蛙鸣。先生嘴里嘟哝了一下,又睡去了。

每当谷雨过后,村庄里与村庄外响起密集的蛙鸣,似乎能把整个村庄漂起来。青蛙的鸣叫像大合唱一样,气势宏大,整个夜晚都快被它搅翻了。夜色越浓,蛙鸣越激烈,似乎它们想擎起一盏盏灯。不管是谁,年老的,还是年少的,在覆盖着蛙鸣的夜晚个个酣睡过去,几乎没有人说过睡不着的事。

今晚,我替一只城里的青蛙虚拟了成片的蛙鸣。

我还兴致勃勃地猜测今晚会有多少人听到蛙鸣,酒醉的人肯定听不到,看电视玩手机的人不会听到,忙于麻将、KTV 的人更不会听到,那么剩下的人会有几个人能听到?这几个人当中又有几个愿意听?一想到这儿,我有些沮丧。

小区的门口贴了一张告示,内容很简单,用二十块钱悬赏深夜鸣叫的青蛙。有几个人走过,在告示跟前嘻嘻哈哈,有些不正经。有个人说,捉拿青蛙还不简单,用手电筒照一下,那青蛙瞬间变得木呆呆。也有人说,以前宫廷戏里有悬赏告示,如今小区里流行这个,这事有趣煞哉。还有人说,我怎么没听到蛙鸣?多不多?

我把告示读了几遍,既没有错别字,也没有歧义的地方,就一个信息,谁能把半夜鸣叫的青蛙捉来,奖励二十元。

这时有一个老人凑上来,眼镜片像两只瓶底,可能纸上的字经过瓶底时变形了,他问我纸上写的是什么。我告诉他是悬赏捉青蛙。他咧嘴一笑,不知哪个呒清头人,介有意思的事也能做得出来?说完昂起头,走了。于是,我也走了,但头怎么也昂不起来。我发现自己的颈椎比以前更僵硬了。

小区的物业管理员是个老头,平时总待在门卫室里听越剧,煮土豆,烧芋艿,煲玉米,把小区弄得像五谷杂粮原产地一样。自那张告示贴好后,他的情绪突然变得饱满起来,每次见有人停下来,便放下他的煮锅奔出来,很积极地跟人解释那张告示,似乎告示是个突然复活的历史人物。

这是一个醒着的夜晚，有蛙鸣的时候如此，没有蛙鸣的时候也是如此。每一个楼梯口都有一盏灯亮着，这使得小区里的夜晚一直红彤彤地醒着。间或听到砰的一声，铁门撞击的声音，后面总是空白，没有任何辅助的提醒。

我的邻居是出门，还是进门，我不得而知。就像很多人并不知道我每晚躲在书房里阅读与写作，如同我不知道每个晚上有多少邻居去跳小苹果。我很清楚，哪怕我阅读再多的书，也无法改变我邻居的生活境遇，如同他们跳一年的小苹果，也影响不了我的身体素质。可我仍然要阅读，他们仍然要跳小苹果，因为这是我们彼此的需要。

我和我的邻居们都在为守候自己的幽微而活着，那些幽微与平庸，跟宏大朗阔相距甚远，然而，我们仍然愿意幽微地活着。如同墙外的那只青蛙，只要是夜晚，它们都以为这个夜晚是属于自己的。

青蛙不识字，在被冲淡的黑夜里鸣叫。我认得字，却喜欢在冥想中慢慢混沌。世间之事，莫非就是混搭？

去向不明

傍河的公园突然零乱起来，像是出现的一个巨大停顿，到处充满了人的痕迹。一条新挖出来的沟，蜿蜒往东，也蜿蜒朝西。建筑工人正在忙碌，铲、锹、镐，还有挖掘机、切割机，或泊，或前行，一堆声响理直气壮地往各个方向奔跑。

一棵棵花树东倒西歪者有之，横卧在地上者有之，裸露的树根上挂着一大把根须，一半向天空，一半向大地。有的比较幸运，树根上被裹了泥，但周围捆扎了草绳，纵横交错，像是包扎，又似乎是捆绑，担心树跟鸟跑了。也有些花树劈头盖脑地躺倒在泥土里,残枝败叶,自是不可避免。我有些恍惚,误以为闯入了手术间。

我实习时有一次跟带教老师做小肠疝手术。小肠疝患者是一位四岁的小朋友,疝不是很严重,带教老师决定让我做他的助手。我自己也充满期待。一切准备就绪,我站到了手术台。器械护士打开手术器械包,一大把手术刀、剪子、镊子,还有血管钳、弯钩,一一摆放到器械台上,尽管动作娴熟、轻柔,仍无法消除金属叩击声。老师是主刀,我只是配合着他止血、拉钩,有时剪个口子。小患者麻醉后安安静静地躺在手术台上,对手术台上的一切浑然不知。老师不时提醒我往哪里剪,往哪里切。我开始很投入,保持着清醒。

当切口的血一次次涌出来时,我的视线开始模糊,头发晕,一股热浊气从小腹一直冲到胸口,我觉得四肢无力,胸闷心悸,呼吸困难,老师的话离耳朵越来越远。我勉强放下剪子,在旁边人的搀扶下软绵绵地从手术台上下来,来不及摘口罩,我一下躺在手术室地上。我耳边听到了自己倒地时的"咚"一声,但我根本没有痛感。等我慢慢有意识时,感觉自己像是从高空中坠落下来,整个身体重重摔在地上。

我再次感到窒息。只是,这次倒下去的是花树。

这些树是我的邻居,它们比我先住到这儿。等我搬进小区时,它们已经扎根于斯。我生活的直径,也就单位到小区,小区到单位,偶尔逛个书店,或看场电影。相比那些树,我似乎更扎根于此。不过,我清楚地明白,我没有树的品质,它忠诚于这片土地,一旦根须触碰到泥,就心无旁骛地向大地深处扎。

在村人的眼里,我居住在城里,那是老家人用一辈子的努力才编织出的宏大词语。我在城里积累了二十年的生活,可我的精神胎记始终留在了曾经想逃离的村庄。

有时,我也出去散个步,从一棵棵花树旁边慢慢踱过,三百米后再折返,继续慢慢地踱,像是生活的重复。我曾经很仔细地看过它们,有的认识,有的叫不出,但不妨碍我喜欢它们。

从外面应酬回来,我并不急着回家,一个人坐在树下,或站上一会儿,树不说话,我也不说话,风在树间穿来穿去,掀起一片片叶子,似乎那是它的表情。我想回应树的表情,可嘴巴怎么咧,我都觉得不满意。

我回忆刚才饭桌上那些人的表情,有的笑嘻嘻,不管敬谁的酒,脸上都如沐春风,手里的酒杯始终压低在别人的酒杯下。有的故作高深,对谁似乎都像一杯温开水,可以说没有表情,也可以说那是表情。他们也有丰富变化的笑脸,有发自肺腑的笑,有勉强绽开的笑,有不冷不热的笑,有公事公办的笑。

我肯定也这样笑过,对着一张张可接受或不情愿面对的脸。

离开了饭桌,我怎么也笑不出来。笑,原来很难。想到这儿,我的嘴唇不由自主往外拉了一下,我笑了,那是苦笑。这是笑给自己的。当然,树也看见了。

树一辈子不说话,保持着它物种的特征。人,一生下来就呱唧呱唧,由光吃不说,到又吃又说,又说又吃,最后不吃不说。人的进化比植物快,也就几千年的事情,人几乎实现了所有的神话与童话,包括民间传说,把先人的想象都填充到了今人的现实生活。

那些植物,比如树,它们还在进化,至于能不能进化到又吃又说,这个结论不好下,有一点我们必须承认,树积攒的是大自然成就。树长大,我也慢慢老去,我跟树似乎一辈子只图老字。我看时光飞逝,时光看我容颜转变,只有树在心里默默镌刻着年轮,忠诚地守候着岁月,养生与它无关,整容也跟它无关,它老实地记录着日子,好像世上并无坎。

它们在我们最近的距离更替着时序,春天葳蕤,夏天茂盛,秋天斑斓,冬天干净,什么季节长什么季节样。它们并不在乎有没有关注,知行合一地往移植过来的泥土里扎根,然后倾其所有,向季节展现自己。即使有霾的时候,它们也静默着。它们灰蒙蒙地站在那里,背后是灰蒙蒙的天空,高楼隐藏在背后,在我视线里,树成了唯一的高大建筑。

那些霾，原来一直徘徊在北方，最近也开始光顾江南。我怀疑树是不是跟我一样以为那是雾。雾，一年都很寻常，有经验的老农民靠雾去预测天气，如冬天三场雾，将会有一场大雪。勤快的人，即使大雾天也待在庄稼里，那些雾像精灵似的，绕着农具、庄稼，也缠绕着劳作的人。我小时候在大雾天去上学，走到学校后习惯用手去抹额前的头发，湿漉漉的，眉毛上沾着白色的露珠，像个老寿星。

霾，第一次来的时候，我们并不熟悉它，它的面目实在酷似雾，一样的朦朦胧胧。如同上了年纪的老人，看见天上飞的，都以为是鸟。后来，证明它不是雾，原因很简单，你额前的头发永远不会捋出水来。有专家提醒，开窗通风，保持室内空气流通，还有专家告诫，关闭窗户，减少户外活动。大家都不知道该听谁的。

人的聪明第一次在霾的面前失效。一阵大风，一场大雪，或大雨，霾才抽身出我们的生活。霾，在天空上飘来荡去，不在此岸，就在彼岸，像达摩克利斯剑一样悬在我们的头上。

坏天气，只能让更坏的天气来救赎，似乎成了一条经典。

当然，也有不落叶的乔木，一年中没有多大的变化，春光洒在身上，并没有比冬雪更洁净，夏阳底下的新鲜在秋风簌簌时一如既往。时间长了，我发觉自己越来越像那棵不落叶的乔木，也常常不知不觉地坐在离它最近的石凳上,用不清澈的目光注视着它,久了,就有一种相坐两不厌的意象。

马路上熙熙过去,攘攘过来,匆匆赶赴着一场场生活,有的人毕其一生谋取了 A 角或 B 角,而有的人经营了一辈子,只分配到一两句台词,更多的人甚至根本没有台词。

我早已过了激情燃烧的岁月,或者说已经学会了掩饰激情,在别人的眼里显得稳重,不张扬,低调而守拙。活了四十多岁,我终于修成了稳重的正果,似乎抛弃了台词。也不知是幸事,还是败笔,自己曾经的锋芒与野心,以及执着,跟着岁月一起老去,像尘埃落定一样奔向大地深处。那棵乔木,也没有激情地活着,面对变换的四季,看起来是那样的无动于衷,像是一棵抱禅入定的树。

在我不远处的地方有人用背部重重撞击树干,撞得极其勇敢,两只手伸向天空,带着某种仪式感。嘴里还时不时地发出“嗬嗬……”,既像是打拍子,又像是壮胆。树在背后挺立着,一次次地接受着人的撞击。据说这是人养生的一种方法,通过震动达到清肺除痰的效果。选择树而不是石头或其他来帮助自己打通经络,人真是把智慧用到极限的动物。

旁边的栀子花,每年开出甜腻腻的花香,那种香似乎有种夺路而奔的意思。再过去还有月季花、夹竹桃、桂花,以及茶花、鸢尾花，它们把公园住满了，自然，也凭借花香住进了别人的视线里。

对于不落叶的乔木，它只生活在它的不落叶这个特性中，一场场的花期跟它无关，时光的枝枝丫丫，对它来说无所谓开始与终点。它们有的高大，有的低矮，只是，它们的高大跟人的审美取向并不一致。我常常去公园，很少见到一个人能正正经经地仰视一棵树的高大。

不过，这十几年当中，我还是见到了几个人在一棵树下昂首。

我当时从河西那边走过来，脑袋并不空白，肯定在想着什么，只是现在已经回忆不起来我当时在想什么。鹅卵石铺就的小径小心地蜿蜒在花树间。我的目光时而越过那些静默的花树，时而落在河面上。那个人就在我的前面站着，头往上抬着，一棵乔木从他的脚下一直站到他的头上，从树叶缝隙间透露出来的阳光像碎片一样砸在他的脸上，使得他并不年轻的脸上溢满了光泽，仿佛集中了他一生的资历。我的目光集中到他身上，尤其他高昂的头，那是仰望的标准动作。他眯缝着眼睛，嘴巴张着，不时地翕动，像是对着树精心考虑一句话，或一个词。

就在离他约有四五步的距离时，他突然打了一个响亮的喷嚏，头顺势往下低，像是对树鞠了半个躬。他抹了一下嘴巴，还推了一下鼻子,走了。

我的目光一下子空落落的。

我还遇到过一个奇特的人,他蹲在石凳上,整个人缩着,手里拿着一本小学生常用的算术本,一只手握着笔在上面写着什么。我经过他的时候,他侧过身子,似乎躲我的目光。过去后的两三分钟,我下意识地掉转头,他已经从石凳上站了起来,把头抬得很高,上面是一棵树,正被风吹得哗啦啦响,他咧开嘴巴,无声地笑起来。我立住脚步,好奇地看着他。他好长时间一直仰视着那棵正哗啦啦响的大树,但手里的笔没有停止,不住地在上面涂写着什么。

我不由得顺着他的视线去看那棵树,这棵树除了高大,没有什么异质。我对这个仰望树的人充满了敬意,我已经好长时间没有见到一个专心致志仰望的人。等我回来的时候,那个人已经不见了,似乎我刚才见过的那个人只是一个幻觉。

后来我又偶遇了那个人,仍是缩着身子,在本子上写着什么。我悄悄凑过去,想看看他写的是什么,或许是诗。我的期待混合在了敬仰中。本子上全是密密麻麻的数字,他的笔还在上面拼命写,一个个数字整齐地站到了浅色的蓝线条上。我心生诧异,第一个反应是麦家老师笔下的容金珍莫不是重返人间。

我也不管唐突不唐突,问他在写什么。他把头往一边偏过去，两只手捂住本子。我还想问，可他猛地直起身子，跑了。

我后来跟一位朋友说起这个人，她说，莫不是脑子有病？我无语。

自那天以后我再也没有见过他。他成了一个去向不明的人。

树还没有倒下的时候，我曾看到过一位中年人靠在树干上打盹，旁边放着四块镶瓷的屏风，上面搁着一根圆木棍。树冠正好遮住骄阳，他胸前叉着双手，两只脚放在屏风下，似乎想钩住屏风。

我从他身边轻轻走过，听到他轻微的鼾声。这是一张干涸的脸，两个颧骨似乎想就此逃离，皱纹爬满了他的眼角，两条法令纹从鼻翼边一直纵到嘴边。他的屏风跟他四分五裂的脸色很般配，做工粗糙，质地一般，看得出想复古，可毫无艺术感。不知道他能卖给谁。

不知是巧合，还是别的什么，我后来在大街上见到过他。他用圆木棍挑着屏风，还是镶器的，还是四块，在车水马龙的街头行走着。他既不吆喝，也不放下担子，好像对这个城市充满了信任，一脚一脚走过精致的店铺，一截长长的身影拖在背后，泥浆一样的阳光劈头盖脑地浇下来。我注视着他的背影，直至他消失在人流里。

我怅然若失，已不可避免。

像他这样的人，其实还有很多，他们是有身份证而没有身份的人，他们来了，或走了，于城市的年轻与繁华无关紧要，或者根本没有一点关联。他们对城市的历史并不感兴趣，如同城市也不在意他们的去向。名人馆，博物馆，还有图书馆，在他们眼里还不如饭馆实在。他们的名字，也只有他们知道，假如有一天，他们把自己丢了，这个城市是无法帮助他们找回记忆的。

他们像一棵树一样，默默地生长，雨来了，能淋得住，风来了，也能扛得住，但最怕的是连根拔起。他们小心翼翼地徘徊在城市边缘，唯恐自己得罪了城市。他们死心塌地地用自己的力气兑现着他微薄的梦想。

一场场的生活，接着茬地继续着。他们在尘嚣的城市里寻觅着属于自己的生活，或湮没于别人的热闹，或轮回在别人的故事里。一些失却生活基础的老手艺人，在某个小弄口摆个地摊，偶有人拿着修补的东西过来，不急，也不慢，勾着头修修补补。

他们来时不明，在这个充满陌生感的城市里待上几年，几乎盛下了他们一生的希望。他们的梦想不再改变，即使长了十几年，他们的梦想还是如此。但他们的去向不明。他们很难在这里终老。这儿只是盛放梦想的地方。他们像一棵城里的树一样，习惯于静默。一辈子也极少有变化。

树倒了，公园就没有了价值。平时在这个公园跳舞与闲聊的老人跑到了对岸的公园。他们在那里继续生活的日常，或组建自己的戏曲队，把音响调到最大功率，用一种声音砸向另一种声音，在掺和着幽幽暗暗的灯光里奔向人间烟火，也包括冲向倒地的花树们。或把广场舞跳成气势非凡、一百人的佳木斯，整齐划一，一棵棵大树站在他们的身后，把黑夜衬托得无比辽阔。每个晚上，彼岸的公园像搅乱的一锅粥。此岸的花树仍静静躺在泥石里，建筑工人还在挖沟。

这个时候，我往往坐在家里的阳台上看书，或一个人捧杯茶。对岸的公园里正热闹开场。几个亭子里各有一组戏曲队，这组唱越剧，那组就唱姚剧，或京剧，谁也不会从众。有唱得像模像样的，也有走调得不像话的。这些都无关紧要，既不影响每晚人群的涌向，也不会影响他们每晚准时开唱，对我也一样，可听，可不听，他们跑调厉不厉害，跟我的思考与静坐像两条平行的直线。这样的光景，大约持续了几个月。

后来，有一个声音颠覆了我的平行。这是男声唱旦，王派、傅派、戚派，似乎样样都会。越经典的剧目，大家越熟悉，一听就知道有没有跑调。他的声音很粗糙，估计五十出头，声带已经增厚。旦的唱腔有旦的要求，甜润、婉转、行云流水，显然，这个人完全不具备这些。他只会让声音往窄处挤，既不懂气息，也不会用腔，结果出来的声音胖的胖、瘦的瘦、还瘸的瘸，搅动了我好不容易积攒起来的修养。

我实在忍受不了，起身把窗户关上。尽管如此，他的声音还是跑过来，像是故意敲打着我的玻璃窗。更不能忍受的是，他每次都要唱半个小时，唱好后，不知谁给他在鼓掌，他总会嬉笑一会儿，从麦克风里传出来，有点不正经，又充满恐怖，因为让我联想到这个人的傻乎乎。

后来，我得知唱越剧的他确实有些智障，已经快六十，还需要老父亲照料。唱越剧，对他来说无所谓特长与爱好。每个晚上，八十多岁的老父亲带他出来，用一包烟的代价请人给他儿子伴奏。起初大家都有些勉强，但看到他白发苍苍的老父亲，以及老父亲极其谦卑与讨好的神情，那些操琴抹弦的，大概动了恻隐之心。也就几个乐师配合着他，以及他的父亲，除此之外没有人来听他唱，跟旁边的几个戏曲队相比，这里要多冷清就有多冷清。

也许是听到了这个故事，我慢慢接纳了他的声音，有时也会静下心来听听。但更多的时候，却是想象他的父亲，一个年老的父亲，他静静地坐在角落里，听他儿子唱戏，知道他唱得不怎么样，但仍用无比虔诚的欣赏去鼓励智障的儿子。等过足了戏瘾，老父亲牵着儿子的手，跟乐队道谢后踽踽而归。

我以为,那位喜欢唱旦角的中年人,跟那些跳小苹果的大妈一样会持续这种喜欢。但,他的越剧突然消失了。我习惯了这种期待后,一旦中止,而且去向不明,我觉得很难过,尤其是替那位八十多岁的老父亲。这是一个无法补缺的故事。

那些花草,那些树住进公园的时候,还不是很茁壮,刚从苗圃移植过来,根须上还沾着苗圃里的泥。或许,它们连汽车灯都没见过,更别说是各种喧闹了。我不知道一棵树成为城里的树需要经过几年,它们的根须绕过一块石头会努力多长时间。

现在,它们把自己的一部分枯败给我看,我以为它们是故意死给我看的,而且我为这个想法感到某种阴险的得意,好像我跟树是一起预谋的。一棵松柏,一半焦黄,一半翠绿;一棵茶花,左边蔫不拉叽,右边却勃勃生机。

我以为,那是树向人展现阴阳脸,那是人自己的脸。巧言令色,阿谀奉承,用一张脸皮可以把那些不明真相的语言蒙混过去。这些,树见多了。

工程还在进行,花树注定还不能落脚。我曾问过一位工人,这些花树是不是还将重新回到它们的坑里。那位工人看看我,好像我很陌生。当然,我跟他之间陌生根本不是问题。他说,不死的,可以利用。

我没有再继续问下去。我只是感到遗憾。

树不会说话，自然，也不会撒谎，更不会说些去向不明的话。这点，人比树更卑鄙。

这个城里有一处上千年的寺院，尽管现在的大殿簇新簇新，但历史明明白白，在县城的县志里记录着，从一个个百年传下来。也因凭借这个，寺院的建设越来越宏大，善男信女都愿意捐一笔不菲的功德钱。

我以为，那座寺院里只有那几棵樟树，才具有佛性。它们从不在佛前祈福，也不向佛跪拜，更不会念念有词。与芸芸众生相比，树的修行更明确，也更清晰。坐在大殿里佛笑而不语，树站在殿外也不语。凡夫俗子们的欲念，出了这座寺院的门后仍坠入恶道轮回，而他们仍然不明就里，让无明牵了一辈子。

树，也有一辈子的概念。这跟人并没有什么不同。树的一辈子取决于它的成材，木匠是树的师傅，木匠看树的眼光跟我们的眼光不同，他看到的是树有没有取材的可能，而我们可能仅仅停留在树的高大上，比如我仰视一棵树的时候，我只关注树的高大，树给人带来的庇荫。

如果，木匠看中了一棵树，这棵树便倒下，然后在木匠的手里成为柜子，成为箱子，或其他，用木的形式成为人生活中的器物。公园里的树倒下，不是木匠说了算。城里的木匠受雇于器物的制作，似乎不担心有没有生计，只要这个城里的地块还在进入市场,他们好像永远不担心自己会败业。

不过,他们看树的眼光,已失却早年的精确,很多时候他们无法替一棵树作出命运的结论,这一点,跟公园里的树已经差不多,他们和它们都有可能去向不明。

在施工前,曾经有一个告示,巨型的广告,里面写着工程概况,提醒市民出行小心,请勿在公园逗留。但是谁能告诉树,还有鸟,它们都不识字啊。

一个多月过去了,树还躺在地上,天气越来越热,它们中的一部分已经枯死,一部分还活着。我怀疑那些死去的树是因为读懂了告示牌上的字。

原来被绿化的地方,突然空出一大块土地。一些居民按捺不住种菜的念头,在那些慢慢堆高的泥上种了菜。我无法想象他们用了什么工具把一棵棵菜种下去。我数了一下,不过三百米的距离,有十几处菜地。有的还只是幼苗,有的已经长出数片叶子,还有的差不多可以收割了。一块块菜地顺着坡度爬上去,又爬下去,似乎带着某种疑惑。

就在菜在泥地里生长的时候,一些花树用卡车慢慢运过来,在树根处缠着壮硕的绳子。一棵棵树被人从车上抬下来,然后又被人杭育杭育抬到泥坑边,或躺着,或靠着,等待坐进泥里。还有一块块草皮,它们将像被子一样覆盖住那些承载着乡野的泥土,连同突然出现的停顿。

沟已经不用再挖,沟里填埋进了钢筋水泥,砌成了一堵墙,用工程的术语,这墙是防洪墙。四年前,一场大雨,把小城淹得像水漫金山,全城几乎进水一米多。我所在的小区水一直漫上楼梯第三个台阶。停电停水,还停通信,所有的信息去向不明,整座城寂静得令人恐慌。

有人划着皮艇来送食品,有人开着路虎来救援,还有人送来一箱箱的物资与药品,水上的声音成了那时唯一的奢侈品。

后来发生了许多令人不快的事件,尽管大家在天灾面前抱着无可奈何的态度,但对城市的基础设施、水库泄洪信息等充满了质疑。

曾有人在微信上转发了数条关于堵还是疏的治水评论,包括省里一位媒体人撰写的“家乡石栏去哪了”的小言论。一时,朋友圈都在刷屏。也就一个星期,那些关注已去向不明。所有的石栏如期换上了用木框镶着的玻璃,把姚江围在玻璃栏下,像一只玻璃酒杯。

我想起江南有许多寺院的木结构中是没有钉子的,靠的是榫与卯的组合功夫,一千多年过去了,寺庙还是那么的结实,似乎那些木头仍然在呼吸。金克木,木克土,土克水,它们之间谁会更去向不明?

一辆卡车正往城外跑去,车上装满了枯死的花树,以及挖掘出来的泥土,上面插着铲、锄头等工具,乍一看,像个感叹号,再一看,已成了一个个问号。

遇见

老　曹

原谅我，我没看过老曹的电视专题片。对此，老曹对我是有意见的。看见我，总是爱理不理的，但老花镜片后的目光时不时地瞟我，一下，再一下，看得我心里发毛，疑心老曹的目光怎么跟他手里的斩肉刀似的。

老曹给我扣的帽子很大，说是我不尊重艺术家。只是，老曹忽略了一个事实，那时我还在乡下工作，还不认识老曹。可这点我不能明说，否则，老曹又跟我急。我只好赔着笑脸，说，曹老师您批评得对,我工作上有疏忽。老曹这时才有笑脸,露出一口焦黄的牙齿,那切猪肉刀似的目光慢慢柔和了些。

老曹是卖猪肉的。早上2点钟起来,一个人踩着三轮车,吱嘎吱嘎,赶到农副产品批发市场,贩下一只被宰好的猪,还有一副下水,一只猪头,猪的嘴巴里还衔着一条白白净净的猪尾巴。然后,吱嘎吱嘎,把三轮车踩到离家不远的菜市场,那儿有一个属于老曹的肉摊。他上电视台前已经卖了二十几年的猪肉。很多人是吃着他的猪肉长大的。

老曹原来是补锅的。这个行当,农村有,城里也有。关于这段历史,老曹并不回避。电视台采访他时,他说,补锅是一门手艺,有许多名堂,别人补不了的锅,他能补。老曹还用了一个恰当的比喻,说是补锅就是给锅动手术,医生给病人动手术还会有疤痕,他不会给锅留下疤痕。很多人已经记不得锅补过后到底有没有疤痕,所以,没有人跟老曹计较这个。

老曹开始画竹是十多年前的事,也就是上电视台的那年。套用老曹的话说,人不因虚度年华而悔恨,不因碌碌无为而羞愧(这话听起来怎么那么耳熟?!),我尽管是卖猪肉的,但我不想在卖猪肉中度过我的一生,这不是我生命的全部。我估计此话老曹已经说过不下一百遍,他已经说得非常顺口,而且还有表情配合,眼睛做注视远方状,右手的胳膊抬起来,握拳,往里一拐,脸上不再有笑容，很严肃。这时，我是不能打扰他的，得等他自己从远方的注视中回来，否则，老曹又会批评我不尊重艺术家。

老曹为什么不选择书法、摄影，或音乐、舞蹈，而是选择了画画，并且画的又是竹子，跟他卖猪肉可是一点都不沾边。我是有疑问的，别人也是有疑问的。他说，他舅舅是油漆匠，早年的油漆匠并不是刮刮腻子，刷刷漆，还得懂画画。给结婚眠床画鸳鸯，给衣橱画梅兰竹菊，甚至刷一把长条凳，上面也得画一幅喜鹊报梅。他没学补锅前，他母亲其实是想让他学漆匠的。后来不知为什么，他学补锅了。这段历史，老曹语焉不详，闪烁其词。如果再问下去，他会不高兴，说是个人隐私。话说到这份上了，我只好打住。所有艺术家都有隐私，尊重艺术家，必须从尊重艺术家的隐私开始。这是老曹的原话。

老曹峰回路转，像领导小结会议一样，说，他画竹是有艺术背景的。说这话时，老曹一点都不含糊，利索极了，很有范儿。我频频点头，说，那是，那是，你舅舅其实就是一个油画家。老曹一听，满脸惊讶，说，小干，你也懂艺术的。虽然，老曹仅给了我一个“的”，但出自老曹的口，那可不容易。老曹，我真有点受宠若惊了。呃。

说老实话，老曹还真有天赋。才画了几个月，他的墨竹已经有几分神韵。他把自己画的墨竹挂到肉摊前，虚心向前来买肉的顾客讨教画竹的方法。顾客是一拨一拨的，三教九流皆有，真心指点的有几个，看热闹看笑话的人有，不屑一顾的也有。不管一拨一拨的顾客对老曹画竹有没有帮助，但有一点是肯定的，一个信息从一拨一拨的顾客中传播出来，经过别人嬉笑、嘲笑、嗤笑等等，引起了电视台的关注。

我见到老曹的时候，他已经蓄起了长发，有及腰长。他虽说年近六旬，但身板不错，再加上个子高挑，身着唐装，容易错认他是"闺女"。只是，那头长发看起来油腻腻的，不怎么干净，我看他背影时，总有一种感觉，那是一条老马的尾巴，有一搭没一搭地垂在屁股后。其实，那头油腻的长发跟他卖猪肉没关系，自从他上了电视台，他已经不安心卖猪肉，一心一意想做他的画家。他老婆自然不允，如果上午不卖猪肉，下午不准他画画。在生计面前，老婆有绝对的权威。于是，老曹上午是一身邋遢，贩夫走卒，下午修整一新，阳春白雪，立志要在艺术界混出一些名堂。

老曹把电视台给他做节目的一些图片也挂到肉摊前。鲜红的猪肉，剔去肉的骨头，黑白的中国画，还有各种猪肉刀锃亮地摆在砧板上，这个场景无论如何都不太协调。老曹不管不顾，硬是潇洒地站在中间，吆喝着"猪肉，猪肉，新鲜的猪肉"。如果顾客的视线始终在猪肉、电子秤间移动，连老曹都不看，老曹会急，一边给顾客算账，一边介绍自己，还不忘用捏着钱的手指，把顾客的目光牵移到身后的图片和竹子上。因为有电视台专题片的经历,顾客也不忘给老曹送上一些赞誉之词。老曹如果高兴,还会主动跟人切磋艺术。可惜,很少有人愿意跟他如切如磋。

老曹有一幅作品在北京获奖了,他跑到文联,宣布这个巨大喜讯。我一看,这是民间机构组织的一个比赛,获奖者得交纳一笔不菲的钱,如果你要载入名人录之类的书册,你还得交钱。参加颁奖典礼,你也得交钱。我小心翼翼地提醒他,这个比赛要花很多钱哪。老曹白了我一眼,说,这是艺术,钱算什么,亏你还是文联工作人员。老曹扬长而去。

老曹到底还是去了北京,领回来了一只喷漆的奖杯和一条挂肩的绸带。他还给我看他跟一些颁奖领导的合影。老曹那天在我办公室里兴致勃勃谈了半天,一直谈他的艺术理想。老曹的脸色有些潮红,那双握过剔肉刀、斩刀的手留起了指甲,里面藏垢纳污,不忍多看。我很想看会儿书,可老曹没有动身离去的意思。我起身给他续了几次茶水,意在提醒他时间不少了。老曹并不领会我的用意,每次我倒茶,他用他嵌着猪肉丝的指甲敲敲桌子。那是谢主人倒茶的意思,只是,老曹用的不是叩。

彻底让老曹结束卖猪肉的是,他的一幅墨竹被一位外国朋友收藏了。这个外国朋友据说是奥巴马的哥哥。老曹那天再次跑到我办公室,向我传达这件要事。我附和着,说,这是我们文艺界的重大喜事。老曹似乎听出我的态度有些不恭,掏出一张照片,指着里面一位黑人,说,这就是奥巴马的哥哥。照片中,那位黑人朋友与老曹一起手持一幅墨竹,脸带笑容,背景是一幅大型的山水画。老曹说,那是钓鱼台宾馆。我想笑,但终于忍住了。我跟老曹调侃,老曹,你收了多少钱?老曹抬起头,用犀利的目光看着我,说,这是国际交往大事,我的画被奥巴马哥哥收藏,你说能收钱吗?你的觉悟不够高。我又想笑,努力了几下,终于憋住了。在老曹面前我一定要保持觉悟。

老曹不用早上2点起床,踩着三轮车去贩猪肉了。他现在能用自己的一幅画挣来一百斤猪肉的钱。现在的老曹知道了孔子曾用束脩代收学费。束脩就是猪肉。老曹非常不满意别人用卖猪肉的艺术家来称呼他,强烈要求前面省去定语。实在不行,改用束脩。除此之外,老曹还知道宋代的苏东坡有一句名言:宁可食无肉,也不可居无竹。我说,老曹,你是食有肉,居有竹,人生惬意啊。老曹闻此言,不禁心生愉悦,老花镜后的目光一闪一闪的。

老曹如今靠卖画授徒为生,那辆曾经装过猪肉的三轮车被他弃之不用,还有了自己的经纪人——老婆。因为他进京搞过画展,名声一时鹊起,于是,老曹的隐私不再是隐私,原来他年轻时“进去过”。原因嘛,打住,这是他的隐私,我真的不好说。

老 王

因为雨天,大院内的各部门悄然寂静。我虚掩着门,坐在办公桌前看稿子。

忽然,传来轻轻的敲门声。我习惯性地说,请进。但,门没有打开。仍然是轻轻的叩门声,不紧不慢,很有分寸。我不由得提高声音:请进。门慢慢打开,开到一半,一个人影才完整地出现我眼前。是个陌生人,约莫六十开外,个子有些矮小,虽然一身的搭配并不恰当,上面是旧西服,裤子是军裤,脚上是胶鞋,但很整洁。

我看着他,等待着他的询问,心里还跟自己打赌,他是去农办,还是信访办,抑或是外来人员服务办公室。他说,你是干主席吧?我说是。这并不奇怪,外面有我的岗位牌,姓名、职务都明白无误地写在上面。只是他的口音让我一时辨别不出他是哪儿人,仅仅六个字的一句话,我听得极费劲。话在他嘴巴里滚音很严重。我站了起来,问他有什么事。

他说,他两年前来过文联。我一听,忙请他坐下。他靠近沙发,慢慢坐下,大半个屁股悬在了外面。我转身找茶杯、取茶叶。他连连摆手,意思不要倒茶,坐坐就走,一边整个人站起来。

我把泡好的茶递给他,并再次请他坐下。他这才小心翼翼地坐到沙发上。

我不得不承认,跟他的交流真的很困难,他的舌头似乎一直悬在口腔里,字与字间挤成一块儿,而且字音里似乎掺了许多水,冒着一串串的泡泡。这并不是我能不能听的问题,而是我能不能懂的事情。所以,我好几次不得不打断他的话,让他说慢些,希望像滗中药一样把那些汤汤渣渣滗干净。其实,我的普通话也不行,属于典型的姚普(余姚普通话),有意思的是,他居然对我的姚普一点都没有障碍。我们俩,似乎是一个口述,一个整理,一个下午的时间整出了老王的一个梦想来。

没错,他就是老王,来自湖北十堰的老王。老王说,两年前他找过我。说这话时,他略停顿了一会儿,用目光罩着我。我有些尴尬,因为我确实记不起老王。我知道自己平时对待来访者能做到态度诚恳,措辞恭敬,从不会有轻慢之举,但也担心自己沉浸在创作之中,因为专注于文字,对字外的世界难免有恍惚之感,所以,对老王两年前来访的事我有些慌恐,希望自己没留下什么瑕疵。

老王说,他喜欢文学,写了好几年,但从来没有发表过,是希望文联能帮他看看。我听了,遂感兴趣,问他,今天有没有拿来?老王说,今天没拿来,是因为觉得还拿不出手。两年前,你曾拿给我几本《姚江》(文联编的一本文学季刊),意思是如果我的文章能达到里面的水平，就能刊发。他说的“你”，当然是指我了。

我说，你为什么爱好写作？这是个陈旧的话题，也是个俗套的问题，因为据我所知，爱好写作的人往往喜欢把动机谈成理想，而一旦竖上理想的旗帜，话题与问题显得过于肉感。眼前的老王是从湖北到余姚来打工的，而且年龄也不小了，据他自己说，今年是六十岁。一个打工的老人，喜欢写作，这当然会引起我的兴趣。

老王说，我一直在思考一个问题。老王用了思考，不由得让我挺直了腰板。老王扬了扬手，说，一个人拥有几百万，乃至几千万，对于这个世界来说，是没用的，过后是没有人会记得他，只有文学，才会让他永远地留在人世间。我想活在人们心中，所以，我要写作。老王补充道。我忍不住地哈哈大笑。但老王很严肃，正襟危坐，一丝不苟。我不由得捂住了嘴，想弥补刚才的哈哈大笑。对不起，老王，我这不是嘲笑。

我说，你家人知道你在写作吗？老王说，他们不知道，我是偷偷写的。每天送孙女上幼儿园后回到小屋一个人偷偷地写。

这个我能理解。对于来异乡打工的人来说，生计才是根本大计，很多人每天奔波的是形而下的一些具体生活。尽管，写作也能解决一部分生计，但这绝对是小概率，大部分人的写作仅仅是业余爱好。而且，这样的爱好是非常奢侈的，要花很多的时间与精力，除去禀赋不说，成为作家也需要机遇。

有些人，写作成功了，出书，作讲座，各种荣誉纷至沓来。更多的人注定是寂寞的，也是潦草的。即使出本书，还得自掏腰包。与80年代相比，文学已处于式微的状态，然而每年出版的书却是几千部。我不知道这是好事，还是坏事。对于老王这样的人，自费出版书籍在具体生活面前无疑是不现实的。我不由得有些走神。

坐在对面的老王还在跟我讲他的故事。

老王曾经是一位民办教师。这点，我现在已并不意外。尽管，老王的湖北口音很浓重，然而，他的措辞，以及思路都提醒我他是受过教育的。老王做过十年的初中数学老师，在当地也小有名气。他当时已经有两个儿子，可他的老婆执意要再生一个。他这个民办老师自然当不成了，他老婆把孩子拿掉后，认为老王很窝囊，饭碗没了，肚子里的孩子也没了，一气之下离了。离婚后，老王一个人拉扯着两个儿子，硬是让他们接受了高等教育。大儿子考上了武汉的一所大学，小儿子也上了大专。只是，小儿子念了两年便辍学了，原因是他那时生了重病，小儿子不想让他受苦受累，便自作主张离开了学校。

说到这儿，老王的眼圈有些红红的，声音也低了下去，刚才一丝不苟的神情被淡淡的伤感所替代。我收回目光，落在书桌上,但,我的眼睛里什么也没有。

老王到余姚已经七年了,主要任务是带孙女。他的小儿子在一所工厂里上班。他问小儿子有没有见到过自己的老板。他小儿子说,一个在车间里打工的人,怎么可能见得到老板。他跟儿子打赌,他有办法让老板接见小儿子。

我的眼睛又一次闪亮,问他,成功了吗?老王说,那当然,我想做的事肯定会去实施。老王的自信再次激起我的探究之欲。

老王有些得意地说,他只花两个月不到的时间,就让老板接见了他的小儿子。原因是他给车间办了一份简报,纯粹是手抄报,里面是标题新闻,有车间工人们交流的话题,有厂子发展的设想,也有时事评论的精粹。老王每周出一期,让工人们在工作之余传阅。让他最得意的是,他曾替年轻人写过一篇小文章,标题是《我知道漂亮的姑娘爱嫁谁》。结果,一些年轻人一看到老王,嘴里直嚷嚷:我知道漂亮的姑娘爱嫁谁。

说到这儿,老王脸上的表情生动起来,还泛着一些光泽。

老王的心气确实非常高,他说,他现在正在写小说,已经写了十二万字。我惊讶极了。一个老人,从没有文学创作的经历,一上来,就写长篇,好有胆魄啊。我虽然心里表示怀疑,嘴上仍保持我职业的严谨。

我说,你真不简单呀,要不,去申报宣传部的精品项目吧。

老王一听,头摇得像拨浪鼓,说,我写的是封建文化,跟主旋律不符合。

我一听,又一次让我惊叹,问,你写的什么封建文化?

老王说,类似于封神演义。呵呵。我没能忍住,又笑出了声。好在,老王并不见怪。老王的意思是,希望帮他看看写的东西。

我说,好的,到时候我拜读。说到这儿,我问他现在住在哪儿。他说,他住在高铁站的后面。我说,好远啊。这样吧,下次我过去,你来一趟不容易,我开车去相对方便些。老王有些不好意思。我说,没事,我方便。

大约过了两个月,老王打电话给我,说是写得差不多了。我跟他约了一个时间,还约好在哪儿碰面。在老王的电话指引下,我找到了他。他把我领到他小儿子的出租房,他住的屋子非常狭小。老王搓着手,似乎感到很抱歉。其实,他儿子的出租房也就二十平米。

老王很客气,又是倒茶,又是拿水果,殷勤地招待我。我说,别忙乎了,赶紧看书稿吧。老王一边招呼我坐下,一边转身出了门。

约莫一刻钟的工夫,老王回来了,右手是一沓书稿,左手上吊着半袋瓜子。我拿起书稿就看。还没看内容,我已经被老王的字所吸引，不仅漂亮，而且干净，很少有涂改的地方。他装订了十多本，每本的内容代表一个故事。

原来，他所谓的封建文化，其实是给自己的家乡旅游写了一本传说。

老王很健谈，也看得出他特别高兴。那是个冬天的上午，西北风呼呼地刮着，阳光若隐若现。我跟他坐在他小儿子出租房的屋檐下，一杯热茶，一沓书稿，还有他一堆的故事。

老王的书稿，我已经建议他设法跟家乡的旅游局取得联系，期待能有一个好的去处。套用老王的说法，他对自己的人生规划了“七有”，最后的一个“有”，是有知识专权——出一部书。我相信老王的“七有”一点都不遥远。

杨师傅

杨师傅扛着青年志愿者队旗，走在最前面，头向上昂着，左手有节奏地甩着，腰板努力挺得直直的。这时，杨师傅的肚子已经有些不好意思朝外鼓了。

我们一群年轻人跟在他后面，叽叽喳喳，步子七零八落，队形慢慢散了。杨师傅转过头来，朝我们挥一挥队旗，嘴里开始唱起“一二三四”歌。我们嘻嘻哈哈过后，队形慢慢又成了。

杨师傅那时已经五十多岁了，是最年长的志愿者。但他的积极性比我们年轻人还高，经常参加我们组织的志愿者活动。我们从来没有使用过队旗，他来了后很严肃地提出了这个问题，于是，我半开玩笑半认真地对他说："杨师傅你来扛？"结果，杨师傅认了真。只要他参加活动，队旗总是红红地飘起来。他像一只领头雁，一丝不苟。只是，我们年轻人像一群鹅，闲庭信步。

杨师傅的服务项目是配钥匙。手忙时，嘴也忙，跟村民东拉西扯，从狗狗猫猫到鸡鸡鸭鸭，又从点豆种瓜到秋收冬藏，俨然像一个地道的庄稼好手，很快跟乡亲们打得火热。准确地说，是跟妇女群众打成一片。前来接受服务的大多是妇女。有个后生取笑杨师傅天生就有女人缘，在家里肯定是个"妻管严"。杨师傅嘿嘿着，脸上一阵红。

有一天，杨师傅兴冲冲跑到我办公室，说是要替志愿者写一首歌。我很惊讶，当然也很怀疑。我说："那我应该叫你杨老师了。志愿者之歌确实还没有。"杨师傅似乎对杨老师的称呼很满意，浮现的笑容里泛着虔诚的光芒，嘴角两边的笑像括弧一样，在离开我办公室前还挂在那儿。

半个月后杨师傅真的把志愿者之歌拿到我办公室。我第一个反应是杨师傅的字写得不错，笔迹清楚，字体端正，曲谱也很干净。我不由得去瞅杨师傅的手，指关节粗粗的，手指短短的，指甲里藏着黑色的污垢，这是典型的讨生活的双手。我请杨师傅坐下,他执意站着,一脸的期待,那神情像小学生等待老师的批改。我只好也站着。老实说,我并不懂音乐,但觉得他写的歌词有“文革”的元素,像喊口号似的。

我粗粗看后,婉转地告诉他,我请文化馆的老师看看。杨师傅搓着双手,嘴里嗯嗯着,而脸上的笑似乎暗淡了下来。他站着不动,没有想离开的意思。我便想倒茶给他,他忙摆摆手。我以为他这下可以走了吧,可他还是站着,办公室陷入了静默之中。

我有些尴尬,桌上的文件已经整了三遍。这时一名同事进来跟我说事,暂时缓解了办公室的气氛。同事出去后,我对杨师傅说,等文化馆老师看后告诉你。说完后我又加了一句,非常感谢你杨老师。杨师傅停止了搓手,脸上又现出笑容,一边说不急不急,一边朝门退去。

杨师傅隔半个月来我办公室一次,询问他创作的歌曲怎么样了。他的动作还像第一次,站着,搓手,赔着笑,只是背开始越来越弓了。我开始有些厌烦他,不陪他站了,装作很忙的样子进进出出,希望他能识趣离开。杨师傅对此并不领会,还是很固执地站在办公室,见有同事进来,仰着脸,巴巴地希望我能介绍给同事,此时他的双肩是往下垂的。看到我们说完事了,还没有介绍他的意思,他主动凑上来,说他替团委创作了一首志愿者之歌。

到了这个份上，我只好向同事介绍，这是杨老师，给我们创作了一首歌。同事听后都会表示出感谢的神情，然后补上一句“杨老师你请坐。”杨师傅的脸上又开始虔诚起来。

杨师傅创作的歌曲我早就让文化馆的老师看过了。他们看后笑了一笑，并不作答，只是把那张纸扔在了桌上。我问他们这首歌怎么样？文化馆的老师互视了一下，脸上挤出一丝笑，说：“他呀……”后面就没有内容了。我明白自己已没有必要再问下去。他们的笑里清清楚楚带着不屑与轻视。

我没有把文化馆老师的意见反馈给杨师傅，希望他时间长了自己会明白。然而，杨师傅一如既往地来询问结果，只是他的笑慢慢有了些卑微，这让我有些难过。

从文化馆老师的嘴里我零零星星知道他一些情况。杨师傅年轻时入过伍，还是部队里的文教干事，编通讯稿，写黑板报，深得领导的赏识。在将要提干时，他犯下了一个严重的错误，在背语录时把“毫不利己，专门利人”说成了“毫不利人，专门利己”，一字之差，他直接被部队开除了，还去农场改造了三年。从农场出来后他成了一名无业游民，精神也受到了刺激。为了生计，他补过鞋、补过伞，甚至跑到农村去阉鸡。五十多岁时还光棍一个。虽说，他后来平反了，但这个平反对他已经没有实质意义，无非是他的劳改经历不再是他一个人的耻辱而已。后来，他迷上了音乐,三番五次拿创作的曲子跑文化馆。文化馆的老师起初也很热情地接待他,时间一长,大家都拿脸色给他看,到最后他一进文化馆,老师们都躲开了。门卫老伯见他可怜兮兮地站在门前,劝他以后不要来了,大家都烦他,还是配配钥匙混口饭吃,这不是你做的事。杨师傅蹒跚着离开文化馆大门,神情落寞。

杨师傅有一个月没有来我办公室,我想他可能已经懂我的意思了,心里觉得很轻松。谁知三天后,杨师傅又来了。他一进门,我马上说:“杨老师,文化馆老师说歌写得不错,只是个别歌词你再改一改,结合一下当前的形势。”杨师傅受宠若惊,堆着一脸的笑,走进来时有些磕磕绊绊,似乎激动传到了脚上。

五天后,杨师傅捧着他创作的歌曲又来单位,郑重其事地交给我。我看了一下,曲子还是以前的那个曲子,但歌词已经改过了,口号式的句子没了,读起来语感要比第一次好。我说,杨老师你先回去,我过段时间跟你联系,你不要再跑来跑去,我会让个私协会团委通知你。杨师傅抬着下巴,嘴始终咧着,眼睛泛着明亮的光,像一个刚刚批准入团的青年人。

杨师傅的歌曲我后来登在团刊上,还给他一本证书和 50 元的稿费。杨师傅激动不已,一下子要了十本团刊。至于稿费,他坚决不肯收。我送他到电梯口时,他突然转过身来,结结巴巴地说:“谢谢你叫我杨老师。”这时电梯到了,他挺直了腰走进电梯,怀里紧紧抱着团刊与证书。

自这件事后,我很少让杨师傅参加志愿者活动,毕竟他免费给人配钥匙是要有成本的。而杨师傅惦记着这个事,过几个月会问我最近怎么没有为民服务活动,顺带会问问其他部室的同事要不要创作歌曲,如雏鹰行动、青年文明号活动等。同事早已知道杨师傅创作志愿者之歌的事迹,个个婉言谢绝。杨师傅显然很失望,脸上的笑慢慢变得有些勉强,在我们不注意时勾着头悄悄离开了。

再次碰到杨师傅是在十五年后,那时我从团委调出后又换了三个单位。那天,我正在办公室改稿,一个戴着墨镜的老人敲开了门。老人一边敬礼,一边嘴里叫着“老领导”,还微微冲我鞠躬。老人一连串的动作惊得我从座位上腾地立了起来。老人摘下墨镜后,问我还认不认识他。我忙说:“杨老师。”他笑了,笑得很满意。

杨师傅把手里提着的一只塑料袋摆放到沙发上,起身后又俯下身子,轻轻抚平塑料袋上的皱褶,再转过身来,佝偻着站到我跟前。我刚想跟他说话,他又转过身去,把塑料袋打开,取出里面的一沓材料,然后小心翼翼地递到我手里。我有些迷惑,不知道他想干什么。里面有些是文件,有些是证书,也有些是歌曲。毫无疑问,这些都跟杨师傅有关。在这里面我看到了我曾经编印过他志愿者之歌的团刊,想不到他保存得那么好。我还看到一份简历。这是杨师傅自已制作的一份简历,像模像样,接近我们机关的简历格式,只不过下面没有主管单位意见。他的简历是从替我们创作志愿者之歌开始的,他参加了五次音乐培训,三次到高校参加培训,他在旁边注明是旁听,还有两次市音乐家协会推荐参加的省级作曲培训。

他在一边絮絮叨叨着,讲他创作的情况。他说,他从别人那儿得知我调到文联了,所以想来看看我,顺带向我汇报他的创作情况。我连忙说:“杨老师,你言重了。我实在不敢当。”杨师傅还递给我一张名片,上面是他加入的与音乐有关的团体,最后一排是东南音乐培训中心,里面写着作曲、小提琴、手风琴培训。我问杨师傅,你在教学生?他老老实实地说:“上门来的学生一个都没有,我都是主动上门去,免费的。”

认识杨师傅这么多年,我从没有主动问起过他的身世。如今他一个暮年老人,对我来说最关心的不是他的音乐创作,而是他的晚年保障。他说,他现在已经落实政策,每个月有四千多元,而且还有一份替小区管门卫的工作,生活肯定没有问题。我还知道他现在有了老伴,虽说是半路夫妻,但总算有了一个家。

杨师傅走的时候,把进来时的动作重新做了一遍,只不过是倒过来,鞠躬、“老领导”、敬礼,似乎是电影中的镜头回放。假如世事也能像胶片一样回放,也许杨师傅真的是杨老师。门外传来吧嗒吧嗒的声音,由强转弱,那是杨师傅的脚步声。他趿拉着一双拖鞋,上面是中山装,风纪扣扣得严严实实。给我们打志愿者队旗时也是这样的打扮。

图书在版编目(CIP)数据

树跟鸟跑了 / 干亚群著. —杭州:浙江文艺出版社,2018.3(2018.5 重印)
ISBN 978-7-5339-5158-0

Ⅰ.①树… Ⅱ.①干… Ⅲ.①散文集—中国—当代 Ⅳ.①I267

中国版本图书馆CIP 数据核字(2017)第 313894 号

责任编辑 童潇骁
装帧设计 水 墨
责任印制 吴春娟

树跟鸟跑了

干亚群 著

出版 浙江文艺出版社
地址 杭州市体育场路 347 号
邮编 310006
网址 www.zjwycbs.cn
经销 浙江省新华书店集团有限公司
制版 浙江新华图文制作有限公司
印刷 绍兴越生彩印有限公司
开本 880 毫米×1230 毫米 1/32
字数 180 千字
印张 10
插页 1
版次 2018 年 3 月第 1 版 2018 年 5 月第 2 次印刷
书号 ISBN 978-7-5339-5158-0
定价 **29.00元**